Une héritière si secrète

Enceinte de son rival

BARBARA DUNLOP

Une héritière si secrète

Traduction française de
SOPHIE WATINE-VIEVARD

PASSIONS

HARLEQUIN

Collection : PASSIONS

Titre original :
MIDNIGHT SON

HARPERCOLLINS FRANCE
83-85, boulevard Vincent-Auriol, 75646 PARIS CEDEX 13
Service Lectrices — Tél. : 01 45 82 47 47 - www.harlequin.fr
ISBN 978-2-2804-7390-3 — ISSN 1950-2761

Composé et édité par HarperCollins France.
Imprimé en juillet 2022 par CPI Black Print (Barcelone)
en utilisant 100% d'électricité renouvelable.
Dépôt légal : août 2022.

FSC
www.fsc.org
MIXTE
Papier issu de sources responsables
FSC® C159065

Pour limiter l'empreinte environnementale de ses livres, HarperCollins France s'engage à n'utiliser que du papier fabriqué à partir de bois provenant de forêts gérées durablement et de manière responsable.

- 1 -

— Il va falloir t'habituer à être riche, Sophie, me dit mon amie Tasha, comme si c'était la chose la plus naturelle au monde.

Avec ses profonds fauteuils en rotin aux coussins bordeaux, ses tables basses en teck et un coin barbecue en brique, la terrasse formait un petit univers très cosy face aux eaux d'un bleu profond de l'océan Pacifique. Derrière nous, une immense baie vitrée donnait sur un salon bien trop luxueux.

Nous finissions la visite d'une maison à vendre un peu au nord de Seattle, mais tout cela était trop pour moi. J'étais célibataire et je me sentais encore plus seule maintenant que mes trois amies les plus proches avaient quitté cet état. J'étais la dernière à ne pas avoir convolé en justes noces et, franchement, j'avais l'impression qu'on m'avait laissée sur le bord de la route.

— Qu'est-ce que je vais bien pouvoir faire de six salles de bains ?

— Tu n'es pas obligée de les utiliser toutes à la fois, répliqua Tasha, visiblement agacée par mon attitude un peu bornée.

Je ne le faisais pas exprès, mais mon amie n'avait pas tort. Pourtant, je ne pus m'empêcher d'ajouter :

— Je ne vais quand même pas organiser une rotation.

— Tu vas recevoir des invités, Sophie.

— Et qui ? Toutes mes amies sont parties vivre ailleurs.

Tasha, Layla et Brooklyn étaient toutes les trois tombées amoureuses, s'étaient mariées et avaient déménagé loin de Seattle.

— Tu cherches à te faire plaindre, c'est ça ?

Je dus admettre que oui, un peu.

Bien sûr, tout au fond de moi, j'étais heureuse pour mes amies. Sincèrement. Mais jusqu'à présent, elles avaient toujours été mes piliers, mon ancrage. Et voilà qu'au moment où ma vie entière était en train de basculer, je me retrouvais seule, sans repères.

Quelques mois plus tôt, j'avais participé à la création de Sweet Tech, un procédé aidant à la réalisation de desserts très élaborés, destiné aux cuisines des restaurants gastronomiques. Et Sweet Tech avait rencontré un succès qu'aucun de ses concepteurs n'avait anticipé.

Grâce au mari de Tasha, Jamie, nous avions vendu la licence à un groupe japonais pour une somme exorbitante. Le contrat stipulant que nous devions toucher des royalties, les chèques arrivaient sur mon compte à un rythme régulier. Avoir autant d'argent tout à coup n'était pas simple à gérer.

— Pauvre petite fille riche, dit Tasha d'un ton railleur.

— Exactement. Je suis toute seule, dis-je plaintivement, et je m'ennuie.

— Franchement, c'est l'endroit idéal pour s'ennuyer toute seule. Cette maison est époustouflante.

Je me retournai vers la façade entièrement vitrée.

— Moi, je la trouve impressionnante.

— Tu n'es qu'une trouillarde.

— Je n'ai pas peur.

Enfin, pas vraiment.

— Elle t'intimide, dit Tasha, en touchant en plein dans le mille.

— Et tu imagines le ménage ? Rien que pour les sols, il me faudrait la journée.

— C'est pour ça qu'on emploie du personnel.

La simple idée d'employer du « personnel » était ridicule. On pouvait accepter de devenir riche sans sombrer dans l'ostentatoire et devenir prétentieux, non ? J'éclatai de rire.

— La richesse, ça n'est vraiment pas ton truc.

— En revanche, toi, tu es passée du côté sombre de la force sans hésiter un quart de seconde.

Tasha et Jamie s'étaient découvert un grand talent pour les investissements et gagnaient maintenant des sommes folles en boursicotant.

— Je n'ai jamais dit que j'avais du personnel, dit Tasha.

— Mais je parie que si.

Elle avait suggéré l'idée trop naturellement pour que ça ne soit pas le cas.

— Bon. D'accord. Mais là n'est pas la question. Le fait est que tu as les moyens de t'acheter cette belle maison. Tu as les moyens de vivre sur le front de mer. Et je sais que tu adores ça.

— Oui.

C'était la stricte vérité et cette maison était celle dont j'avais toujours rêvé.

— Tu peux faire ce que tu veux maintenant, Sophie. Et tu devrais t'y mettre.

Exact, je pouvais faire ce que je voulais. Le problème,

c'est que je n'avais pas encore trouvé quoi. Pourtant, j'avais retourné la question dans tous les sens…

J'avais fait des dons à des œuvres caritatives. Pour n'importe quel être humain digne de ce nom, c'était la moindre des choses quand on se retrouvait soudainement à la tête d'un pactole. Notre petite société littéraire locale, l'hôpital et le refuge pour animaux m'étaient donc désormais très reconnaissants. Ils m'avaient envoyé une lettre de remerciements et on portait un toast à ma santé lors des cocktails.

Mais ça n'était pas un travail au quotidien. Ils n'avaient pas besoin de moi pour les aider à gérer leur organisation. Et quand bien même on me l'aurait proposé, je n'avais aucune compétence médicale, ni en littérature, ni même pour m'occuper d'animaux. Je ne l'avais plus fait plus depuis la mort de mon lapin Snuggle, quand j'avais six ans.

Ma mère m'avait élevée seule et son métier d'infirmière ne payait pas beaucoup. Nous étions donc locataires. Elle me disait que c'était bien plus facile de trouver un appartement quand on n'avait pas d'animal. Donc, Snuggle avait été mon premier et dernier animal de compagnie.

Tout à coup, Tasha rompit le silence.

— Tu ne trouveras jamais une petite maison sur le front de mer. Le prix des terrains est bien trop élevé.

Nos récentes chasses immobilières prouvaient qu'elle avait raison. C'était la dixième maison en front de mer que nous visitions cette semaine-là et celle-ci ne faisait pas exception à la règle. Elle était spectaculaire. Même s'il me faudrait dessiner une carte pour ne pas me perdre entre ma chambre et la cuisine, je devais bien m'avouer qu'elle me plaisait.

Et il me suffisait de signer un chèque avec plein de zéros qui ne viderait même pas mon nouveau compte en banque.

— Je pourrais m'installer dans la suite au-dessus du garage et louer le reste à une famille avec cinq enfants.

— Et renoncer à la terrasse ?

— J'adore cette terrasse.

Comment ne pas l'aimer ? Elle courait sur toute la façade et le grand salon, le petit salon, la salle à manger et la chambre principale y donnaient directement. À l'étage du dessous, une immense salle de jeux s'ouvrait sur un patio doté d'une piscine et d'un jacuzzi. C'était un endroit plus intime et ombragé pendant les chaudes journées d'été.

— Elle est vendue meublée, dit Tasha.

— Mais j'ai déjà des meubles.

— Oui. Un canapé, une table de cuisine et ton lit.

— C'est un canapé très confortable, dis-je, pour rendre les honneurs qui lui étaient dus au beau canapé en cuir pour lequel j'avais si longtemps économisé en me disant que j'allais le garder des dizaines d'années.

Entre autres choses, se retrouver brusquement à la tête d'une fortune réduisait à néant la plupart des efforts de votre vie d'avant. Je pouvais désormais m'acheter dix canapés en cuir, cent même. Je pouvais m'installer dans un endroit comme celui-ci, où un décorateur avait coordonné les canapés, les fauteuils, les tables et tout le reste.

— Est-ce que tu te vois habiter ici ? C'est ça, la vraie question. Est-ce que la nouvelle et très riche

Sophie se voit en train de siroter son café du matin sur cette belle terrasse en bois ou blottie devant son feu de cheminée en train de lire un bouquin ?

Je me voyais parfaitement faire ça. Le problème, c'est que je ne voyais rien d'autre. Je n'allais quand même pas passer le reste de ma vie à bouquiner et à boire du café.

— Je songe à embellir le parc.

— Pardon ? demanda Tasha, visiblement égarée par le brusque changement de sujet.

— Après les œuvres caritatives, je me suis dit que je pourrais m'impliquer dans la vie de la communauté. Les projets verts ont le vent en poupe en ce moment. Je peux même adopter un parc, si je veux.

— Ou acheter une maison, dit Tasha.

— Et rester plantée à ne rien faire de toute la journée ?

— C'est une maison, Sophie. Tu y feras les mêmes choses que dans ton appartement, sauf que ce sera plus grand, plus beau et très confortable.

— Tu es plus branchée jardinage que moi, dis-je, en me recâblant sur le site Internet d'adoption de parcs. Personnellement, ça n'est pas vraiment mon truc.

Bien sûr, j'aimais passer du temps dans les jardins. Ils étaient jolis et sentaient très bon. Mais je n'aimais pas particulièrement devoir mettre les mains dans la terre. Je ne voyais pas bien quel plaisir on pouvait en tirer.

Tasha se retourna et jeta un œil au jardin, essentiellement constitué de gros rochers.

— Ça n'a pas l'air de demander beaucoup d'entretien.

— Je parlais d'un parc.

— Mais pourquoi est-ce qu'on est reparties sur cette histoire de parcs ?

— Parce que acheter une maison, c'est facile. Mais moi, je réfléchis à ce que les gens riches font à part ça. Et plus j'y pense, plus je crois que c'est *toi* qui devrais te lancer dans le truc des parcs. Tu aimes jardiner et tu as du temps. Ce serait parfait pour toi.

— Je fais partie de l'équipe de la bibliothèque, dit Tasha. On va lancer un programme de sensibilisation à la lecture dans les écoles primaires.

Rien d'étonnant, en fait, puisque Tasha avait passé un diplôme de bibliothécaire.

— Tu vois. Moi aussi, il faut que je me trouve quelque chose.

— Ça viendra. Tu vas t'habituer à être riche. Achète une maison. *Cette* maison. Je vois bien qu'elle te plaît.

C'était vrai, je l'aimais beaucoup. Sa taille me rendait un peu nerveuse, mais je m'y sentais à l'aise, je n'avais pas envie d'en partir. J'avais envie de rester là et d'en profiter.

— D'accord, et ensuite ? ai-je demandé.

Tasha secoua la tête gentiment et passa un bras autour de mes épaules.

— Dommage que tu n'aies pas quelques parents pauvres ici ou là.

— Pour qu'ils puissent venir s'installer avec moi dans mon immense maison ? dis-je sur le ton de la plaisanterie – sauf que je ne plaisantais pas du tout.

Si j'avais eu de la famille, il était évident que je l'aurais aidée financièrement. J'aurais adoré avoir des frères ou des sœurs, des cousins, ou même des neveux ou des nièces en manque d'études universitaires.

Mais ma mère avait été adoptée et était enfant unique. Ses parents étaient décédés et elle n'avait jamais rien su au sujet de sa naissance ou de la famille éloignée de ses parents adoptifs.

Quant à mon père, elle m'avait dit que ça avait été une aventure d'une nuit. Il était pilote dans l'armée de l'air australienne et marié. Ils s'étaient rencontrés dans un hôpital allemand où elle était en mission pour six semaines. Lui était venu livrer du ravitaillement pour les troupes de l'ONU en Bosnie et avait été blessé à la tête quand, lors d'un atterrissage forcé, son appareil avait pris feu. Son copilote avait eu moins de chance et était mort dans le crash.

Mon père biologique était loin de chez lui et blessé. Ma mère l'avait réconforté et ils avaient passé une nuit ensemble, qu'elle disait ne jamais avoir regrettée – d'autant que j'étais née neuf mois plus tard.

— Et tu n'as jamais cherché ? demanda Tasha.

— Cherché quoi ? dis-je, un peu perdue dans mes pensées.

— Ta famille.

— À mon avis, il n'y a pas grand-chose à trouver.

Je n'avais absolument pas l'intention de gâcher la vie de mon père biologique, mais l'espace d'un instant, je m'imaginai en détective amateur en train de fouiller mon passé. Ça pourrait même être amusant. Peut-être que je pourrais occuper mon temps de riche oisive à résoudre des mystères, installer un centre de commande dans la salle de jeux. Il y aurait largement la place.

— Et si tu allais sur un site Internet spécialisé et que tu faisais un test ADN ?

Je ne répondis pas immédiatement, mais pourquoi pas, en effet ?

— Et puis, poursuivit Tasha, s'ils ont l'air dangereux, tu ne les contactes pas. Point à la ligne.

L'enthousiasme fit rapidement place à un peu plus de réalisme. Des cousins au cinquième degré – ce que j'étais le plus susceptible de découvrir –, ça n'était pas ce qu'on pouvait appeler une famille proche.

Mais malgré tout…

J'avais pris l'avion pour l'Alaska – Anchorage pour être précise –, et je me trouvais en première classe, comme Tasha me l'avait conseillé. Au début, elle avait même dit que les gens riches voyageaient plutôt en jet privé. Mais honnêtement, j'étais tout à fait bien en première classe.

Champagne, oranges pressées, serviettes de table en tissu, croustillants croissants à la confiture d'abricot et surtout… un énorme sentiment de culpabilité en imaginant les autres passagers coincés sur leur siège étroit en classe économique.

Il s'était avéré que j'avais un cousin au premier degré. Enfin, *peut-être* un cousin au premier degré. Nos ADN correspondaient à hauteur de 13 %, ce qui était une valeur significative. Il s'appelait Mason Cambridge, il avait trente-cinq ans, était né en Alaska et travaillait pour une compagnie basée à Anchorage, Kodiak Communications.

J'avais fait des recherches et trouvé quelques photos. Il n'était pas très actif sur les réseaux sociaux, mais la presse locale avait publié quelques articles relatant des événements officiels où il était présent. Je me disais que, dans un endroit aussi peu peuplé que l'Alaska, il ne devait pas être très difficile d'acquérir un minimum de notoriété.

J'avais trouvé son adresse, mais aucun numéro de téléphone ni adresse électronique. Bien sûr, j'aurais pu passer par Kodiak Communications, mais je préférais le rencontrer en personne.

S'il devait m'envoyer promener, j'estimais avoir droit à une vraie conversation plutôt qu'à un simple mail ou un rapide coup de téléphone. Bien sûr, c'était prendre le risque d'être déçue, de faire ce long voyage pour rien. Mais, après tout, je n'avais pas grand-chose à faire de mon temps.

Je ne signerais pas la vente définitive de la maison avant quelques jours, et Tasha était repartie à L.A.

Autant partir un peu à l'aventure.

Alors que l'avion commençait sa descente, je me sentais à la fois excitée et très nerveuse à la perspective de me présenter sans m'être annoncée chez Mason Cambridge.

À l'aéroport d'Anchorage, je louai une voiture et ne tardai pas à découvrir que la ville était bien plus grande que ce que je m'étais imaginé, avec un centre hérissé de gratte-ciel, des banlieues très étendues, mais aussi beaucoup d'espaces verts et des vues sur la montagne à couper le souffle. Sans le GPS, je me serais probablement perdue dans le labyrinthe que formaient les rues.

Suivant l'itinéraire, je me dirigeai vers le sud et, bientôt, les habitations disparurent. Sur ma gauche, les arbres dévalaient les collines jusque sur la route ou presque, et sur ma droite, je voyais les vagues de la baie venir s'écraser sur la côte.

J'aperçus un renard dans l'herbe sur le bas-côté, puis un élan. Mais quand je vis deux ours traverser tranquillement devant ma voiture, je faillis faire demi-tour et retourner directement à l'aéroport. La route n'était pas très fréquentée et je m'imaginai tout à coup que mon petit SUV tombait en panne et que je me faisais attaquer par deux grizzlis déchaînés.

Puis, mon GPS m'indiqua de tourner, et la route se transforma en un chemin caillouteux. Heureusement que le loueur de voitures avait insisté pour me donner un 4 – 4. Je remerciai le ciel intérieurement.

Le chemin n'était pas si mauvais, mais il montait en virages sinueux à travers les grands épicéas, les sapins et les bouleaux. Je commençais à me représenter Mason Cambridge sous l'aspect d'un homme des montagnes à la barbe broussailleuse et aux vêtements en peau de daim.

Bien sûr, il n'était pas comme ça sur les deux photos de presse, mais peut-être s'habillait-il spécialement pour descendre en ville. Peut-être passait-il le plus clair de son temps à chasser dans la nature, ne se rasant et ne se lavant qu'une fois par mois pour aller à Anchorage et acheter des provisions – sans doute des haricots, du bacon et des biscuits de mer.

Une fois parvenue au sommet de la colline, je sortis du couvert des arbres. Le chemin caillouteux se transforma en goudron et j'eus la surprise de me retrouver face à une vaste pelouse bien verte, agrémentée de parterres de fleurs et de buissons soigneusement taillés. La haie de pins qui la délimitait se fondait dans la forêt.

Au milieu du terrain se dressait une demeure si immense que j'en eus le souffle coupé. Faite de rondins polis et de pierre taillée, elle ressemblait à un manoir, avec ses hautes fenêtres, ses toits pointus et ses deux ailes réparties sur deux étages. On aurait dit un hôtel cinq étoiles. D'ailleurs, c'était peut-être le cas. Il n'y avait pas moins de dix véhicules garés devant.

Peut-être Mason Cambridge vivait-il à l'hôtel, après tout. C'était un peu bizarre, mais tout à fait possible.

Je me garai, serrai le frein à main, pris mon sac sur le siège passager et descendis du SUV.

La brise odorante était fraîche, et mes cheveux volèrent devant mon visage. Je regrettai de ne pas m'être fait une queue-de-cheval ou un chignon. Ils étaient trop longs pour être laissés lâches avec un vent pareil.

Je les rassemblai sur ma nuque et les maintins le temps de traverser le parking, luttant contre le sentiment que je n'étais pas à ma place ici. Il régnait une atmosphère très particulière, pas très accueillante pour les promeneurs égarés. On sentait que c'était un endroit réservé aux gens très riches et très privilégiés.

J'avais beau avoir beaucoup d'argent à la banque, je ne donnais sûrement pas l'impression d'être riche et privilégiée. Mon jean venait de la grande distribution et mon sac m'avait coûté à peine vingt dollars. Sans parler de mes bottines en cuir marron bien éraflées et aux talons presque plats. Elles avaient des kilomètres au compteur, mais je m'étais dit qu'elles seraient pratiques pour l'Alaska.

Je ne manquais pas d'escarpins et de sandales à hauts talons, mais ils étaient tous dans mon appartement à Seattle.

Plus je m'en approchais, plus la maison me semblait grande. Le porche mesurait au moins dix mètres de large et cinq marches menaient à une énorme double porte en bois.

Une fois en haut des marches, je me demandai si je devais frapper à la porte ou tout simplement entrer. Si c'était le hall d'un hôtel, personne ne m'entendrait toquer, mais si c'était une résidence privée, entrer sans y avoir été invitée était non seulement impoli mais sans doute aussi illégal.

Cela dit, si c'était une maison et non un hôtel, la porte serait verrouillée.

Et donc, si la porte n'était pas verrouillée, c'est que c'était un hôtel.

Logique imparable.

J'appuyai sur la poignée. Aucune résistance.

Je poussai légèrement et la porte s'ouvrit sur un hall magnifique au plafond aux poutres apparentes.

J'entrai. Au-delà du hall et des quelques ensembles de fauteuils en cuir couleur crème disséminés ici et là, un mur entièrement vitré donnait sur un panorama spectaculaire. À l'ouest, on voyait jusqu'à l'océan, au sud et à l'est, la prairie s'étendait sur des kilomètres. Je distinguai une barrière et, derrière, quelques animaux de couleur brune en train de brouter.

— Puis-je vous aider ? demanda une voix très masculine.

— Oui, dis-je en refermant la porte derrière moi.

Mon regard croisa le regard de l'homme et mon cœur effectua un petit bond bizarre dans ma poitrine tandis que mes poumons se vidaient de leur air.

Il fit quelques pas vers moi. On aurait dit un grand fauve, tant sa démarche était souple. Et son regard… Il me regardait comme si j'étais… une proie.

Cheveux en pagaille, yeux d'un bleu intense, visage bronzé et une ombre légère sur sa mâchoire puissante ; il avait tout du beau ténébreux. Avec ses larges épaules et sa posture trahissant la confiance en soi, il était l'image même de la perfection virile.

Il leva un sourcil interrogateur et posa à nouveau sa question :

— Puis-je vous aider ?

— Je… heu…

Il attendait la suite et je me sentais de plus en plus mal à l'aise. La scène ne dura que quelques secondes, mais cela me sembla une éternité.

— Je cherche Mason Cambridge.

— Mason vous attend ?

— Non. Est-ce qu'il est là ?

— Pas pour l'instant.

— Mais il vit bien ici ? dis-je en balayant la pièce du regard.

Mason Cambridge devait être très à l'aise pour pouvoir vivre dans un hôtel comme celui-ci. Il était évident qu'il n'allait pas avoir besoin de mon argent. C'était un peu décevant, mais il était de toute façon trop âgé pour l'université.

— C'est la demeure des Cambridge.

Il me fallut quelques instants pour comprendre l'information.

— Ça n'est pas un hôtel, alors ? m'exclamai-je, très gênée.

Oh ! non ! Je venais de m'introduire dans une propriété privée.

— Vous cherchez un hôtel ? demanda l'homme.

— Je cherche Mason Cambridge. Je ne voulais pas faire intrusion chez vous. J'ai cru que…

Je regardai à nouveau autour de moi et réalisai que l'endroit ne ressemblait pas vraiment à un hall d'hôtel. Il n'y avait ni réception ni sonnette pour appeler du personnel.

— Qu'est-ce que vous voulez à Mason ?

Je n'avais aucune intention de donner des explications à un inconnu.

— Savez-vous quand il sera de retour ?

— Ça ne vous regarde pas.

Ni l'un ni l'autre de nous n'allait remporter un prix de politesse, mais j'avais parfaitement le droit de vouloir préserver ma vie privée et j'avais une raison tout à fait légitime de chercher Mason.

— Si vous l'avez rencontré dans un bar…

— Ça n'est pas le cas.

Cette fois, je savais qui remportait haut la main le prix de la goujaterie.

— À une fête ?

— Pourquoi ces a priori ?

Son regard me parcourut de la tête aux pieds et il eut l'air d'apprécier le spectacle. Il n'essayait même pas de le cacher.

Décidément aucun savoir-vivre.

— Parce que vous êtes bien son genre.

— C'est faux. Enfin… disons que… je ne l'ai jamais rencontré.

L'homme eut un sourire calculateur.

— *Vraiment ?*

— Pourriez-vous juste me dire à quelle heure il sera

de retour ? Je vais m'en aller et repasser plus tard. Et cette fois, je toquerai à la porte.

Son sourire s'élargit encore. Il prenait visiblement beaucoup de plaisir à mon embarras.

— À plus tard, alors.

— Oui.

— Dans quel hôtel logez-vous ?

J'en restai bouche bée.

— Au cas où Mason veuille vous appeler. Vous n'avez pas l'air d'être du coin. Au fait, je m'appelle Nathaniel Stone.

— Sophie Crush. Et non, je ne suis pas de la région.

— Vous êtes au Tidal ou au Mountainside ?

— Je ne sais pas encore.

Sans doute aurais-je dû réserver un hôtel avant de quitter Seattle, mais je m'étais dit qu'Anchorage n'était pas si touristique que ça et que je n'aurais aucun mal à trouver une chambre une fois sur place.

— Dans ce cas, je vous recommande le Tidal. Ou, si vous êtes un peu limitée côté budget, le Pine Bird.

Je faillis éclater de rire étant donné mes récentes conversations avec Tasha. Oh ! ça, non, je n'étais pas limitée côté budget.

— J'ai dit quelque chose de drôle ?

— Pas du tout, dis-je en secouant la tête.

— Je vous préviens… si vous préparez une blague ou je ne sais quoi, je n'hésiterais pas à avertir Mason.

— Mais non… il ne s'agit pas d'une blague. Et je vais tester le Tidal.

— Bon choix. Que voulez-vous que je dise à Mason ?

Bonne question. J'essayai de trouver quelque chose

d'aussi plausible qu'anodin quand la porte s'ouvrit derrière moi.

— Parfait, dit Nathaniel à la personne qui venait d'entrer. Tu es en avance. Mason, cette jeune femme, Sophie Crush, est ici pour te voir.

Je pris une rapide inspiration, me retournai et me retrouvai face à un autre homme, très beau lui aussi.

— Bonjour, dit-il, comme s'il m'adressait un compliment.

— Elle refuse de m'expliquer ce qu'elle te veut, dit Nathaniel.

Mason eut un sourire insouciant et plongea son regard dans le mien.

— Elle peut tout me demander. La réponse est oui.

Il fallait absolument que je tue cette ébauche de flirt dans l'œuf. Sinon, la situation serait très embarrassante pour l'un comme pour l'autre.

— Je suis votre cousine.

L'expression de Mason se figea.

— *Quoi ?* s'écria Nathaniel.

Après cette révélation, ils m'invitèrent à passer dans la pièce voisine.

J'imaginais qu'il s'agissait du bureau ; la plupart des demeures que j'avais visitées avaient un bureau, d'ordinaire meublé de grandes bibliothèques, d'une table de travail, de fauteuils surdimensionnés et éclairés par une chaude lumière se reflétant sur des murs lambrissés.

Celui-ci ne faisait pas exception à la règle. Mason referma la porte derrière nous trois. Le plafond était moins haut que dans le hall – sans doute à peine quatre mètres au lieu de huit. Je m'assis dans un fauteuil qui faisait face au joli jardin de devant et à la forêt au loin.

Dehors, tout était d'un vert très frais. L'air était cristallin et le ciel d'un bleu pur parsemé de quelques nuages blancs. Je n'aperçus aucun animal sur la pelouse, mais on avait l'impression que quelque chose pouvait surgir de la forêt à tout instant. J'avais le sentiment étrange de me trouver au bout du monde.

Mason s'était assis en face de moi, de l'autre côté d'une table basse en verre, et Nathaniel prit place dans le fauteuil à côté du sien.

Je ne parvenais pas à m'empêcher de comparer le physique de Mason au mien.

Son menton était différent, carré, alors que le mien était pointu. Il avait un nez plus long que moi, mais tout aussi droit. Ses yeux étaient d'un marron plus clair que les miens, qui avaient la couleur d'un expresso. Il avait des cheveux presque noirs, très épais, alors que les miens étaient d'un brun doré et plus souples.

Sa bouche, peut-être, m'était plus familière. Quelque chose dans sa façon de sourire et la forme de ses lèvres quand il parlait.

— Voulez-vous boire quelque chose ? proposa Mason à la cantonade.

— Tu plaisantes ? dit Nathaniel d'une voix tendue.

— Apparemment, tu en as bien besoin, lui dit Mason. Et vous, Sophie ? Nous avons du vin. Rouge ou blanc. Ou du whisky, si vous préférez.

— Ce n'est pas moi qui viens d'apprendre une nouvelle choquante. Je n'ai besoin de rien, merci.

— Whisky ? demanda Mason à Nathaniel en se

levant. Personnellement, je vais en prendre un. J'avoue que la nouvelle me prend de court.

— D'accord, dit Nathaniel.

Il était évident que faire ma connaissance ne leur procurait aucun plaisir et qu'ils ignoraient tout de mon existence.

Si le lien génétique était du côté de ma mère, il était possible que sa propre naissance ait été un secret de famille honteux, qu'on l'ait confiée à l'adoption pour ensuite oublier toute l'affaire. Si c'était du côté de mon père, peut-être celui-ci n'était-il pas du tout officier dans l'armée de l'air australienne. Peut-être s'agissait-il du mouton noir expédié en Australie par sa famille des décennies plus tôt, pour s'en débarrasser. Et voilà que je revenais hanter sa famille.

En fait, les possibilités étaient infinies et je me dis que je ferais mieux de m'en aller avant de créer un véritable problème. Ça n'était pas du tout mon intention.

Mason fit tomber des glaçons dans deux verres, puis y versa du whisky.

Les yeux de Nathaniel étaient fixés sur moi. Bizarrement, il semblait encore plus perturbé par ma soudaine apparition que ne l'était Mason. Qui était-il et quelle était sa place dans cette famille ? Il avait les yeux bleu foncé et ne ressemblait ni à Mason ni à moi.

— Est-ce que le test garantit que nous sommes cousins ? demanda Mason en se rasseyant.

— Si ça se trouve, elle a tout inventé, dit Nathaniel.

— À notre époque ? dit Mason. Il ne faudrait pas longtemps pour prouver le contraire.

— Mais en attendant, elle pourrait avoir causé beaucoup de dégâts.

Je me sentis obligée d'assurer que telle n'était pas mon intention. Que j'avais seulement pensé que ça pourrait être une bonne nouvelle, quelque chose d'amusant.

— Pour vous, peut-être, dit Nathaniel. Annoncer que vous êtes la cousine inconnue du propriétaire de la plus grosse entreprise de télécommunications d'Alaska… je comprends.

Cette déclaration me prit complètement par surprise. J'ignorais totalement que la famille pût posséder quelque chose, et encore moins Kodiak Communications. Mais ça expliquait cette énorme demeure. Et ça signifiait également que personne dans cette famille n'aurait besoin de mon aide… Jamais.

J'essayai de cacher ma déception.

— J'ignorais qu'ils possédaient cette entreprise.

Nathaniel émit une petite toux dubitative.

— Accordons-lui le bénéfice du doute, dit Mason.

— Je ne suis pas venue pour vous créer des ennuis, dis-je à Mason, ignorant l'intervention de Nathaniel.

— Donc, nous sommes vraiment cousins ?

— Étant donné le pourcentage d'ADN en commun, je pourrais être votre grand-tante ou vous, mon grand-oncle. Mais vu notre âge à tous les deux, nous sommes plutôt cousins germains.

— Cousins germains, dit Mason, l'air songeur.

— C'est ce que dit le rapport.

Je n'avais rien d'autre à ajouter.

Je regrettais de ne pas avoir choisi la formule Deluxe. Mais à l'époque, la dépense supplémentaire ne m'avait pas semblé utile.

— Et ce rapport, intervint Nathaniel, d'où sort-il ? Vous en avez une copie ?

— Arrête, dit Mason.

— Mais… si c'est du chantage…

Je me levai d'un bond.

— Écoutez, je ne suis pas là pour causer des ennuis à quiconque. Je voulais vous rencontrer, Mason, et c'est fait. Visiblement, pour vous, ça n'est pas une bonne surprise, alors je vais rentrer à Seattle avant que…

— Mais non, dit Mason. Rasseyez-vous, je vous en prie.

Je ne savais pas ce que j'étais venue chercher en Alaska. Peut-être aurais-je voulu être accueillie à bras ouverts par une nombreuse et joyeuse famille réunie autour d'un rôti à la cocotte, avec une tante d'une cinquantaine d'années qui aurait cuisiné des petits biscuits et un oncle jovial qui aurait raconté des histoires à n'en plus finir. Une véritable image d'Épinal, réalisai-je alors.

Je me rassis.

— Ma mère était fille unique, dit Mason. Mon père n'a qu'un frère, Braxton. Vous avez un peu moins de trente ans, c'est bien ça ?

Je hochai la tête.

— Alors, vous avez été conçue pendant que mon oncle Braxton filait le parfait amour avec sa femme, tante Christine. C'est le seul moyen pour que nous soyons cousins germains.

— Votre mère n'aurait-elle pas pu avoir un frère ?

— Bien sûr que non. Elle a passé toute sa vie en Alaska. Tout le monde connaissait la famille.

— Un demi-frère caché ? insistai-je.

— Dans ce cas, vous ne seriez qu'une demi-cousine et la correspondance de l'ADN serait différente.

— Est-ce qu'on est obligés d'explorer toutes les hypothèses ? intervint Nathaniel d'un ton impatient. Vous voulez de l'argent, c'est bien ça ?

— Ça suffit, dit sèchement Mason.

Les doutes de Nathaniel en disaient long sur lui-même ; les gens malhonnêtes ont tendance à chercher les mêmes défauts chez autrui.

Désagréable et immoral, donc. Le tableau était complet.

— Qu'elle nous dise ce qu'elle veut et qu'on en finisse, dit Nathaniel.

— Je vous prie de ne pas me juger d'après vos propres standards, rétorquai-je.

Les yeux de Nathaniel se plissèrent et sa mâchoire se crispa.

— Tu l'as bien cherché, dit Mason en prenant une gorgée de son whisky.

— Je vais vous faire un chèque, dit Nathaniel.

— C'est là que votre belle logique fait défaut. L'argent est bien la dernière chose que je veux, dis-je en me levant.

Mais avant que j'aie pu faire une sortie théâtrale, la porte s'ouvrit.

Je me retournai. Un homme d'une cinquantaine d'années se tenait dans l'embrasure.

Grand, distingué, l'air sévère. Blazer gris anthracite sur chemise blanche, cheveux poivre et sel peignés en arrière, courte barbe grisonnante.

— Que se passe-t-il ici ? demanda-t-il d'une voix autoritaire.

Nathaniel et Mason se levèrent d'un bond.

— Mon oncle, dit Mason en le saluant de la tête.

— Bonjour, Braxton, dit Nathaniel.

Le regard de Braxton se porta sur moi. Ses yeux étaient couleur expresso – comme les miens.

— Qui est cette jeune femme ? demanda-t-il.

- 2 -

Braxton posa un regard inquisiteur sur moi. Visiblement, il attendait une réponse.

— Sophie Crush, dit Nathaniel.

— Et ?

J'aurais préféré laisser Mason mener la conversation, mais le silence s'installa.

— Je suis de Seattle, dis-je tendant la main. Enchantée de vous connaître… Braxton ?

— Braxton Cambridge.

Sa main était large, légèrement calleuse. Je sentis qu'il ne serrait pas vraiment, comme s'il voulait éviter de me faire mal.

— Elle est venue voir Mason, intervint Nathaniel.

Braxton regarda les deux hommes plus jeunes.

— Y a-t-il quelque chose que je devrais savoir ?

— Non, répondit hâtivement Nathaniel.

Braxton lâcha ma main et je jetai un coup d'œil vers Nathaniel. Je n'appréciais guère qu'il intervienne sans arrêt et le lui fit comprendre d'un regard.

— En fait, si, finit par dire Mason.

— Je ne trouve pas ça très drôle, dit Braxton d'une voix sévère.

— Tu devrais t'asseoir, lui suggéra Mason.

Braxton me détailla de la tête aux pieds.

— Elle est enceinte ?

— Décidément, c'est une obsession chez vous tous.

Mason eut l'air un peu étonné.

— Nathaniel m'a prise pour une de vos conquêtes d'un soir, lui expliquai-je.

— Je n'ai jamais dit…

— Vous l'avez clairement suggéré, dis-je, et ça lui cloua le bec.

— Elle n'est pas enceinte, dit Mason.

Il sembla sur le point d'ajouter quelque chose mais se ravisa.

— Elle est là pour affaires ? demanda Braxton, toujours méfiant.

— Non, dit Mason.

— Tout dépend du point de vue, marmonna Nathaniel.

— J'ai dit que ce n'était pas pour l'argent, m'exclamai-je. Ça n'a rien à voir et on peut mettre un terme à tout ça maintenant. Il suffit que je m'en aille et que je ne remette plus les pieds ici.

— Il n'est pas question que ça finisse comme ça, dit Mason.

— Au contraire, dit Nathaniel. Je trouve sa proposition très raisonnable.

— Vous allez vous expliquer, ou quoi ? cria Braxton.

— Assieds-toi, oncle Braxton, dit Mason.

Poussant un soupir impatient, Braxton prit le siège le plus proche.

Nathaniel s'installa à côté de lui dans le fauteuil que je venais de quitter. Mason et moi étions assis en face d'eux.

— Sophie est ma cousine, dit Mason.

— Du moins, c'est ce qu'elle *prétend*, crut devoir préciser Nathaniel.

— J'ai fait faire un test ADN.

Le regard de Braxton passa de Mason à Nathaniel avant de se poser sur moi.

— Qui êtes-vous ? dit-il au bout d'un moment.

— Sophie Crush, de Seattle. Ma mère s'appelait Jessica Crush. C'est son nom de jeune fille. Elle ne s'est jamais mariée. Elle a été infirmière, dans l'armée notamment.

— Qu'est-ce que c'est que cette histoire ? dit Braxton en s'adressant à Mason. Est-ce que Xavier est au courant ?

— Pas encore. On vient juste de l'apprendre.

— Elle a débarqué il y a une demi-heure, dit Nathaniel. Comme tombée du ciel.

— Papa n'est pas encore au courant, répéta Mason. Du moins, je pense qu'il ne sait rien, dit-il en me regardant d'un air interrogateur.

— Je ne pense pas qu'il le sache, dis-je.

Jusqu'à preuve du contraire, *personne* ne savait.

Braxton avait l'air très sombre, presque menaçant.

— Tout ça n'a aucun sens, gronda-t-il. Elle *ment*.

C'en était trop. Je me levai d'un bond en attrapant mon sac.

— Ça a été – je faillis dire « un plaisir » – intéressant de vous rencontrer, dis-je à Mason.

Je saluai sèchement Nathaniel d'un hochement de tête.

— Je ne suis pas une menteuse, repris-je en m'adressant à Braxton, dont le visage avait viré au rouge. Mais je vois bien qu'il vaut mieux pour vous que tout le monde le pense. Alors, au revoir.

Je me dirigeai vers la porte.

— Non, s'écria Mason en se levant à son tour. C'est ridicule. La faire partir ne changera rien. Si elle est ma cousine, je tiens à le savoir.

— Ça n'est pas ta cousine, dit Braxton.

— Tu en es vraiment sûr ?

La main sur la poignée, je n'eus pas besoin de me retourner pour savoir que Braxton était fou de rage. Je l'entendis à sa voix.

— Je n'ai *jamais* été infidèle. *Jamais.*

— Dans ce cas, comment expliques-tu l'existence de Sophie ? demanda posément Mason.

— Elle ment, c'est évident, dit Nathaniel.

— Tu n'en sais rien, Nathaniel. Mais il y a un moyen simple de le prouver.

Je me retournai vers les trois hommes.

— Je peux vous laisser une copie du test ADN. Mais je m'en vais. Je ne suis pas venue ici pour assister à une dispute familiale.

— C'est *vous* qui l'avez provoquée, dit Nathaniel.

— Ferme-la, Nathaniel, lança Mason.

— Pas question que je fasse confiance à ce test.

— Je suis sûr que c'est un faux, renchérit Braxton.

— Elle peut en faire un autre… si elle veut bien. Quant à toi, oncle Braxton, choisis un médecin ou un laboratoire en qui tu as confiance.

Braxton sembla se détendre. Il réfléchit un instant avant de m'adresser un sourire rusé.

— Faisons ça, acquiesça-t-il, s'attendant visiblement à ce que je fasse machine arrière.

Étant donné que ce que j'avançais était vrai, j'étais surprise qu'il ait l'air si sûr de lui.

— Bien, dis-je, surtout pour faire plaisir à Mason.

Braxton plissa les yeux comme s'il cherchait à deviner à quel jeu je jouais.

Je soutins son regard. Je voulais qu'il sache que je ne jouais pas.

— Laissez-moi seul avec elle, finit-il par dire.

Il allait tenter de me corrompre, mais aucune somme d'argent ne me ferait changer d'avis. Pour autant, je n'étais pas venue pour détruire sa vie. S'il le fallait, nous pourrions prétendre qu'il m'avait payée et je partirais sur la pointe des pieds.

J'étais déçue de ne pas pouvoir mieux connaître Mason, mais les conséquences risquaient d'être trop graves.

— Dehors, dit Braxton à Mason et Nathaniel.

Ils sortirent.

— Ils vous obéissent toujours au doigt et à l'œil ? demandai-je une fois la porte refermée.

— À quel jeu jouez-vous ?

— Je ne joue pas. Je voulais simplement rencontrer mon cousin. Je ne dispose que du pourcentage d'ADN en commun. On ne m'a rien donné d'autre. J'aurais peut-être dû prendre la version Deluxe. Peut-être que ça nous aurait tous aidés à comprendre…

— Taisez-vous, s'il vous plaît.

J'obtempérai. Non seulement parce que je n'avais plus rien à dire, mais aussi parce que je voyais bien que Braxton était un colérique.

— Vous savez comme moi comment ça va se terminer.

Je hochai la tête.

— Alors, que voulez-vous ? Qu'espérez-vous gagner dans tout ça ?

— Rien.

— Arrêtez votre comédie, dit-il en ricanant. Il n'y a plus que vous et moi.

— Je voulais seulement savoir.

— Quoi donc ? Si j'allais vous signer un chèque sans discuter ?

Comme il était loin de la vérité !

— Non. Si j'avais, oui ou non, un cousin. C'est drôle, vous savez. Avant d'arriver ici, je me demandais si Mason aurait besoin d'argent. Je me disais qu'il avait peut-être des enfants qu'il désirait envoyer à l'université plus tard et que je pourrais créer un fonds fiduciaire.

— Vous êtes forte. *Vraiment* très forte. Allez, faisons ce test ADN.

Je ne pris même pas la peine de répondre. Rien dans l'attitude de cet homme ne montrait qu'il était prêt à accepter le fait qu'il était mon père.

Mon père.

Je le regardai une longue minute, m'imprégnant peu à peu de cette pensée.

Il y avait toutes les chances pour que Braxton Cambridge soit mon père biologique.

Nathaniel s'était arrogé le rôle de coordinateur du test ADN et avait appelé le médecin de Braxton, en qui ce dernier avait visiblement confiance. Pas de problème. Pour ma part, je m'étais fiée à un site Internet faisant probablement appel à un laboratoire situé à l'étranger.

Nous étions tous dans le grand salon. Nathaniel

au téléphone avec le cabinet du médecin, Braxton, debout, sirotant son single malt d'un air sombre. Il m'avait proposé de l'accompagner, mais j'avais décliné l'offre. Quant à Mason, il était apparemment en train d'échanger des SMS avec quelqu'un.

J'en profitai pour observer la pièce ; son plafond aux poutres apparentes, sa cheminée vitrée sur trois côtés, autour de laquelle étaient installés les fauteuils et les nombreuses fenêtres s'ouvrant sur la nature. La maison – ou plus exactement la demeure – était magnifique et bien plus vaste que toutes celles que j'avais visitées à Seattle.

La grande pièce donnait sur une salle à manger, où trônait une énorme table ovale en chêne aux pieds sculptés. Autour de la table, dix-huit fauteuils aux bras sculptés sur le même modèle que les pieds de la table.

Par une arche en pierre, on accédait à une immense cuisine aux meubles en bois et plans de travail couleur crème.

En m'approchant des fenêtres, je constatai que les animaux marron qu'on apercevait au loin étaient des chevaux. Il y en avait une vingtaine et tous n'étaient pas bruns. Il y en avait aussi des blancs et des noirs, et c'était un spectacle magnifique de les voir brouter paisiblement dans le paddock.

— Il peut nous recevoir demain matin, annonça Nathaniel en rangeant son téléphone. Mais il faudra attendre quelques jours pour les résultats.

— Indiquez-moi l'heure et l'adresse. Je vous retrouverai sur place.

— 9 h 30 au Burge Medical Building, à l'angle de Laurel Street et de East Tudor.

— Parfait. Pouvez-vous aussi me donner l'adresse du Tidal Hotel ?

J'étais soulagée que cette première rencontre touche à sa fin.

Ça ne s'était absolument pas déroulé comme je l'avais prévu, et j'étais fatiguée et affamée. Surtout, je me sentais émotionnellement épuisée. Je rêvais de pouvoir me débarrasser de mes bottines, de m'allonger sur un confortable lit d'hôtel et de commander un gros hamburger et des frites au service d'étage. Je l'avais bien mérité.

Mason leva les yeux de son téléphone.

— Comment ça, le Tidal ?

— C'est Nathaniel qui me l'a recommandé.

— Pourquoi lui recommander un hôtel, Nathaniel ?

— Elle n'avait réservé nulle part.

— Pas question qu'elle aille à l'hôtel.

— Mason, dit Braxton, une note d'avertissement dans la voix.

— Sophie va loger ici, déclara Mason d'un ton définitif.

— Très mauvaise idée, dit Nathaniel.

Et j'étais d'accord avec lui. Je n'aimais pas les situations inconfortables et je ne pouvais imaginer plus gênant que de rester dormir dans cette maison.

— Je vais à l'hôtel.

— Elle dit qu'elle va à l'hôtel, répéta Braxton en écho.

— Pas question, dit Mason. Elle fait partie de la famille.

— Il se trouve que je sais que c'est faux, dit Braxton.

— Et moi, il se trouve que je la crois, affirma Mason en soutenant le regard de son oncle.

— Et moi, il se trouve que j'ai deux jambes, un SUV garé juste dehors, une carte de crédit valide et mon libre arbitre, dis-je en me dirigeant vers la porte. Je vais à l'hôtel.

Mason me suivit.

— Nous avons plusieurs chambres d'amis. Elles sont confortables et elles ont leur propre salle de bains.

— C'est très gentil de me proposer de rester, mais…

— Non, je le fais par pur égoïsme. J'ai envie qu'on passe du temps ensemble. J'ai envie de mieux vous connaître. Oncle Braxton n'a qu'à aller se cacher dans son bureau en ville, et Nathaniel prendre un coucou et aller inspecter les installations de Kodiak au nord. Mais vous et moi, nous allons rester ici et faire plus ample connaissance.

— Puisque je te dis qu'elle n'est pas ta cousine, lança Braxton.

— C'est une parfaite inconnue et sans doute une arnaqueuse, renchérit Nathaniel.

— Je ne suis pas une arnaqueuse.

— Donc, vous savez que vous êtes ma cousine, dit Mason.

Oui. Je le savais. À moins d'une colossale erreur de la part du laboratoire, il y avait 99,65 % de chances que Mason soit mon cousin.

— Et vous ne voulez pas mieux connaître votre cousin ? demanda gentiment Mason. Venez. Je vais vous faire visiter l'étage.

— Mais…

— Nathaniel, va chercher ses bagages, demanda Mason en m'offrant galamment son bras. Votre voiture est fermée à clé ?

— Vous êtes toujours aussi autoritaire ? dis-je sans prendre son bras.

— C'est génétique. Vous ne l'êtes pas aussi ?

— C'est intolérable, dit Braxton.

— Je n'apporterai pas ses bagages ici, déclara Nathaniel.

— Tu préfères lui montrer l'étage ?

La facétie de Mason me fit sourire, mais je secouai la tête.

— Ce sera mieux pour tout le monde si je vais à l'hôtel.

— Pour *eux*, peut-être. Mais pas pour moi. Ni pour vous. Je suis un type amusant et intéressant. Qui vaut la peine d'être connu.

Je le croyais volontiers et je devais bien m'avouer que j'étais curieuse d'en savoir plus sur lui.

Prenant mon silence pour une approbation, Mason fit signe à Nathaniel d'aller chercher mes bagages.

— Bon, dit ce dernier. Mais je tiens à ce qu'on se souvienne que j'étais contre ça.

— C'est noté.

Braxton posa son verre d'un geste brutal et quitta la pièce d'un air furieux.

— Quand vous le connaîtrez mieux, vous saurez que c'était un oui.

— Vous êtes sûr ? fis-je, plus que sceptique. À mon avis, il ne veut pas que je reste.

— Non, corrigea Mason. Il ne veut pas que ce que vous dites soit vrai.

— Je suis désolée…

Et je l'étais. Je n'avais eu aucune intention de

bouleverser la vie de Braxton. Il avait beau être sec et grognon, je ne lui voulais aucun mal.

Je songeai à repartir à l'aéroport et à disparaître avant d'avoir refait ce test ADN. Avais-je envie que Braxton fasse partie de ma vie ?

— Eh bien, moi, je ne suis pas désolé, dit Mason.

— Tout ça n'est qu'un tissu de mensonges, reprit Nathaniel.

Il commençait vraiment à me taper sur les nerfs.

— Pourquoi accepterais-je de refaire un test si je savais qu'il allait revenir négatif ?

Il me fixa un moment.

— C'est ce que j'essaie de comprendre.

— La réponse ne vous semble pas évidente ?

— Elle l'est pour moi, dit Mason.

Mon regard n'avait pas quitté Nathaniel.

— Vous êtes sûr de vouloir camper sur vos positions ? Vous n'avez pas peur d'être ridicule d'ici quelques jours ?

— J'en suis sûr.

— D'accord, dis-je en haussant les épaules.

De toute façon, il ne me semblait pas être le genre d'homme capable de s'excuser quand il avait tort. Non. Il était orgueilleux et têtu. Et aussi très loyal à Braxton, si j'étais tout à fait honnête. Visiblement, ma révélation bouleversait également sa vie à lui. Pourquoi ? J'aurais bien aimé le savoir.

Mais oui ! Ce n'était pas parce qu'il n'apparaissait pas sur le site et qu'il portait le nom de famille de Stone qu'il n'était pas également un Cambridge.

— Vous êtes de la famille ? demandai-je.

— De qui ?

— De Braxton, Mason et moi ?

— Non, répondit-il d'un ton neutre. Aucun lien de parenté.

— Mais vous vivez ici ?

J'étais partie de ce principe depuis le début, mais je pouvais parfaitement m'être trompée sur ce point.

Sa mâchoire se crispa, comme si ma question l'offensait.

— Nathaniel est très proche de la famille, expliqua Mason. Il est le vice-président de Kodiak Communications. Et puis c'est une grande maison. Il faut bien la remplir.

Une grande maison ? C'était vraiment un euphémisme. Quant à ma chambre, c'était plutôt une sorte de suite royale, avec son haut plafond aux poutres apparentes et ses hautes fenêtres d'angle. Le lit à baldaquin était si haut, le matelas si épais qu'il me faudrait sauter pour y monter. Dans l'angle formé par deux des immenses fenêtres, on avait installé un petit salon de détente, avec un divan et deux fauteuils couleur crème autour d'une table basse en verre. Une cheminée au gaz en marbre occupait le mur face au lit, et un dressing menait à une salle de bains avec une immense baignoire, une douche à l'italienne et une double vasque.

Pour égayer le parquet en chêne massif, on avait ajouté un immense tapis vert forêt. Je cédai à la tentation et retirai mes bottines, me délectant de la douceur de la laine épaisse. Puis je posai mon sac sur un banc recouvert de coussins. Qu'allais-je bien pouvoir faire en attendant l'heure du dîner ?

On toqua à la porte.

— Entrez, dis-je, m'attendant à voir Mason.

La perspective d'une conversation tranquille avec lui dans le petit coin salon était tentante. Mon esprit fourmillait de questions sur son père, sa famille, l'Alaska – et aussi sur la manière dont fonctionnait Nathaniel, puisqu'il semblait évident qu'il avait l'intention de rendre mon séjour ici le plus désagréable possible.

La porte s'ouvrit. Sur Nathaniel. Et ma valise.

Comment avais-je pu oublier l'effet que son physique produisait ? Une fois encore, je fus frappée par son assurance et par l'intensité de sa seule présence. Il était grand, puissant et portait la valise comme si elle avait été aussi légère qu'une plume.

— Ici ? dit-il en se dirigeant vers le banc disposé au bout du lit, sans même attendre ma réponse.

Au seul son de sa voix, j'avais ressenti une chaleur intense au niveau de la poitrine. J'avais l'impression que l'atmosphère tout entière avait été transformée par sa présence. La pièce était comme électrisée.

D'instinct, je reculai d'un pas pour le laisser passer. Il me fallut un instant pour reprendre mon souffle.

— Oui. Parfait. Merci.

Il déposa la valise puis se retourna vers moi. Son regard bleu m'observait, m'évaluait. On aurait dit que le reste du monde avait disparu et qu'il ne restait que moi. C'était à la fois flatteur et terriblement intimidant.

— Vous êtes maligne, dit-il d'une voix que je jugeai sarcastique. Vous savez parfaitement que vous n'avez que quelques jours pour soutirer ce que vous êtes venue chercher.

— Parce que le test ADN sera négatif, c'est ça ? dis-je, sur le même ton sarcastique.

— Je connais Braxton depuis presque vingt ans. Je ne l'ai jamais vu mentir.

— Ce qui implique que c'est *moi*, la menteuse.

— Oui.

Le raisonnement était parfaitement fallacieux, mais ça n'avait pas l'air de gêner Nathaniel.

— Et s'il n'était pas aussi honnête ? Peut-être est-ce un excellent menteur, justement.

— Vous venez dans sa propre maison pour l'insulter. Vous avez un sacré culot, dit-il d'une voix sourde et menaçante.

— Je sais ce que je sais. Un point c'est tout. Et ça n'est pas la peine de continuer à en discuter, dis-je en le défiant du regard.

Il s'approcha encore un peu.

— Dites-moi ce que vous voulez. Je peux vous aider. C'est avec *moi* qu'il faut traiter.

— Je ne veux pas d'argent.

Il secoua la tête, l'air dubitatif.

— C'est pourtant la seule explication logique.

— Au contraire, ça n'a aucun sens.

Je tenais à mettre un terme définitif à tout ça. D'une manière générale, je n'aimais pas me disputer et, avec Nathaniel, cela m'était encore plus désagréable.

Je lui tournai le dos pour ouvrir ma valise. J'avais rangé mon ordinateur portable entre mes vêtements et je le sortis.

— Il ne servira à rien de me montrer vos faux résultats ADN.

— Ce n'est pas ce que j'avais en tête.

Il sembla légèrement pris de court.

— De quoi s'agit-il, alors ? dit-il, l'air curieux.

L'ordinateur en équilibre sur un de mes bras, je le démarrai et tapai le nom de East Sun Tech.

J'entendis, puis je sentis Nathaniel se rapprocher pour regarder par-dessus mon épaule. Sur le pavé tactile, mon doigt trembla légèrement. Je sentais la chaleur de son corps, son odeur de forêts et de prairies. Ma peau se mit à frémir, partout. Ça ne m'était jamais arrivé.

Mais je me ressaisis et cliquai sur le lien Internet.

— Et voilà, dis-je tandis que l'image apparaissait.

— Qu'est-ce que c'est ?

Son bras effleura le mien et je frémis encore. Je dus lutter pour garder l'air impassible, alors que j'avais le souffle coupé.

— C'est ce que nous avons vendu à East Sun Tech, mes amis et moi.

Il prit l'ordinateur pour regarder de plus près.

— Je ne comprends pas.

— Avant, je travaillais dans un restaurant, dis-je en me retournant vers lui.

Il semblait intrigué.

— C'est maintenant East Sun qui vend à des distributeurs dans le monde entier le processus que nous avons créé. Et nous, nous touchons des royalties. De l'argent, Nathaniel. Chaque mois, je reçois énormément d'argent. De l'argent à ne pas savoir qu'en faire.

Je ne comprenais pas moi-même pourquoi j'avais ajouté cette dernière phrase, mais c'était la pure vérité. Penser que Nathaniel était venu pour me proposer de l'argent en échange de ma disparition, c'était franchement risible.

— Vous êtes riche, alors ?

Je lui repris mon ordinateur.

J'étais sur le point de lui dire que j'étais *à l'aise* ou d'utiliser un autre euphémisme du genre, mais je finis par admettre que, oui, j'étais riche.

Je posai mon ordinateur sur le banc au bout du lit.

— Alors, pourquoi tout ça ?

Je me redressai. Je me trouvais très près de lui, maintenant. À peine à quelques centimètres de son torse. Cela me mettait mal à l'aise, mais je me refusai à céder le moindre pouce de terrain.

Nos regards étaient rivés l'un à l'autre. Ses yeux prirent une teinte plus sombre.

— Qu'êtes-vous venue chercher ici ?

Sa voix s'était faite moins rude. J'y perçus même une note de désarroi.

Que lui répondre ? Je n'avais pas trouvé ce que j'étais venue chercher en Alaska. Loin de là. Mais maintenant que j'étais là, je ne comptais pas renoncer.

— La vérité, dis-je.

— Quel noble combat, dit-il en se rapprochant davantage, comme s'il me défiait.

Il se pencha un peu plus sur moi et je perdis le fil, totalement hypnotisée par ses lèvres.

Des lèvres sensuelles. Cet homme si attirant et moi étions tous les deux, seuls dans cette chambre…

À mon tour, je me rapprochai. Et je relevai le menton, lui offrant mon visage. Je n'essayai même pas de lutter ; les choses se déroulaient toutes seules.

Il n'y avait pas un bruit. La chambre était plongée dans le silence. Un silence absolu.

Du pouce, il me caressa la joue.

Fermant les yeux, je laissai la sensation me traverser,

descendre le long de mon cou, de ma poitrine, jusqu'au creux de mon ventre.

Il suffisait qu'il effleure ma joue et… Je n'avais jamais éprouvé une sensation aussi puissante.

Puis ses lèvres touchèrent les miennes. Elles étaient chaudes et avaient la saveur riche d'un vieux whisky.

Je lui rendis son baiser. Me dressant sur la pointe des pieds, je passai les bras autour de son cou tandis que ses mains se refermaient sur ma taille.

C'était un baiser délicieux, plein de sensualité. J'entrouvris les lèvres et poussai un gémissement quand sa langue toucha la mienne. Le désir explosa dans mon ventre et me laissa les jambes flageolantes.

Pressant sa puissante poitrine contre mes seins, il intensifia la force de son baiser, qui se fit plus insistant, plus pressant.

Je n'avais qu'une envie ; arracher mes vêtements et les siens et me retrouver avec lui sur ce lit immense.

Mais soudain, j'entendis un bruit dans le couloir.

Je me figeai. Il recula légèrement et je fis de même.

— Heu…, commençai-je, luttant pour reprendre mon souffle et ne sachant pas quoi dire.

— Je ne voulais pas…

Il semblait aussi déconcerté que moi.

— C'était probablement une mauvaise idée, dis-je en reculant d'un pas pour détacher nos corps, encore intimement mêlés même si nous avions gardé tous nos vêtements.

— *Probablement ?* demanda-t-il avec une pointe d'étonnement. Je n'avais pas du tout l'intention de faire ça.

Puis, semblant se souvenir qu'elle se trouvait là, il

retira sa main de ma taille, brisant le dernier point de contact entre nous.

— Vous m'avez embrassée sans le faire exprès ?

Je n'aurais pas dû avoir envie de rire. Le moment ne s'y prêtait absolument pas. Et pourtant. Je pris un air plus sérieux.

— J'étais venu faire appel à votre sens de l'honneur et de l'intégrité.

— En me proposant de l'argent ?

— Écoutez, Braxton est plus fragile qu'il n'en a l'air.

Je n'en revenais pas.

— Et c'est *ça*, votre argument ?

— Il a déjà beaucoup souffert.

— Un autre enfant secret revenu le hanter ? raillai-je.

L'expression de Nathaniel se fit sévère.

— Non. Il a perdu une fille. Elle est morte dans un accident de voiture avec sa femme. Elle était son unique enfant et elle avait neuf ans.

Ma vision de Braxton changea. Pas complètement, mais un peu quand même. C'était une histoire déchirante.

— Je suis désolée d'apprendre ça.

— Vous comprenez donc pourquoi toute votre histoire le bouleverse autant.

Ce qui était arrivé était tragique, mais ça ne changeait rien à ma propre situation. Je n'étais pas venue pour manipuler Braxton avec des mensonges.

— Ça a dû se passer il y a des années.

— On n'oublie jamais son enfant.

— Vous en avez ?

Il ne portait pas d'alliance et venait de m'embrasser comme si demain n'existait pas, mais après tout cela ne prouvait rien.

— Non, répondit Nathaniel, que la question sembla choquer.

— Dans ce cas, vous n'êtes pas vraiment expert.

La nouvelle ne m'avait pas laissée insensible, mais je n'avais pas l'intention de m'en aller avant de connaître la vérité, quelle qu'elle fût.

Et puis je n'avais pas envie de laisser tomber Mason. En dépit de ce que ressentait Braxton, il avait été très clair sur ses intentions.

— Nul besoin d'être un expert pour savoir que les gens aiment leurs enfants, dit Nathaniel d'un air offensé.

Je n'avais rien à répondre à cela.

— Vous ne pensez pas que Braxton mérite la vérité ? Que moi aussi, je la mérite ?

— La vérité, je crois que vous la connaissez déjà, et je pense que Braxton mérite qu'on le laisse tranquille. Puisque vous ne voulez pas d'argent, dites-moi comment vous faire changer d'avis.

— Je ne changerai pas d'avis. Nous allons faire ce test ADN et nous verrons bien ce qu'il en ressort.

Il me regarda un long moment, essayant de toute évidence de me percer à jour, de comprendre comment je fonctionnais.

J'aurais aimé qu'il me livre le fruit de ses observations, mais il quitta la pièce sans un mot.

Nathaniel et Braxton m'ignorèrent les deux jours suivants, et si Mason était un hôte aimable, il était très occupé, et je n'en savais pas beaucoup plus sur lui qu'à mon arrivée.

Il était allé à l'université en Californie, sa sœur Adeline

préparait un doctorat en urbanisme à Sacramento, et son jeune frère Kyle vivait en Alaska, mais il était actuellement en déplacement pour Kodiak.

Pour m'occuper, j'allais voir les chevaux. Mason m'avait dit que la famille, qui tenait ces terres d'un arrière-grand-père, en louait pour des randonnées. Bizarrement, mon lapin Snuggles me manquait à nouveau beaucoup, et je me dis que je prendrais un animal quand je m'installerais dans ma nouvelle maison. Pas un cheval, mais pourquoi pas un chiot.

Le troisième jour, dans l'après-midi, les résultats du test ADN arrivèrent enfin.

Nous étions tous dans le salon, porte close.

Je vis que Nathaniel me regardait et je détournai les yeux. Mais pas assez vite pour échapper au souvenir de notre baiser.

Chacun prit place dans un des fauteuils disposés autour de la table basse.

Braxton me fixait tout en ouvrant l'enveloppe.

Mais peu m'importait. S'il y avait eu une erreur pour le premier test, je m'excuserais et repartirais à Seattle. Et tout ceci n'aurait été qu'une expérience un peu bizarre.

Braxton commença à lire tout haut, tout en explorant rapidement le document.

Tout à coup, son expression se figea.

— Oncle Braxton ? demanda Mason.

— C'est impossible… Je n'ai pas trompé Christine. *Pas une fois*. J'aimais ma femme, dit-il en me regardant d'un air soupçonneux.

Nathaniel aussi semblait penser que j'avais, d'une

façon ou d'une autre, falsifié les résultats. Il embrassait bien, mais à part ça, c'était un sombre imbécile.

— Je ne sais même pas quel labo a réalisé le test, répondis-je à sa question non formulée.

Braxton continuait à parcourir le rapport.

— Il doit bien y avoir une explication…

— Vous étiez jeune… peut-être que lors d'une fête… ou peut-être avez-vous été blessé et sous l'effet de médicaments, et… ma mère était une infirmière militaire et…

— Je n'étais *pas* dans l'armée et je n'ai jamais bu au point d'oublier ce que je faisais. Je n'ai *jamais* trompé Christine, s'écria Braxton.

— Il y a peut-être un frère dont on ignore l'existence, ou un demi-frère…, suggéra Nathaniel.

— Ça dit que je suis son *père biologique*.

— Ou alors, un jumeau ? dit Nathaniel.

— Un jumeau secret ? fit Mason d'un air dubitatif.

Braxton se tourna vers son neveu.

— Tu me traites de menteur ?

— Je dis juste qu'on a la preuve scientifique que tu es le père de Sophie. Sophie qui est une jeune femme merveilleuse. Réfléchis un peu à ça. Tu as une fille, mon oncle.

Le regard horrifié de Braxton passa de Mason à moi.

— Je suis désolée, dis-je.

Et c'était vrai. Si seulement je n'avais jamais mis les pieds en Alaska… Nathaniel avait raison. Je ne savais pas grand-chose de l'histoire de Braxton, mais il était évident qu'il voulait que cela reste secret. À y repenser, ma mère avait tout fait dans ce sens aussi.

— Je vais m'en aller, dis-je en me levant.

— Pas question, intervint Mason en me prenant par le bras. J'ai aussi mon mot à dire dans tout ça.

— Je ne voulais pas que ça se passe ainsi, mais rassurez-vous, je ne dirai rien à personne.

— Je vais tirer tout ça au clair, déclara Nathaniel d'un ton déterminé.

— Bah, dit Braxton en se versant un autre verre, ce qui est fait est fait. On ne peut pas remettre le génie dans la bouteille.

— Kyle revient demain et il faut qu'on appelle Adeline, dit Mason. Notre famille n'est pas si nombreuse qu'on puisse se permettre d'en ostraciser un des membres.

Malgré la complexité de la phrase, les mots de Mason me réchauffèrent le cœur. Depuis la mort de ma mère, je n'avais plus de famille. Et, peu importait comment les choses allaient tourner, je sentais que Mason serait désormais toujours là pour moi.

— Merci.

— Vous devriez rester, oui, dit Braxton.

— *Quoi ?* s'écria Nathaniel, sous le choc. Qu'est-ce que vous allez dire aux gens ?

Ni Braxton ni Mason ne prirent la peine de lui répondre.

— Est-ce que vous avez des impératifs de travail à Seattle ? demanda Mason.

— Non, dis-je en secouant la tête. Le monde tourne parfaitement sans moi.

— Parfait. Vous pourrez donc faire la connaissance de Kyle demain.

- 3 -

Kyle ressemblait comme deux gouttes d'eau à Mason, en un peu plus grand.

Il commença par me toucher une épaule, puis me prit dans ses bras et me serra fort. J'étais un peu gênée par tant de spontanéité.

— Ce n'était vraiment pas la peine de faire ce test, dit-il. C'est le portrait craché de Braxton.

— Absolument pas, dit Nathaniel en fronçant les sourcils.

Nous étions tous dans la cuisine, en train de préparer le café du matin. Des scones tout chauds nous attendaient dans un panier sur l'îlot central. Le soleil était haut, levé depuis 3 h 30 du matin.

— C'est parce que tu ne cherches pas la ressemblance. Regarde-moi cette bouche magnifique.

— Braxton n'a pas une jolie bouche.

— Sophie a la même que lui, version jolie.

Il se dirigea vers la machine à café.

— Quel poste lui a-t-on offert ? demanda-t-il en prenant une tasse.

— Elle n'a pas besoin d'un travail, dit Nathaniel.

— Je ne pense pas m'éterniser ici, dis-je.

— Ça, ça n'est pas encore décidé, dit Mason, avant de humer l'arôme de son café.

— Je viens d'acheter une maison à Seattle.

Nathaniel et Mason ignoraient cette information et me regardèrent tous les deux d'un air surpris. Je poursuivis :

— Elle est au bord de l'océan et j'ai hâte de m'y installer. Ça va me changer de mon appartement, j'aurai beaucoup plus de place. Je vais même pouvoir prendre un chiot.

— On dirait que tu es aussi bavarde que moi, dit Kyle.

— En général, non.

— Ce n'était pas une critique, précisa-t-il avec un sourire. C'est sûrement génétique, ma chère cousine.

Ces derniers mots me firent sourire également. Avec Kyle, tout semblait si fluide, si facile…

— Je dois aller à Seattle dans la matinée pour le boulot, tu veux venir ? me proposa-t-il.

— Comment ça ?

— Le King Air n'est pas aussi rapide qu'un avion de ligne, mais c'est plus sympa de voyager tranquille. Je reviens demain matin. Si tu as des choses à faire ou des affaires à passer prendre…

Il avait l'air absolument sérieux. Il me proposait de prendre un jet privé pour faire un aller-retour à Seattle. C'est Tasha qui aurait été fière de moi !

— Tu auras besoin d'un copilote, dit Nathaniel.

— Je peux me débrouiller seul.

— Vous comptez m'abandonner là-bas ?

Le regard de Kyle passa de Nathaniel à moi.

— J'ai loupé quelque chose ?

— Nathaniel s'inquiète pour Braxton, intervint Mason.

— Pourquoi ?

— Réfléchis un peu…

Kyle me regarda.

— Tu veux dire que…

— J'ai vingt-sept ans, dis-je.

— Ohhh…, dit Kyle en écarquillant les yeux. C'est une surprise.

Mais Kyle avait l'air moins surpris que perplexe. Visiblement, il ne pouvait croire que Braxton ait pu tromper sa femme.

Plus tard, alors que je déambulais dans l'immense demeure en me demandant si je devais accepter l'offre de Kyle, je finis par entrer dans une petite bibliothèque et me retrouvai devant un mur couvert de photos de famille. Sur l'une d'elles, je reconnus Mason et Kyle alors qu'ils étaient adolescents. Ils montaient à cheval, et l'homme qui les suivait devait être Xavier, leur père, que je ne connaissais pas encore.

Sur une autre photo, les garçons étaient plus jeunes. Et ils étaient assis dans l'herbe avec une petite fille qui devait être leur sœur Adeline.

Sur la photo suivante, il y avait une femme et une autre petite fille, couchées dans un champ de fleurs sauvages de toutes les couleurs. Par cette belle journée d'été, elles souriaient gaiement au photographe ; ce devait être Christine, la femme décédée de Braxton, et leur fille, Emily.

Mon cœur se serra.

Emily portait une jolie robe bleue et un bandeau assorti dans ses cheveux châtains. Christine était splendide et Emily, adorable. Ensuite, il y avait un portrait en gros plan d'Emily, pris le même jour. Toujours aussi souriante, elle tripotait un petit collier portant les initiales E. C. Je regardai ses yeux, son nez, son menton. Elle me rappelait quelqu'un.

Mais bien sûr… C'était ma demi-sœur.

Mon cœur se serra davantage et l'émotion m'envahit.

— Il y a des albums quelque part.

C'était Nathaniel. Il se tenait derrière moi. Et lui aussi regardait les photos.

— Vous ne pensiez pas que je mentais ? dis-je en me tournant vers lui.

— Je ne vois pas pour quelle raison vous mentiriez, dit-il en haussant les épaules.

Je sentis qu'il n'allait rien ajouter à ce sujet et je me retournai vers la photo.

— Emily a l'air très heureuse.

— C'était une enfant heureuse. C'est quelques mois après cette photo que…

— Qu'elle est morte ?

— Ce jour-là, c'était son anniversaire. Le 15 août.

J'eus l'impression d'être traversée par un courant d'air glacé.

— Mais…

Je fus incapable d'aller plus loin.

— Quoi ?

Je sentais son regard posé sur moi. Je levai les yeux et finis par dire :

— Je suis née un 15 août.

Nous nous regardâmes en silence.

— Et vous avez vingt-sept ans. Emily aurait eu vingt-sept ans aussi.

Je luttai pour digérer ce qu'il venait de dire. C'était énorme. Impossible.

Je me penchai vers la photo. Le visage d'Emily me semblait toujours familier.

— Où êtes-vous née ? murmura Nathaniel.

C'est alors que cela me frappa. Emily avait les yeux de ma mère. Elle avait son sourire.

— Pas ici, dis-je en secouant la tête, refusant d'accepter ce que nous pensions tous les deux. Maman travaillait dans une base militaire en Californie.

Nathaniel mit un peu de temps à répondre :

— Emily est née en Californie.

— Non, dis-je en m'éloignant de la photo.

— Vous êtes Emily.

— Non, répétai-je.

— Et Emily était vous.

— C'est impossible. Ça n'a pas pu arriver. Ça n'est *pas* arrivé. Non ! Maman était ma mère. J'étais sa fille.

Mes mains se mirent à trembler et mes jambes se dérobèrent sous moi. Je fermai les yeux.

Je sentis qu'il passait un bras autour de mes épaules. Puis il me prit dans ses bras, comme s'il craignait que je m'effondre.

Sans lutter, j'enfouis ma tête dans le creux de son épaule. Je voulais échapper au monde, en être protégée le plus longtemps possible.

— Ça va aller, dit-il.

— Mais… c'est impossible. Il y a des protocoles, des vérifications !

D'après ce que je savais des hôpitaux modernes, il était impossible de confondre des bébés.

— Ça explique les résultats du test.

— Ça efface toute ma vie.

— Mais non. Vous êtes toujours vous. Vous le resterez à jamais.

Tout à coup, j'avais l'impression de ne plus être personne. J'étais en colère et ce fut Nathaniel qui en fit les frais.

— Vous ignorez tout de moi.

— C'est vrai, dit-il, tout en continuant à me serrer dans ses bras.

Je m'accrochai à lui comme à une ancre.

— Hé, Sophie, je voulais vous…

J'ouvris les yeux et me tournai vers la porte. Nathaniel également.

C'était Mason.

— Mais qu'est-ce qui… ?

Nathaniel baissa les yeux sur moi, me questionnant du regard.

Je hochai la tête. Je ne voulais pas que ça reste un secret.

— Il faut qu'on te parle, dit Nathaniel.

— Qu'est-ce qui se passe ? Nathaniel, si tu as fait quelque chose…

— Tais-toi et ferme la porte.

Nathaniel passa son bras autour de ma taille et me guida jusqu'à une chaise.

— Je t'écoute, Nathaniel, dit Mason d'une voix tendue.

— Nous venons de comprendre quelque chose. Tu ferais mieux de t'asseoir.

Mason me regarda d'un air inquiet.

— Crache le morceau, bon sang.

Mon cœur battait à tout rompre.

— C'est au sujet d'Emily et de Sophie. Elles sont nées le même jour. Toutes les deux en Californie.

Mason ne réagit pas. Il attendit un moment, puis ses yeux s'écarquillèrent.

— Elles ont été échangées à la naissance.

— Alors… vous êtes Emily ?

— Non ! m'écriai-je d'une voix trop dure.

— Elle reste Sophie, dit Nathaniel.

Mason se laissa tomber sur une chaise.

Mes pensées partaient dans tous les sens. J'aurais voulu parler à ma mère, la prendre dans mes bras, lui dire combien je l'aimais et que je me fichais de ce maudit test.

Puis je me dis que j'allais appeler l'hôpital, réclamer leurs dossiers pour comprendre comment ils avaient pu commettre une erreur pareille. Ils allaient devoir en répondre.

Et enfin, la terrible vérité me frappa de plein fouet.

Ça aurait dû être *moi*. Dans cette voiture, sur cette route verglacée, avec Christine. C'est moi qui aurais dû mourir.

— C'est Emily qui devrait être ici, dis-je, submergée par la culpabilité. Je devrais être morte.

— Ne dites pas ça, Sophie, dit Nathaniel en tendant la main vers moi.

Je résistai au désir de la saisir.

Je me levai et retournai vers la photo accrochée au mur. Vers les yeux d'Emily, son sourire, le petit épi que formaient ses cheveux sur son front.

Ma mère, si drôle, si intelligente, si douce n'avait jamais connu son bébé. Elle m'avait eue, moi, à la place.

Je sentis les mains puissantes de Nathaniel se poser sur mes épaules.

— Il faut qu'on prévienne mon oncle, dit Mason.

— Pour lui dire quoi ? fit la voix de Braxton.

Il se tenait, imposant, sur le seuil de la porte.

— Sophie est Emily, balbutia Mason.

Entendre ces mots me fit physiquement mal.

Le visage de Braxton était sans expression.

— Elles ont été échangées à la naissance, précisa Nathaniel.

— Non, dit Braxton après un moment. Non.

Je comprenais ce qu'il ressentait. Il avait la même réaction que moi. Son Emily était aussi précieuse pour lui que ma mère l'avait été pour moi. Et c'était atroce de se voir arracher un être cher.

— C'est faux ! s'écria Braxton en me jetant un regard accusateur.

Pour lui, c'était ma faute. Et peut-être était-ce vrai. J'aurais pu ne jamais aller fouiller sur ce site et, en voyant à quel point mon existence bouleversait Braxton, j'aurais pu m'en aller. J'aurais pu prétendre avoir cherché à les escroquer et laisser les Cambridge retourner à leur vie.

— Elles sont nées le même jour, dit Mason. En Californie. Et tu nous as assurés ne jamais avoir trompé tante Christine.

— Je suis désolée.

— Ne dites pas ça, fit Nathaniel. Vous n'êtes pas responsable de ce gâchis.

— Et tu fais partie de la famille, ajouta Mason en passant naturellement au tutoiement. Ta place est ici. Avec nous.

Mais c'était faux. Ma place n'était pas en Alaska. J'étais sortie sur la terrasse et je regardais les chevaux et l'étendue sauvage autour.

J'avais tellement envie de rentrer chez moi ! Mais j'avais déjà rendu mon appartement, mes cartons étaient en transit et ne seraient livrés dans la nouvelle maison que dans quelques jours. Heureusement, j'avais emporté mes affaires les plus personnelles et mes photos. J'allais ressortir mes vieux albums et me replonger dans mes souvenirs avec maman.

La brise se fit plus fraîche. On était au milieu de l'après-midi, en plein été, mais ici, le soleil ne brillait jamais complètement à l'aplomb ni ne se couchait vraiment. J'avais l'impression d'être sur une autre planète et je ne pouvais m'imaginer grandissant ici plutôt qu'à Seattle.

Pourquoi ne pas aller voir Tasha, ou Layla et Brooklyn pour retrouver un semblant de normalité ? Ou alors leur demander de me rejoindre quelque part ? Elles accourraient immédiatement si elles savaient ce qui m'arrivait.

Pourquoi pas un spa ? Un week-end entre filles dans un spa, avec soins et massages et beaucoup de vin.

J'entendis la porte-fenêtre s'ouvrir derrière moi.

— Sophie ?

C'était Braxton.

Il vint s'accouder à la rambarde, à quelques pas de moi.

Au loin, un cheval hennit et les feuilles des peupliers bruissèrent dans le vent qui poussait les petits nuages blancs dans le ciel d'un bleu profond.

— Ça va ? finit-il par demander.

Est-ce que Nathaniel et Mason l'avaient forcé à venir me parler ?

Je me tournai vers lui.

— Rien ne vous oblige à faire ça.

— Quoi donc ?

— À venir me parler pour… je ne sais pas… créer un lien.

— Je sais, dit-il en ébauchant un sourire.

— Alors, qu'est-ce que vous voulez ?

— Je me suis dit que vous deviez être bouleversée, dit-il lentement. Peut-être en colère ? Perdue ?

— Perdue, oui. Complètement.

Il hocha la tête et d'une voix douce, il dit :

— Moi aussi.

Nous nous regardâmes une longue minute et ce fut lui qui finit par briser le silence.

— Je retrouve Christine en vous maintenant. Avant, je ne cherchais même pas la ressemblance parce que j'étais convaincu que je ne pouvais pas être votre père.

Effectivement, je comprenais maintenant son point de vue. Il n'y avait jamais eu de fête trop arrosée, ni de blessure nécessitant un calmant qui lui aurait fait perdre la mémoire. Il le savait depuis le début et moi, je n'avais pas cessé d'insister.

— Il faut que je rentre chez moi, dis-je.

Il eut l'air déçu.

— Vous pourriez rester un peu plus longtemps.

— Non, dis-je en secouant la tête. J'ai besoin de reprendre pied. De me recentrer. De réfléchir à ce que tout ça implique.

— Vous espériez trouver une famille en venant ici…

— Au lieu de quoi, j'ai perdu ma *mère*.

Braxton fixa son regard au lointain, sur l'horizon.

— Ma femme Christine… ta mère… elle a failli mourir en donnant naissance à Emily. À toi, je veux dire – comme Mason un peu plus tôt, il s'était mis à me tutoyer sans même le vouloir. Sa pression sanguine est montée en flèche et elle a fait une insuffisance rénale sévère. Après ça, nous n'avons plus osé faire d'autres enfants. Ensuite, quand je les ai perdues, ça a été si soudain… Elles étaient si jeunes… Mais maintenant, tu es là. Tu es là.

— Mais je ne suis pas elle, dis-je tandis que le monde tanguait autour de moi et que je m'agrippai à la rambarde.

— Non. Tu es toi. Et tu es là. C'est une sorte de miracle.

Mais ce n'était pas ce que je voulais. Je voulais qu'on me rende ma vie. Celle que je connaissais.

J'avais accepté la proposition de Kyle de m'emmener à Seattle et j'ignorais quand je reviendrais.

J'appellerais Tasha dès mon arrivée. L'idée du spa me séduisait de plus en plus. Me retrouver dans un endroit douillet, entourée de mes amies, voilà ce qu'il me fallait. Pourquoi pas à Las Vegas, où les maris de Layla et Brooklyn possédaient un hôtel chic sur le Strip ?

Depuis mon arrivée, je n'avais pas vraiment défait ma valise ; je ne voulais pas m'installer. Je la vidai complètement sur le lit pour la refaire correctement.

Marie, la gouvernante, avait pris quelques-uns de mes vêtements pour les laver et j'espérais qu'ils seraient prêts avant mon départ. Sinon, j'en achèterais d'autres en arrivant à Seattle.

On toqua à la porte ouverte.

— Oui.

C'était sans doute Mason. Il avait sûrement parlé avec Kyle et allait essayer de me convaincre de rester. Je ne voulais pas lui faire de peine, mais je ne changerais pas d'avis.

— Vous faites vos bagages, dit Nathaniel en entrant dans la pièce.

— Oui, dis-je en rangeant un jean à côté de mes baskets.

Je me demandais si Nathaniel avait toujours l'intention de piloter l'avion aux côtés de Kyle. J'espérais que non. Je préférais lui dire au revoir ici plutôt qu'être coincée pendant des heures avec lui dans cet appareil et devoir lui dire adieu à Seattle.

Nous avions fait de notre mieux pour ne pas y penser, mais je voyais bien que la question de notre baiser restait en suspens entre nous. Je ne pouvais oublier non plus son attitude quand nous avions découvert la vérité sur l'échange des bébés. Il s'était montré très à l'écoute et réconfortant. Je n'aurais jamais imaginé ça de sa part.

— Vous vous en allez.

Son ton avait quelque chose d'accusateur.

— Oui, dis-je en continuant à ranger mes affaires.

— Braxton a dit qu'il vous avait demandé de rester.

— Mais je préfère partir.

Il fronça les sourcils.

— Vous êtes sûre que c'est la meilleure solution ?

— Pour moi ? Oui. Et d'ailleurs, depuis le début, vous cherchez à vous débarrasser de moi.

— Il veut que vous restiez.

— Je sais.

— Il ne demande pas grand-chose.

— Pourtant, j'ai l'impression que Braxton est du genre à exiger et à être obéi.

— C'est une façade.

— Je ne crois pas, non, dis-je en retournant à ma valise.

Il toucha mon épaule.

— Sophie.

La chaleur de sa main envoyait des ondes le long de mon bras jusqu'à ma poitrine.

— Ma décision est prise.

— Et si vous m'écoutiez d'abord ?

Je résistai à la folle envie de me blottir dans ses bras.

— Il ne s'agit pas de vous et moi.

Après un silence, il dit :

— Vous en êtes sûre ? Est-ce à cause de moi que vous partez ?

Je me retournai et sa main glissa de mon épaule.

— Non. Je m'en vais pour *moi*.

— J'ai conscience de ne pas avoir été très accueillant, mais je vous ai prise pour une arnaqueuse.

— Vous auriez pu me laisser le bénéfice du doute…

— C'est comme ça qu'on se fait piéger.

J'eus l'impression qu'il me dévoilait une faille.

— Qu'est-ce qui vous a rendu aussi méfiant ?

— J'ai grandi en familles d'accueil.

La révélation, faite sur un ton très neutre, me prit de court. Je ne savais pas quoi dire.

— Je… je ne savais pas…

— Comment l'auriez-vous su ?

— Je suis désolée.

— Cinq familles en dix ans. Je ne dis pas ça pour attirer votre pitié. Quoique je sois preneur, si ça vous incite à rester.

Il eut un sourire plein d'autodérision totalement désarmant.

— N'essayez pas de m'avoir au charme.

— Pourquoi ? Ça marche ?

— Pas du tout.

— J'ai rencontré Braxton quand j'avais quinze ans. Je filais un mauvais coton à l'époque. Mes amis et moi, on avait grimpé en haut d'une des tours de Kodiak. On n'a pas été pris sur le coup, mais les caméras nous avaient filmés. On avait pris la parabole pour cible. Résultat, mille clients en panne.

— Et qu'a fait Braxton ?

— Justement. Il aurait pu me faire envoyer en maison de redressement. Ma vie aurait été fichue. Mais quand il a appris mon histoire, il m'a proposé un marché. Venir vivre chez lui et payer ma dette en installant des câbles et en ramassant le crottin des chevaux. Si je me tenais à carreau et travaillais bien au lycée, il ne porterait pas plainte. Il m'a sauvé. Il m'a donné un foyer, m'a payé des études, donné du travail. Tout ce que je suis, je le dois à Braxton.

Braxton… Il voulait que je reste. Nathaniel aussi. Mais mon opinion à moi comptait également.

— J'ai besoin de temps et d'espace pour réfléchir.

— On a tout le temps et l'espace qu'il faut en Alaska.

— Je vais revenir.

— Pourquoi je ne vous crois pas ?
Sa déception me serra le cœur.
— Parce que vous êtes cynique.
— Les gens ne tiennent pas toujours leurs promesses.
— C'est mon père. Je reviendrai.
— Pourquoi perdre du temps, alors ?
Je n'avais pas de réponse à cette question.

- 4 -

— Alors, tu restes ou tu pars ? demanda Mason en me retrouvant dans la cuisine le lendemain matin.

La veille au soir, j'avais appelé Tasha. Elle avait été choquée d'apprendre qu'on m'avait échangée à la naissance, mais elle avait su se montrer rassurante et elle m'avait aidée à peser les pour et les contre de la situation.

— D'après Kyle, tu pars. Nathaniel dit que tu vas rester. Qui a raison ?

Dans le grand plat, je pris un cupcake au citron et le posai sur mon assiette, léchant au passage la crème à la vanille qui s'était collée à mon pouce.

— Je reste.

— C'est génial, dit Mason en contournant l'îlot central pour se servir un cupcake. Je ne croyais pas Nathaniel quand il m'a dit qu'il t'avait fait entendre raison.

— Il n'a pas grand-chose à voir avec ma décision et on s'est disputés.

À mon avis, c'était plutôt grâce à Tasha que j'avais pu trancher. Mais pour être honnête, c'était ma conversation avec Nathaniel qui m'avait poussée à l'appeler.

— Il peut se montrer désagréable, parfois.

C'était peu dire, pensais-je en souriant.

— Il a dit qu'il voulait ce que voulait Braxton.

Je mordis dans mon cupcake. Un véritable feu d'artifice gustatif.

— C'est délicieux, m'exclamai-je.

— Sebastian est un artiste, oui. Et Nathaniel suit toujours l'avis de Braxton.

— Il m'a raconté son enfance, et que Braxton l'avait sauvé.

— J'avoue que ça me surprend, dit Mason, l'air perplexe. C'est ce qui t'a fait changer d'avis ?

Je préférai ne pas parler de ma conversation avec Tasha.

— Je me suis dit que j'allais finir par revenir, alors autant en profiter dès maintenant pour apprendre à vous connaître.

— Bravo. Tu veux que je te fasse visiter Anchorage ? Je pourrais t'emmener au siège de la boîte. Peut-être que ça te donnera envie d'y travailler.

Je dégustai la dernière bouchée de mon cupcake.

— Les télécommunications, ça n'est pas du tout mon domaine. Et ma vie est à Seattle.

Je ne voulais pas que Mason, ni Nathaniel, ni personne ne s'imagine que je m'installais ici à long terme.

— Message reçu. Ça ne nous empêche pas de visiter Anchorage.

— Avec plaisir.

— Avec plaisir, quoi ? demanda Nathaniel en entrant dans la cuisine.

— Un petit tour à Anchorage. Je vais rester ici quelques jours de plus. Et ne vous imaginez pas, ni l'un ni l'autre, que vous pourrez m'influencer.

— Même si je me montre le plus charmant et amusant des cousins ?

Le bruit d'un moteur diesel et le bip d'une alarme de recul se firent entendre à l'extérieur.

Nathaniel se dirigea vers la fenêtre.

— Ils commencent à préparer la fête de samedi prochain, expliqua Mason en allant lui aussi à la fenêtre. On fait ça tous les ans avec l'équipe de Kodiak Communications. Tout le monde se retrouve ici pour un énorme barbecue, un bal et des jeux pour les enfants l'après-midi.

Nathaniel ouvrit la porte-fenêtre et nous sortîmes tous sur la terrasse pour admirer le spectacle.

— Qu'est-ce qu'il y a dans le camion ? demandai-je.

— La tente. Une fois montée, on installera la sono, les tables, une estrade et la piste de danse.

— Une piste de danse dans le jardin ?

— Pour le bal, dit Nathaniel, l'air malicieux.

— Franchement, c'est une belle fête. Il ne faut pas que tu loupes ça, dit Mason.

— Mais qu'est-ce que vous direz aux gens à mon sujet ?

La perspective que les associés et les amis de Braxton apprennent mon existence me mettait mal à l'aise.

— La vérité, dit Nathaniel. Vous n'êtes pas un secret honteux.

— On dira ce que tu voudras qu'on dise, proposa Mason.

— Je préfère qu'on s'en tienne à la famille pour l'instant.

Bien sûr, pour moi, Tasha, Layla et Brooklyn faisaient partie de la famille, et j'avais hâte de parler à Layla et Brooklyn. Mais avec tout ce bruit, impossible de les appeler d'ici.

Je sortis mon téléphone et me dirigeai vers la porte-fenêtre.

Une femme apparut devant moi.

— Bonjour !

— Oh ! Bonjour.

Son regard se posa sur Mason et Nathaniel.

— Vous êtes venue voir… Mason ?

Je ne savais pas vraiment quoi répondre.

— Nathaniel ? tenta-t-elle, l'air surprise par cette éventualité.

Je me retournai. Nathaniel et Mason regardaient le camion manœuvrer sans faire attention à nous.

— Je m'appelle Adeline, dit la femme.

Adeline ? Je n'avais vu que des photos d'elle enfant. Elle avait grandi.

— La sœur de Mason, ajouta-t-elle.

— Je sais. Je…

— Adeline !

C'était la voix de Mason.

Le moteur du camion s'arrêta enfin et j'entendis les pas des deux hommes venir vers nous.

Adeline se précipita pour aller embrasser son frère. Puis elle prit Nathaniel dans ses bras, un large sourire aux lèvres.

— Qu'est-ce que tu fais à la maison ? demanda Mason.

— Je viens pour la fête.

— Tu es en avance, dit Nathaniel, l'air intrigué.

Adeline prit son bras et se tourna vers moi.

— Si tu nous présentais ?

Nathaniel lança un regard à Mason pour lui laisser l'initiative.

— Adeline, dit Mason d'un ton grave, je te présente Sophie. Elle… heu…

— C'est une histoire compliquée, acheva Nathaniel.

— C'est quelqu'un de la famille, dit Mason. On a fait un test ADN pour le prouver.

— Un test ADN ?

— Sophie Crush, dis-je en tendant la main à Adeline.

— Notre cousine Sophie, dit Mason.

Adeline, visiblement déconcertée, se tourna vers son frère.

Je laissai retomber ma main.

Nathaniel prit la parole :

— Emily et elle étaient…

— *Sœurs ?* Mais c'est impossible, dit Adeline.

— Elles ont été échangées à la naissance.

Nous avions fait un tour rapide d'Anchorage en voiture, marché un peu dans les rues et fait quelques boutiques avant de jeter notre dévolu sur le Moonstone Grill. L'endroit était douillet, avec ses sièges en cuir rouge et une grande cheminée circulaire au milieu de la pièce. Je sentais le feu me réchauffer le dos.

Adeline saisit ma main, puis regarda Mason et Nathaniel.

— Heureuse que tu sois là. Ça fait des années que je suis en minorité.

— Oh ! ma pauvre, fit Mason d'un air faussement compatissant.

La serveuse apporta nos boissons. Adeline avait

commandé un martini, Nathaniel et Mason, une bière pression, et moi, un verre de merlot.

— Raconte-moi tout, dit Adeline.

Elle était chaleureuse, intelligente et drôle. Et mon arrivée dans la famille paraissait lui faire sincèrement plaisir.

— Tout à propos de quoi ?

— Ce que tu fais, où tu as grandi, comment était ta famille. Commence depuis le début.

— On peut commander d'abord ? demanda Mason. Ça risque d'être long.

Je souris en les voyant se chamailler gentiment. Nathaniel surprit mon regard et leva les yeux au ciel en souriant lui aussi.

— Je recommande le béluga burger, dit Mason. En fait, ça n'est pas du béluga, mais du bœuf sur un bun fait maison avec leur sauce spéciale.

— Prends plutôt le poulet à la mexicaine avec les frites de patates douces, me conseilla Adeline.

Ils me regardaient tous les deux fixement et je me sentais prise entre deux feux.

Nathaniel ouvrit le menu devant moi.

— Et si on laissait Sophie choisir seule ?

— Je suis assez tentée par le poulet.

Je n'avais pas fait ce choix par pure solidarité féminine, mais Adeline afficha une mine triomphante.

La serveuse nous laissa le temps de bavarder quelques minutes puis revint vers notre table.

— Puis-je prendre votre commande ?

— Je crois qu'on a tous choisi, dit Nathaniel.

— Comme d'habitude pour vous ?

— Bien sûr.

Elle se tourna vers Mason.

Il hocha la tête.

— Cheeseburger et frites maison pour moi.

— Avec un supplément de frites, dit la serveuse en notant.

Mason sourit.

Ensuite, elle passa à moi. Elle avait de jolis yeux bleus et un regard amical.

— Et vous, heu… ?

— Sophie, intervint Adeline. Elle… elle est venue nous rendre visite de Seattle

— Je prendrai le poulet à la mexicaine.

— Soyez la bienvenue en Alaska, Sophie. Je m'appelle Janine. Vous prendrez des frites de patates douces avec ?

— Oui, s'il vous plaît. Il paraît qu'elles sont délicieuses.

— On vous a bien conseillée.

— Poulet à la mexicaine pour moi aussi. Avec un supplément de guacamole, si vous pouvez.

— Bien sûr, dit Janine en me lançant un regard pour savoir si je suivrais l'exemple d'Adeline.

— Pour moi aussi, dis-je. Adeline m'a l'air d'une experte.

— Appelez-moi si vous voulez d'autres boissons, dit Janine en prenant les menus.

C'était un endroit vraiment agréable, à l'ambiance à la fois détendue et feutrée.

— Le DJ commence à 20 heures, dit Adeline. On peut danser.

Je ne pus m'empêcher de regarder vers Nathaniel.

Mon regard croisa ensuite celui d'Adeline, qui eut un sourire complice.

Mais *non*. Je ne voulais pas danser avec Nathaniel. Enfin, si, ça aurait pu être amusant. Mais de toute façon, ce n'était pas le genre d'homme à danser. En tout cas, je ne voulais pas qu'Adeline se fasse des idées.

Elle proposa que nous allions nous « repoudrer ».

— Alors, Nathaniel ? dit-elle avant même que nous soyons arrivées aux toilettes. Il est sexy, hein ?

— Non.

— Tu craques sur lui ?

— Pas du tout…

— En tout cas, tu es discrète… Il n'a rien remarqué. Mais clairement, tu le trouves sexy. C'est pas grave.

— On passe notre temps à se disputer. On n'a pas la même vision des choses. Et quand je suis arrivée, il m'a prise pour une arnaqueuse.

— Parce que tu disais être la fille d'oncle Braxton ?

Je m'engageai derrière elle dans le vieil escalier.

— Il n'était pas question de ça au début. Tout ce que je savais, c'est que Mason était probablement mon cousin.

— Ça m'étonne que Mason ait donné son ADN, mais je suis heureuse qu'il l'ait fait. Sinon, on n'aurait jamais su qui tu étais vraiment.

— Tu n'es pas en colère concernant Emily ?

Je me disais qu'Emily et Adeline avaient sûrement été amies. Les deux familles semblaient proches.

— Ça a été une tragédie et on a mis des années à s'en remettre, mais tu n'y es pour rien et on ne peut rien y changer.

Elle avait raison. Sur les deux points.

Ni l'une ni l'autre n'ayant besoin de passer aux toilettes, nous redescendîmes. Au niveau de la réception, Adeline me prit le bras :

— Je voulais te proposer de t'aider à concrétiser avec Nathaniel.

Pour que l'hôtesse ne m'entende pas, je répondis à voix basse :

— Nathaniel et moi, ça n'est pas une bonne idée.

L'attirance était puissante, bien sûr, mais tout semblait compliqué avant même d'avoir commencé. Et je cherchais tout sauf les complications.

— Comment peux-tu le savoir ? Il s'est déjà passé quelque chose, c'est ça ?

Ses yeux verts brillaient de malice.

Il aurait été ridicule de nier.

— Je l'ai embrassé. Ou *il* m'a embrassée. Bref, il y a eu un baiser.

— Et… ?

— Rien de plus.

— Pourquoi ?

— On se disputait. Il voulait me faire quitter l'Alaska et moi, je voulais la vérité.

— Mais… je croyais que c'était *lui* qui t'avait convaincue de rester.

— Il ne m'a convaincue de rien du tout. *Maintenant*, il veut que je reste, mais à ce moment-là, il voulait me voir déguerpir.

— Il prend toujours le parti de mon oncle. Ils sont très liés, tu sais.

— Nathaniel et Braxton ?

— Tous. Les Cambridge mâles. Tu vas voir, ça va être génial d'être cousines. Mais fais attention à eux.

Sa mise en garde me surprenait ; elle semblait bien s'entendre avec ses frères, en tout cas avec Mason.

— Pourquoi ?

— Ils sont horriblement têtus.

— Moi aussi.

— Je t'aurai prévenue, dit-elle avec un sourire. Allez, nos plats doivent être servis.

Elle avait raison, comme je pus le constater en les observant diriger l'installation de la tente pour le barbecue quelques jours plus tard. Chacun semblait exactement savoir ce qu'il voulait.

Plus tôt le matin, une armée de jardiniers avait tondu l'immense pelouse, et quelques-uns travaillaient encore dans les plates-bandes, près de la maison.

On avait monté une grande tente au toit transparent, dont les côtés étaient ouverts. On avait accroché au faîte de la tente de grands drapés bleus piqués d'une myriade de petites lumières blanches qui redescendaient le long des quatre angles extérieurs. Les piliers de soutien à l'intérieur avaient été garnis de feuillage et de guirlandes lumineuses blanches. La nuit, le résultat serait magnifique.

On était en train de décharger des tables rectangulaires du camion. On allait bien sûr les recouvrir de nappes, mais ça ne me semblait pas l'idéal. Je m'approchai de l'homme qui était chargé d'organiser l'endroit où l'on dînerait. La cinquantaine, trapu, il consultait sa tablette tout en répondant aux questions des gens qui s'activaient autour de lui.

— Bonjour.

Il hocha la tête.

— Sophie Crush.

— Michael Hume.

— Enchantée.

— Alignez celle-ci avec le pilier, à un mètre de distance, lança-t-il à deux hommes qui transportaient une table.

Je parcourus l'espace du regard.

— On a prévu un buffet ou un service à table ?

— Buffet, dit-il d'une voix un peu impatiente. Et vous êtes ?

— La responsable, dit une voix derrière moi.

Nathaniel. Je ne l'avais pas entendu arriver.

— Je ne cherche pas à m'immiscer, dis-je à Nathaniel.

— Sophie sait de quoi elle parle. Elle dirigeait un restaurant à Seattle, dit Nathaniel en s'adressant à Michael.

Il exagérait.

— Qu'est-ce que tu suggères ?

Nous étions naturellement passés au tutoiement lors de notre dîner à quatre en ville, quelques jours plus tôt.

— Je me disais que des tables rondes conviendraient mieux que des rectangulaires. En avez-vous de disponibles ? Et est-ce que ça peut être fait dans les temps ?

— Oui, mais… il faudra faire des heures supplémentaires ce soir.

— Peu importe, trancha Nathaniel. On veut ce qu'il y a de mieux.

— Bien, dit Michael d'un ton professionnel, avant de se diriger vers son équipe pour donner les ordres.

— J'espère qu'il ne m'en voudra pas trop, dis-je.

— Il est payé pour faire le meilleur travail possible et j'ai confiance en tes choix. Autre chose ?

— Avez-vous déjà pensé à un service à table plutôt qu'un buffet ?

Visiblement, non.

— Viens. Tu vas en discuter avec le traiteur, Mel.

— C'est une femme ?

— Oui. Et tu devrais bien l'aimer.

— Je ne vais pas la déranger ?

— Mais non ! Notre barbecue est l'un de ses plus gros événements de l'année. Et maintenant, c'est toi, la responsable des opérations.

Nous étions arrivés au garage. Nathaniel se dirigea vers un pick-up et ouvrit la porte passager.

— Grimpe, dit-il.

— On ne devait pas voir Mel ?

— On y va. Elle doit être dans son restaurant à cette heure.

Je croisai son regard. Nous étions à près d'un mètre l'un de l'autre, mais je sentais le magnétisme de son corps.

— Tu vas tout laisser tomber ici pour m'emmener à Anchorage ?

— Oui, dit-il d'une voix chaude qui réveilla tous les sentiments contre lesquels je luttais depuis quelques jours.

— Pourquoi ?

— Je pense que tu le sais très bien.

— Non, dis-je en espérant qu'il allait me dire

quelque chose de gentil, qu'il avait envie de passer du temps avec moi, par exemple…

— Pour Braxton. Ça va lui faire plaisir que tu t'impliques dans notre vie ici.

- 5 -

Nous étions en route pour Anchorage. Bien sûr, il ne pouvait pas lire dans mes pensées. Il ignorait que je venais de réagir comme une ado amoureuse. Mais moi, je le savais, et j'avais hâte que ce trajet prenne fin.

Quelque chose de noir passa dans mon champ de vision.

— Hé, dit Nathaniel en s'accrochant au volant.

C'est alors que je compris que c'était un ours. Non. Ils étaient trois, en réalité. Une mère et ses petits.

De mon côté de la route, un fossé profond nous séparait de la roche et, de l'autre côté, la falaise tombait dans la mer.

Soudain, le pick-up vira à droite. Des gravillons volèrent et nous nous retrouvâmes sur une route étroite coupant à travers la montagne.

— Ça va ? me demanda Nathaniel.

— Oui. Un peu choquée. C'était un ours.

— Oui, confirma Nathaniel, en arrêtant le pick-up. Tu n'es pas blessée ? Vérifie ton cou.

J'étirai mon cou d'avant en arrière.

— Tout va bien. Ça arrive souvent ?

— De temps en temps. Mais le plus souvent, on rencontre des élans. Les ours sont plus malins.

— Pas cette fois.

Nathaniel me gratifia d'un sourire qui illumina ses yeux bleus et me fit frémir. Pourquoi fallait-il qu'il soit si séduisant ?

— Heureusement qu'il y avait cette petite route. S'il n'avait pas bifurqué, c'était l'accident.

— Elle mène au lac Horn. C'est très beau. On s'y est baignés une fois, quand on était adolescents. On a failli y rester, d'ailleurs.

— Toi, Mason et Kyle ?

— On avait piqué une bouteille de whisky dans le cellier, qu'on avait vidée avant.

— Préalable obligatoire, j'imagine.

— On s'est mis au défi de plonger.

— Et qui a relevé le défi ?

À son expression, je compris que c'était lui.

— Là où j'avais grandi, quand on vous lançait un défi, il fallait le relever. Pour garder le respect des autres et qu'ils vous fichent la paix.

— C'est triste, dis-je, désolée qu'il ait eu une enfance aussi dure.

— Bah… Il fallait voir la tête de Kyle et Mason. Mais l'eau était vraiment gelée. Elle vient du glacier. Ça te dit d'aller voir ?

— On a le temps ?

— Mais oui, dit-il tout en redémarrant.

Rapidement, la route devint plus escarpée et plus étroite. Plus cahoteuse aussi. J'étais secouée dans tous les sens.

— Accroche-toi, dit Nathaniel en désignant la poignée au-dessus de ma portière.

— Merci. Tu es sûr qu'on va y arriver ?

Il me lança un regard surpris.

— C'est plus facile à cheval, mais on va y arriver sans mal. Plus que deux ou trois kilomètres.

— Deux ou trois kilomètres ? Je croyais que c'était plus près.

— On aimait cet endroit parce que c'était tranquille, dit-il avec un sourire.

— Pour vos beuveries.

— Ou pour jurer comme des charretiers ou peloter une fille.

À l'idée de Nathaniel en train d'embrasser une fille, je sentis le rouge me monter aux joues. Je détournai la tête.

— Ça va empirer ? dis-je pour changer de sujet.

— Oui.

— Génial, répliquai-je d'un ton sarcastique.

Quelques virages plus loin, il appuya sur l'accélérateur.

— Accroche-toi.

Je m'agrippai à ma poignée et à la banquette. Le pick-up prit de la vitesse et, soudain, un énorme talus très raide se dressa devant nous.

— On va passer ce truc ?

— Je l'ai fait des dizaines de fois.

Je fermai les yeux, sentis que nous basculions vers l'arrière, entendis les roues gémir et puis, pendant une seconde, j'eus l'impression que nous flottions.

L'atterrissage fut rude et le choc se répercuta le long de mon dos.

— Tu vois, dit Nathaniel alors que le monde reprenait lentement sa place. C'est marrant, non ?

Le lac était magnifique ; ses eaux turquoise au milieu de l'écrin de la forêt et au loin, le glacier étincelant sous un ciel parfaitement bleu.

Nathaniel fit demi-tour, puis recula et arrêta enfin le moteur.

— Viens admirer la vue.

Nous descendîmes et contournâmes le pick-up. Il rabattit le hayon pour que nous puissions nous asseoir.

Mais d'abord, je voulais tester la température de l'eau.

Je m'accroupis sur la berge et plongeai les doigts dans l'eau. Elle était glacée.

— Alors ?

— Elle est gelée.

— On était vraiment fous, à l'époque. On a risqué l'hypothermie.

— Tu veux dire que tu as eu de la chance de survivre à ton adolescence ?

— Tu vois à quoi Braxton était confronté.

J'y avais déjà songé. Je trouvais admirable qu'un homme ait donné sa chance à un jeune qui avait vandalisé son entreprise. J'espérais avoir aussi hérité de cet aspect de son caractère.

— Tu sais pourquoi il a fait ça ?

— Non, et franchement je ne le méritais pas. J'étais un vrai petit con à l'époque. J'ai mis du temps à… Hé, regarde !

Il pointa son doigt vers le ciel, où planaient deux immenses rapaces.

— Des aigles royaux, dit-il. Sûrement un couple. Il doit y avoir un nid pas loin.

Pendant un moment, j'admirai les aigles évoluant

au-dessus du lac, mais j'étais curieuse de comprendre les liens qui unissaient Braxton et Nathaniel.

— Tu disais… au sujet de Braxton ?

Il ramassa quelques cailloux qu'il fit ricocher sur l'eau.

— Juste que ça a été dur au début. Je suis passé d'un foyer d'accueil où on se marchait dessus à… bref, tu as vu la maison. La chambre qu'ils m'ont donnée était plus grande que mon ancien jardin.

— C'est drôle, dis-je en songeant à ma propre situation, qui était en train de changer si soudainement.

— Comment ça ?

— C'est un choc pour moi de devenir riche. Mon amie Tasha a littéralement dû me traîner pour aller visiter des maisons. Je voulais vivre tout au bord de l'océan, mais il n'y a que d'énormes maisons. Trop grandes pour une seule personne.

— Tu ne viens pas d'en acheter une ?

— Si. Avec cinq chambres. Qu'est-ce que je vais bien pouvoir en faire ?

— Tu trouveras.

— C'est ce que m'a dit Tasha.

Nous rejoignîmes le pick-up et il m'aida à grimper sur le hayon en me tenant par les hanches. Ça ne prit qu'une seconde, mais j'eus l'impression que ses mains s'étaient gravées dans ma chair.

J'admirai la vue tout en songeant à Tasha, Layla et Brooklyn.

— Toutes mes amies semblent heureuses d'être riches. Pourtant, on est toutes des filles de la classe moyenne à la base. Mais c'est peut-être plus facile en couple. On peut discuter, échanger, s'habituer ensemble.

Bref. Et Layla et Brooklyn ont épousé des hommes déjà riches. Des jumeaux.

— Ah, oui ?

— Max et Colton. Ils étaient déjà…

Du coin de l'œil, je perçus quelque chose de gros et de noir. Soudain, la chose noire bougea et j'agrippai le bras de Nathaniel.

— Qu'est-ce que c'est ?

Il tourna la tête, bondit sur ses pieds sur la plate-forme et m'attira vers lui.

— C'est notre ourse.

— Qu'est-ce qu'elle veut ? dis-je, serrée contre Nathaniel, tous les sens en alerte.

— Elle est curieuse.

Un des oursons se dressa sur ses pattes arrière et huma l'air.

— Ils ont faim ?

— Les ours ne mangent pas les humains. Enfin, la plupart du temps.

Un des petits se mit à crier et la mère se dressa sur ses pattes.

Elle était *immense*.

— Il faut rentrer dans la cabine. Sans faire de gestes brusques, expliqua Nathaniel.

Dès qu'elle nous vit bouger, l'ourse baissa les oreilles et souffla. Les deux petits se cachèrent derrière elle et je me dis que tout ça n'était pas bon signe.

— Je vais sauter, reprit-il à voix basse.

— Tu me laisses ici ?

— Prête à me suivre ?

Je hochai la tête. À cet instant, je l'aurais suivi jusqu'au bout du monde.

— Une fois en bas, je t'ouvre la porte et tu entres aussi vite que tu peux.

L'ourse retomba sur ses quatre pattes et poussa un rugissement assourdissant.

Je ne sais comment, je réussis à descendre de la plate-forme et à me jeter dans la cabine pendant que l'ourse se précipitait vers nous.

La main de Nathaniel poussa sur mes fesses. Puis j'entendis la portière claquer.

Je me retournai et vis l'ourse qui tambourinait de ses grosses pattes sur le toit en grondant sauvagement.

Nathaniel démarra et, surprise par le bruit, l'ourse recula. Nous redescendîmes le talus à toute allure et, comme je n'avais pas attaché ma ceinture, je tombai du siège et me cognai le genou.

— Ça va ?

— Oui. Vas-y. Continue.

— Elle ne nous suit pas, dit-il en regardant dans le rétroviseur. Tu peux te relever ?

— Mais oui, dis-je en me rasseyant, tremblante, sur mon siège, puis j'attachai ma ceinture. C'est déjà arrivé ?

— Pas ici. C'est rare de croiser des grizzlys.

— Quelle chance on a eue, dis-je avec un petit rire nerveux.

— Tu es sûre que ça va ? Avec l'adrénaline, tu ne sens peut-être pas encore la douleur.

— Je vais juste avoir un bon bleu au genou.

— Ta chemise est déchirée et tu saignes.

— C'est juste une égratignure. Et toi ? Pas trop de dégâts ?

— Non. Juste un bon petit cardio pendant une minute, dit-il en riant.

— Merci, dis-je après un silence.

— De t'avoir mise en danger ?

— D'avoir assuré.

— Je ne t'aurais pas laissée sur la plate-forme, tu sais.

Bien sûr. Je le savais. Je remis un peu d'ordre dans mes cheveux. Ma main tremblait.

— Hé, dit Nathaniel, l'air inquiet.

Il arrêta le pick-up, détacha nos ceintures et me prit dans ses bras. Nous étions hors de danger, mais cela acheva de me rassurer. Il était si solide, si fort…

— Merci encore, murmurai-je en le serrant moi aussi dans mes bras.

Nous restâmes ainsi une longue minute, puis ses lèvres effleurèrent ma tempe. Ma gorge se serra. Une vague de chaleur m'envahit et, d'instinct, je me pressai contre lui.

Il m'embrassa encore, puis encore et encore, descendant le long de ma joue. Puis, il se recula légèrement, m'interrogeant du regard.

Je lui fis un signe positif et il se pencha vers moi pour embrasser ma bouche.

La joie m'envahit. J'étais heureuse d'être en vie. Heureuse d'être dans ses bras. La nature autour de nous me communiquait son énergie. Pour la première fois, je me sentis chez moi en Alaska.

Notre baiser se fit plus profond. Je sentais la chaleur de sa peau contre mes seins.

Il me prit par les hanches, m'allongea sur la banquette

et se coucha sur moi. Ses lèvres quittèrent les miennes et descendirent dans mon cou pour y planter des baisers langoureux.

Il défit les boutons de mon chemisier et je retins mon souffle. Mes seins pointaient contre la soie de mon soutien-gorge. Mon corps était impatient.

Il prit un de mes tétons dans sa bouche et le caressa de sa langue. Jamais je n'avais connu une sensation aussi intense, et mon corps se tendit vers lui, avide. Il passa à l'autre sein.

Je lui retirai sa chemise. Je voulais sentir sa peau contre la mienne. Sentir nos corps se rejoindre. Il acheva de me déboutonner tout en me léchant les seins. J'arrachai littéralement mon chemisier et me débarrassai de mon soutien-gorge avant de me presser contre lui, mes seins contre sa peau, mes bras autour de son cou, ma bouche prenant la sienne avec passion.

— Sophie, dit-il d'une voix sourde.

— Oui. Oh ! oui, dis-je en tendant la main vers la fermeture Éclair de son jean.

Sa main se posa sur la mienne, m'arrêtant dans mon élan.

Je levai les yeux vers lui.

Son expression était fermée et ses lèvres serrées.

— Ce n'est pas à ça que je pensais, dit-il d'une voix rauque.

Je n'y comprenais plus rien.

Est-ce qu'il était en train de dire *non* ? Alors que nous étions aux portes du paradis ?

— Tu es sûr que tu vas bien ?

Sans être la femme la plus expérimentée du monde ni la plus intelligente, j'étais quand même capable de savoir quand je plaisais à un homme. Et avec Nathaniel, c'était le cas.

Il repoussa ma main.

— C'est une mauvaise idée.

— C'est une *excellente* idée, au contraire.

— Sophie, dit-il en posant son front contre le mien.

— Quoi ?

— C'est une réaction à la peur. Ce sont les hormones.

Pour les hormones, j'étais d'accord, mais pas pour le reste.

— On s'est déjà embrassés. Et il n'y avait aucun ours à l'horizon.

Il ramassa mon chemisier et m'en recouvrit la poitrine.

— C'est trop compliqué, dit-il.

Je sentais le désir refluer à toute vitesse. Difficile de vouloir un homme qui vient de vous rejeter.

Nathaniel regarda ostensiblement ailleurs pendant que j'enfilais mes manches et me reboutonnais. Mon soutien-gorge gisait sur le siège à côté de moi. Je le fourrai dans une de mes poches. Puis je lissai soigneusement mon chemisier.

— Voilà, dis-je d'un ton sarcastique. Satisfait ?

— Non. En colère.

En colère contre moi ? C'était la meilleure.

Je me tournai face à la route.

— C'est toi qui as arrêté la voiture, je te rappelle.

— Pas contre toi. Contre *moi*. Contre les circonstances. Tu ignores qui je suis, Sophie.

— Toi non plus, tu ne me connais pas. C'est obligatoire pour coucher ensemble ?

— Oui.

Je me tournai vers lui, franchement dubitative.

— Enfin, pas toujours. Mais dans ce cas, oui. Parce que tu es sa fille.

— C'est à cause de *Braxton* ?

Un homme que je connaissais à peine ? Qu'avait-il à voir avec ma vie sexuelle ?

— C'est déplacé, dit-il en serrant le volant si fort que ses jointures blanchirent.

— Je te signale que je suis une adulte. Ma vie personnelle ne regarde pas Braxton Cambridge.

— Précisément. On ne va rien lui dire.

— Bien sûr que non, fis-je, surprise.

— Donc, je vais lui cacher quelque chose. Et je n'aime pas ça. Attache-toi, dit-il en bouclant sa ceinture.

— Autrement dit, la conversation est terminée ?

— Oui.

Je fixai son profil encore un instant. J'avais envie de lui et c'était réciproque, mais je n'allais quand même pas le supplier.

— Sophie.

— Bon, dis-je en tirant brutalement sur la ceinture. Comme tu voudras.

À mon grand étonnement, Nathaniel prit la direction d'Anchorage.

— On va toujours voir le traiteur ?

— C'est le but du jeu, dit-il en accélérant.

Au départ, oui, mais les choses avaient largement dérapé depuis.

— Tu ne te sens pas mal à l'aise ?

— De me tenir à mes principes ? Au contraire.

— Eh bien, moi, je suis mal à l'aise.

Je détestais devoir rester assise là, à côté d'un homme qui venait de me repousser.

— Tu t'en remettras. Comme tu l'as dit, nous sommes des adultes. Attirés physiquement l'un par l'autre. Mais on peut décider de ne pas céder à la tentation.

— Bien, dis-je d'un ton sec.

— Parfait, répondit-il sur le même ton.

— Si tu me parlais de Mel ? demandai-je pour changer de sujet.

— Elle est géniale. Intelligente, pragmatique. Elle a hérité l'affaire de son père, qui la tenait de son propre père. Off-the-Land existe depuis la ruée vers l'or.

— Ils sont uniquement traiteurs ou ils ont un restaurant ?

— C'est plutôt une cafétéria. C'est très simple, rustique. Leurs clients sont surtout des travailleurs qui veulent un bon repas chaud et consistant.

— Je vois.

Je m'étais imaginé un barbecue plus sophistiqué.

— Quoi ?

— Je m'attendais à quelque chose d'un peu plus…

— Chic ? Quelle snob tu fais, Sophie Crush !

Son ton gentiment sarcastique me surprit. Je pensais que nous resterions en froid plus longtemps.

— Non, mais à t'entendre…

— La cuisine de Mel est exceptionnelle. J'espère que tu sauras te montrer respectueuse.

— Évidemment. Pour qui me prends-tu ?

— Pour une fille de la grande ville. Ici, on est en Alaska. On a les pieds sur terre et on travaille dur. N'arrive pas avec tes idées préconçues.

— C'est toi-même qui as dit que c'était rustique…

— Ça n'empêche pas que ça soit bon.

— Bien sûr que non.

J'en avais assez de cette conversation. Heureusement, nous arrivions justement sur un immense parking, devant un bâtiment marron surmonté d'une enseigne : Restaurant et traiteur Off-the-Land, depuis 1898.

Nous descendîmes du pick-up, passâmes sous le vieux porche et il ouvrit devant moi une double porte grinçante.

À l'intérieur, il faisait sombre. Une dizaine de tables en bois étaient alignées sur deux rangées et, au fond, il y avait un bar flanqué de deux réfrigérateurs vitrés qui éclairaient le tout d'une lumière fluorescente. Je distinguai à peine les tabourets de bois sous le bar.

— Salut, Nathaniel !

Une femme émergea de la cuisine. D'un roux flamboyant, ses cheveux étaient remontés en chignon. Elle était grande et avait un joli visage, dont le nez bien droit portait une paire de lunettes dorées.

— Salut, Mel ! Je te présente Sophie Crush. Elle vient de Seattle et nous aide pour le barbecue. Elle a travaillé dans la restauration.

Le visage de Mel se ferma légèrement.

— Enchantée, Sophie. Tu sors l'artillerie lourde, Nathaniel.

— Je suis juste une amie, dis-je. Je regardais les préparatifs du barbecue, et j'avoue que je suis curieuse.

— Et que puis-je pour satisfaire votre curiosité ?

J'espérais que nous ne partions pas déjà du mauvais pied.

— J'aimerais connaître le menu.

— Mais bien sûr. Venez, je vais vous montrer.

Je la suivis dans la cuisine. Contrairement à la salle de restaurant, ici, tout était moderne et bien équipé. La moitié de la cuisine servait à la préparation des repas et l'autre était une boulangerie. Au fond, une femme sortait du four un plateau de tartes qui sentaient délicieusement bon.

— Ici, nous faisons notre propre pain au levain et nos buns pour nos hamburgers et accompagner les soupes. Pour le barbecue, il y aura des burgers classiques mais aussi du poulet. Le tout, grillé. Cette année, on va ajouter un pesto aux condiments.

— Excellente idée, dis-je. Et que diriez-vous de servir de l'avocat ?

— Pourquoi pas… on pourrait proposer une version Tex-Mex avec du guacamole et de la sauce épicée.

— Et les T-bones, alors ? intervint Nathaniel. Avec les pommes de terre au four et la sauce coleslaw ?

— Quel manque d'imagination ! dis-je.

— C'est surtout qu'une malheureuse tranche d'avocat ne va pas me rassasier.

— N'oublie pas les desserts, dit Mel en lui donnant une tape amicale sur le bras. Tarte aux baies mélangées et gâteau au chocolat.

— Et ta glace ?

— Mason a commandé de la glace chocolat-menthe. Mais je ferai aussi de la vanille.

La boulangère mit un plateau de tartes à refroidir sous les buns au levain.

— C'est la fameuse tarte aux baies ?

— Vous voulez goûter ?

— Bien sûr, dit Nathaniel en se penchant vers le plateau.

Son enthousiasme me fit sourire.

— Je vous apporte une assiette, me dit Mel.

— Tu as de la glace ? demanda Nathaniel d'un air gourmand.

— Je vais en chercher.

Quelques secondes plus tard, Mel ressortait de la chambre froide. Elle ouvrit la boîte de glace à la vanille et nous en servit une boule à chacun, à côté de notre tarte.

Lorsque nous fûmes revenus dans le restaurant, Nathaniel tira trois tabourets de sous le bar.

— J'ai hâte de savoir ce que vous en pensez, dit Mel.

Avec ma fourchette, j'entamai la pâte, et l'épaisse garniture violet foncé coula sur mon assiette. J'ajoutai un peu de glace et goûtai l'ensemble. Les goûts explosèrent dans ma bouche, mariage parfait de la légère acidité des baies, de la douceur de la pâte et de la fraîcheur sucrée de la glace.

Je poussai un soupir de contentement. Nathaniel prit une bouchée également et me lança un sourire.

— C'est absolument délicieux, dis-je à Mel.

— Merci, dit-elle avec un immense sourire.

Mais pourquoi se cachait-elle en Alaska ? Avec son talent, elle aurait fait un malheur n'importe où dans le pays.

— Alors, qu'est-ce que je t'avais dit ? demanda Nathaniel.

— J'avoue que j'ai retrouvé un peu foi en toi.

Nos regards se croisèrent et une chaleur, délicieuse elle aussi, parcourut tout mon corps.

- 6 -

Je devais proposer à Mel six plats à servir à l'assiette. Il fallait prévoir une autre tente, reliée à la principale et qui servirait de cuisine.

Des ouvriers étaient en train de la monter, et Adeline et moi les observions depuis la terrasse.

— Est-ce que Mel fait des frites de patates douces ? demandai-je à Adeline. Ça changerait des accompagnements habituels.

— Sûrement, dit distraitement Adeline.

Je me tournai vers elle. Son attention était accaparée par un brun à la mâchoire carrée et aux biceps impressionnants jouant sous sa chemise à carreaux rouges. L'image d'Épinal de l'Alaskain.

— Et moi qui croyais que la mecque du bodybuilding, c'était la Californie, plaisantai-je.

— Ça, ce sont des vrais muscles, pas du chiqué.

Je ne pus m'empêcher de penser à Nathaniel. Je l'avais vu sans sa chemise, brièvement, certes, mais je n'étais pas près d'oublier ses pectoraux bien dessinés et ses abdominaux parfaits.

— Regarde-moi cette puissance, dit Adeline.

L'homme à la chemise rouge venait de monter sur la scène d'un bond souple.

— J'en déduis que tu n'as pas de petit ami à Sacramento.

— Non. J'ai rompu avec un type il y a quelques semaines.

— C'est pour ça que tu es rentrée ?

— Non, c'est pour *ça*, dit-elle en désignant du menton les camions, les grues, les tentes et l'équipe de travailleurs. Les préparatifs sont aussi amusants que la fête elle-même. Tu dois aimer ça aussi, puisque tu bossais dans un restaurant.

— Sans doute. C'est peut-être pour ça que ça ne me plaît pas trop d'être riche. C'est calme, bien trop calme.

— Qu'est-ce qui est trop calme ? demanda Nathaniel qui venait d'apparaître.

— La vie de Sophie.

— Enfin, pas à ce moment précis, dis-je.

Il s'assit sur une chaise à côté de moi.

— Qu'est-ce que ça donne pour les plats à l'assiette ?

— La difficulté, c'est d'arriver à être originaux mais sans trop d'exotisme. Il faut que ça convienne au plus grand nombre sans être ennuyeux.

— C'est l'idée du buffet.

— Avec un buffet, on fait la queue, nos voisins de table n'arrêtent pas d'aller et venir et personne ne mange en même temps. Franchement, les repas assis, c'est mieux. Beaucoup plus convivial. Il n'y a rien de mieux pour se parler que de partager un bon repas.

— Elle vend ça bien, dit Adeline.

— Exact, intervint Braxton.

Nous nous voyions de temps à autre, mais toujours en groupe et je me sentais nerveuse en sa présence.

Il s'assit près de Nathaniel.

— J'ai appris que tu opérais quelques changements. C'est bien. Ce barbecue avait besoin d'idées neuves. Je suis heureux que tu t'intéresses à cet événement.

— Du moment que tu vas dans le sens qu'ils veulent…, dit Adeline. Si tu as leur feu vert, vas-y, fonce.

Braxton lui lança un regard noir.

— Cette remarque est totalement inutile.

— Pas du tout, dis-je en regardant Adeline. Et je vais suivre ton conseil.

Braxton poussa un soupir, apparemment contrarié que j'aie pris le parti d'Adeline. Mais cette dernière était rayonnante.

La fête battait son plein. Adeline semblait beaucoup s'amuser et Braxton, très à son aise, passait d'un invité à l'autre avec un mot gentil pour chacun.

Le dîner s'était bien déroulé ; les convives avaient eu l'air d'apprécier le service à table, et tout le monde était maintenant rassemblé autour de la scène.

Nathaniel vint me rejoindre.

— Ça s'est bien passé, dit-il.

— Mel est une pro. Et lui, dis-je en désignant Braxton du menton, sait très bien recevoir.

— Ses équipes l'adorent. Il met un point d'honneur à connaître personnellement chaque nouvel employé.

— Ça fait plus de deux cents personnes. Ça me surprend de sa part.

— Parce que tu connais le Braxton côté famille. Le Braxton côté professionnel est d'humeur égale et avenante.

— Alors que le premier est… irritable et revêche.

— Je le qualifierais plutôt d'*exigeant.*
— Tu ne peux pas en dire du mal, hein ?
— Je suis objectif.
— Tu es trop gentil.
— Je *suis* un type gentil.
— Tu parles !
— Quand ne l'ai-je pas été ?
— Le jour où je suis arrivée.
— C'est qu'à ce moment-là…
— Tu croyais que je venais escroquer Braxton.
— Oui. Je ne te connaissais pas.
— Mais maintenant, tu me connais.
— Oui, fit-il avec un sourire triomphant, et je suis gentil.
— Non. Tu es insupportable.
Il me regarda. Détailla ma tenue.
— Au fait, tu es très en beauté ce soir.
Le compliment me fit chaud au cœur et je sentis une pointe de désir au creux de mon ventre.
— Je pensais qu'on ne devait pas faire ça.
— Quoi donc ?
— Ne fais pas l'innocent.
— En fait, j'ai réfléchi, dit-il avec un sourire charmeur. À l'idée de parler de nous à Braxton, pour qu'il sache que j'aimerais t'inviter à sortir. Pour le reste, je ne veux pas me montrer présomptueux.
— Pourquoi ?
— Pourquoi ai-je envie de t'inviter ?
— Pourquoi vouloir en parler à Braxton ?
Il se rapprocha de moi.
— C'est la seule façon possible pour moi. Je songeais à un dîner… et peut-être aller danser ensuite.

— La soirée vous plaît ? demanda Braxton.

Je ne l'avais pas entendu arriver. Je m'écartai prestement de Nathaniel.

— Les gens ont beaucoup apprécié le service à table, nota Nathaniel.

— Exact ! Merci, Sophie. Une idée géniale. Mel adore travailler avec toi.

Dans son micro, le chef d'orchestre souhaita la bienvenue à tout le monde, et la foule s'avança vers la piste de danse alors que l'orchestre commençait à jouer.

— Pourquoi est-ce que tu restes planté là ? dit Braxton. Tu devrais inviter Sophie à danser.

Nathaniel parut surpris par la suggestion mais me tendit la main avec empressement.

— Sophie ?

Bizarre. Braxton jouait-il les entremetteurs ou cela faisait-il partie de son rôle d'hôte parfait ?

Le sourcil levé, Nathaniel attendait ma réponse.

— Avec plaisir.

Je ne voulais pas être impolie et, en plus, j'avais très envie de danser avec Nathaniel.

Je posai la main dans la sienne et la chaleur envahit mon bras avant de me traverser tout entière.

— Qu'est-ce qui s'est passé, là ? demandai-je alors que nous traversions la foule.

— Aucune idée, dit-il, tout en répondant aux saluts des gens sur notre passage.

Une fois sur la piste, Nathaniel m'enveloppa dans ses bras. En quelques secondes, nos pas s'accordèrent. Nous étions parfaitement synchronisés.

— Je ne m'attendais pas à ce que tu sois aussi bon danseur, dis-je en levant les yeux vers lui.

— J'ai pris des leçons au lycée.
— On danse beaucoup en Alaska ?
— Oh ! oui. On aime s'amuser.
— Vous devez vous ennuyer pendant l'hiver, avec toute cette neige.
— Pas du tout ! Les jours sont courts, mais on fait du ski, de la motoneige, de la pêche sur la glace, de la randonnée et du cheval. Et s'il fait vraiment froid, on reste à l'intérieur. D'où la danse.
— À Seattle, c'est la pluie qui nous bloque à l'intérieur. On aime nos parcs quand il fait soleil. Jouer au volley sur la plage, aussi.
— Et la voile ? Le surf ?
— L'eau est moins chaude qu'en Californie.
Le morceau de musique s'acheva et je me demandai si Nathaniel voudrait s'arrêter de danser, mais il me garda dans ses bras.
— Sophie ! m'interpella Adeline.
Je me tournai vers elle et elle me gratifia d'un sourire entendu.
— Qu'est-ce que ça veut dire ? dit Nathaniel.
— Je n'en sais rien. Les Cambridge sont des gens bizarres.
— Tu *es* une Cambridge.
Je gardai le silence, soudain envahie par la mélancolie, et je me blottis contre Nathaniel.
— Hé, qu'est-ce qui ne va pas ?
— Les choses vont trop vite. J'ai l'impression que le passé s'efface, mais je ne veux pas le perdre.
— Tu ne le perdras jamais. Ta mère restera toujours ta mère. Comme la mienne restera à jamais la mienne.
— C'est la première fois que tu m'en parles…

— Elle est morte quand j'avais six ans.

— Je suis désolée.

Je m'en voulais de me plaindre alors que Nathaniel avait traversé des épreuves tellement plus dures que les miennes.

Je le serrai dans mes bras, comme pour consoler le petit garçon qu'il était à l'époque.

— On finit par s'en remettre, dit-il.

— Mes problèmes sont ridicules par rapport à ce que tu as vécu.

— Non. Tout ça est très soudain pour toi et tout frais. Tu as le droit d'être bouleversée, triste et en colère.

J'étais triste et perdue, c'était vrai. Mais pas en colère.

— Je ne suis pas en colère… à part contre l'hôpital, peut-être. Mais sans ça, jamais je n'aurais connu maman. Je n'aurais pas grandi avec elle, je…

— Arrête de te sentir coupable, dit Nathaniel d'une voix douce. Tu n'es pour rien dans tout ça.

— Je sais.

Intellectuellement, je le savais. Et je sentais qu'au niveau émotionnel aussi l'idée faisait son chemin.

Quand je descendis le lendemain matin, Adeline était seule dans la cuisine. Il était presque 10 heures, mais on avait dansé et ri toute la nuit, en abusant du bon vin de la cave des Cambridge. J'avais besoin de caféine.

— Expresso ? demanda-t-elle.

Malgré ses cheveux auburn emmêlés et son maquillage qui avait coulé, elle restait très jolie.

Moi, j'avais pris le temps de me brosser les cheveux et de me débarbouiller un peu.

— Quelque chose de moins fort, plutôt. Un mocha ?

— C'est parti, dit-elle en prenant une tasse dans un placard et en poussant quelques boutons sur la machine à café.

— Tu me sauves la vie, dis-je en m'accoudant à l'îlot central.

— C'était vraiment chouette, dit Adeline.

— C'est vrai.

Je ne m'étais jamais autant amusée à une fête.

Pendant que mon mocha coulait, Adeline s'assit en face de moi et but son expresso, la mine étrangement réjouie.

— Tu as beaucoup dansé, dit-elle.

— Oui, dis-je en me levant pour aller récupérer ma tasse.

— Vous étiez beaux à voir, Nathaniel et toi.

Je ne pus réprimer un sourire au souvenir de la nuit.

— On s'est bien amusés.

— Et…

— Et rien. Je suis allée me coucher.

Adeline se pencha vers moi.

— Et…

— Toute seule.

J'éclatai de rire en voyant sa mine déçue.

— Bonjour, bonjour, lança Braxton d'une voix tonitruante.

— Oh ! pitié, dit Adeline en pressant les doigts sur ses tempes.

— Ça t'apprendra, dit la voix de Xavier Cambridge, qui arrivait dans le sillage de son frère. Bonjour, Sophie.

— Bonjour.

— Tu as meilleure allure qu'Adeline. Et il paraît que c'est toi qui as eu l'idée du dîner assis.

— C'est Mel qui a tout fait, dis-je, ne voulant pas tirer la couverture à moi.

— Nathaniel est levé ? demanda Braxton.

Adeline me jeta un regard.

— Je ne l'ai pas vu, dis-je.

Adeline secoua la tête et afficha une expression très neutre. Heureusement.

— Moi non plus.

— Je pensais l'envoyer à notre installation du Seafoam. C'est beau, là-haut, en plein été.

— Pourquoi Nathaniel ? Tu pourrais envoyer un ingénieur.

— Sophie ? dit Braxton en se tournant vers moi.

— Oui ?

J'étais un peu nerveuse. Je ne savais pas ce qui se passait et Xavier lui-même semblait intrigué.

— Tu n'as encore rien vu d'autre qu'Anchorage.

— C'est vrai.

— L'île Kodiak est magnifique à cette période de l'année.

— De quoi parle-t-on ici ? dit Nathaniel en apparaissant à la porte de la cuisine, aussi en forme qu'après une bonne nuit de sommeil.

— Il faut intervenir à l'hôtel Seafoam.

— Déjà ?

— Ils ont ajouté dix chalets, dit Braxton. Jacke Nice m'en a parlé hier soir. Ils participent à un salon du tourisme dans un mois et ils veulent pouvoir proposer la vidéo en streaming à leur clientèle de professionnels. Pourquoi tu n'irais pas là-bas ?

Nathaniel, qui allait porter sa tasse de café à ses lèvres, s'interrompit, l'air surpris, lui aussi.

— Tu as besoin que j'y aille ?

— C'est histoire de leur montrer que nous sommes impliqués. Et tu pourrais emmener Sophie.

— Quoi ?

— Elle n'a encore presque rien vu de la région. Tu pourrais lui faire admirer le paysage en chemin.

— Je viens aussi, dit Adeline gaiement.

Apparemment, ce n'était pas ce que Braxton avait prévu.

— C'est magnifique, tu verras, me dit-elle. Les montagnes, les glaciers et tous ces animaux sauvages…

— C'est réglé, alors, conclut Braxton.

Le regard un peu songeur de Nathaniel passait de Braxton à Adeline.

— Parfait, s'écria celle-ci en sautant de son tabouret. Il faut qu'on aille en ville d'abord.

— Pour quoi faire ?

— Rendre ta voiture de location. C'est idiot de la garder.

— Tu peux emprunter un des pick-up, dit Xavier.

— Sophie ne va pas conduire ça, fit remarquer Adeline à son père. On va lui prendre un joli SUV.

— Tu veux que j'achète une voiture ? Je ne reste que quelques jours.

— C'est Kodiak qui va l'acheter. Il servira toujours.

— Excellente idée, approuva Braxton.

Je savais que les Cambridge avaient plus l'habitude que moi de manier de grosses sommes d'argent, mais je n'en restai pas moins estomaquée.

— Il faut aussi que tu choisisses une autre chambre, poursuivit Braxton.

— Comment ?

— Tu loges dans l'aile des invités. Il faut t'installer de façon plus permanente.

— Nous voulons que tu viennes ici le plus souvent possible, renchérit Xavier, et tu pourrais laisser tes affaires d'une fois sur l'autre.

— Viens, dit Adeline en m'entraînant vers le grand escalier. Je vais te montrer ce qu'on a.

Je jetai un regard à Nathaniel avant de quitter la pièce. Son expression était toujours songeuse et impénétrable.

Quand nous fûmes en haut de l'escalier, Adeline murmura :

— Pourquoi est-ce qu'oncle Braxton veut t'expédier là-bas avec Nathaniel ?

— Aucune idée.

— Il mijote quelque chose. Il est comme mon père. Ils passent leur temps à planifier et à comploter.

— C'est pour ça que tu veux venir ? Pour comprendre ce qu'il prépare ?

— Je voulais surtout savoir s'il trouverait une excuse pour m'empêcher d'y aller… mais je connais mon oncle et mon père… Braxton prépare sûrement quelque chose.

Elle ouvrit une porte.

— Tu devrais prendre cette chambre. La mienne est juste à côté.

J'entrai dans la pièce. Elle était encore plus grande que celle où je dormais et possédait une magnifique alcôve servant de petit salon qui donnait sur l'arrière de la propriété, où des dizaines d'hommes étaient en train de démonter la tente et la piste de danse. J'ouvris la porte-fenêtre et le vacarme s'engouffra dans la chambre.

— D'habitude, c'est plus calme, plaisanta Adeline.

— C'est presque aussi grand que mon ancien appartement à Seattle.

— On veut que tu te plaises ici.

— J'adore cet endroit, dis-je en sortant sur le balcon pour respirer l'air frais à pleins poumons et profiter de la vue sur le paddock et, au-delà, les montagnes.

Si l'objectif de Braxton était de me faire apprécier l'Alaska, il était en bonne voie pour réussir.

- 7 -

Le Cessna bleu et blanc était amarré à un petit ponton de bois au bout du lac Hood. Nous étions arrivés dans un pick-up et avions déchargé des caisses et des sacs en toile. Maintenant, Nathaniel les rangeait dans l'appareil, ne ménageant qu'une seule place sur le siège arrière.

Il ressortit, un petit sac en toile à la main.

— Tu devras le prendre sur tes genoux, dit-il à Adeline.

— Je peux le prendre, proposai-je.

— Pas devant. Tu es trop près des commandes.

Un autre pick-up arriva.

— C'est Mason, annonça Adeline.

— J'espère qu'il ne compte pas venir, dit Nathaniel.

Mason nous rejoignit, une grande boîte à la main.

— Seafoam vient d'appeler. Ils doivent remplacer trois extincteurs.

— Ça pèse combien ?

— Pile quarante-quatre kilos.

Adeline lança un regard furieux à son frère.

— Tu rigoles ?

— Dommage pour toi, dit Nathaniel.

Adeline secoua la tête en me regardant d'un air entendu. Je voyais bien qu'elle croyait à une sorte de complot.

— Bon. Amusez-vous bien, dit-elle.

— Bah, tu as déjà vu le paysage, non ? lui lança son frère.

— J'avais envie de passer du temps avec Sophie. Elle est sympa, contrairement à vous autres.

J'étais désolée pour elle.

— Si tu veux…

— Non, s'exclamèrent-ils tous en même temps.

Nathaniel posa la boîte sur le siège arrière et casa le petit sac par-dessus, fixa le tout et redescendit le siège avant.

— Accroche-toi à cette poignée pour monter, m'indiqua-t-il. Je vais t'aider.

Je me hissai sur le marchepied, baissai la tête et m'assis sur le siège passager.

Nathaniel me montra la poignée pour ouvrir et fermer la porte, puis guida ma main sous le siège.

— Il y a un gilet de sauvetage au cas où on finirait à l'eau.

— Pardon ?

— C'est un hydravion. On va se poser sur l'eau. Il peut toujours arriver quelque chose.

En fait, je n'étais pas vraiment inquiète ; il avait l'air confiant et professionnel.

Il finit de m'attacher au siège puis me tendit un casque muni d'un micro.

— Place le micro tout près de ta bouche ou je ne t'entendrai pas.

Il recula et je remarquai que Mason et Adeline étaient toujours sur le ponton.

Nathaniel fit le tour de l'avion en marchant sur les

flotteurs, ouvrit la porte de son côté et se glissa sur son siège.

Il appuya sur quelques boutons et fit démarrer l'appareil dans un rugissement. Puis il mit son casque, appela la tour de contrôle, fit vrombir le moteur et nous commençâmes à glisser sur le lac.

— Prête ? dit-il avec un sourire.

— Oui.

Il était tellement sexy dans sa combinaison d'aviateur kaki, avec sa casquette de base-ball portant le logo Kodiak Communications et ses lunettes de soleil !

Moi aussi, j'en portais, parce qu'on m'avait dit que je risquais d'être éblouie par la lumière, là-haut.

Nathaniel fit tourner l'avion, accéléra encore et nous finîmes par nous élever au-dessus de l'eau. Par le hublot, je regardai la terre s'éloigner.

Ensuite, je vis les immeubles d'Anchorage et, au loin, des montagnes aux sommets enneigés. Devant nous s'étendait la mer semée de bateaux.

— Combien de temps dure le trajet ?

— Ça dépend.

— De la force du vent, c'est ça ?

— Des choses que tu as envie de voir en chemin.

— Je te laisse décider, dis-je en me calant dans mon siège tandis que nous volions dans le ciel bleu de l'Alaska.

Comme nous volions à basse altitude, nous voyions les paysages en détail. Après avoir laissé Anchorage derrière nous, nous survolâmes les cargos et les navires du port, puis une forêt parsemée de lacs, où nous vîmes des élans, des caribous et même quelques ours.

— Je les aime nettement mieux vus d'ici.

Nathaniel éclata de rire.

Après avoir traversé une vaste étendue de mer, nous arrivâmes au-dessus de Kodiak. Nous remontâmes un bras de mer et arrivâmes en vue d'une longue plage sur laquelle étaient construits un immense bâtiment en bois au toit rouge et quelques autres plus petits. J'aperçus un ponton.

J'eus un léger pincement au cœur quand nous touchâmes l'eau, mais Nathaniel maîtrisait la situation et nous accostâmes vite le long du ponton. Il attacha l'avion solidement pendant que je retirais mon casque et il vint ouvrir ma porte.

Je glissai sur le marchepied mais il me retint et me laissa le temps de me stabiliser sur le flotteur.

À travers mes cheveux qui volaient au vent, je vis la plage et deux grosses barques de pêche.

— Salut, Nathaniel, cria une voix masculine depuis le haut d'une rampe qui descendait jusqu'aux flotteurs.

— Salut, Ray-Jay, répondit Nathaniel tout en commençant à décharger le Cessna. Comment va la pêche ?

Ray-Jay descendit jusqu'à nous.

— C'est une super année pour le saumon et la morue. Quelques poissons de roche aussi.

— Et les réservations ?

— On a toujours deux ans d'avance.

— Super, dit Nathaniel avec un sourire.

Puis notre hôte se tourna vers moi.

— Bonjour. Ray-Jay, directeur de l'hôtel Seafoam.

— Et aussi son propriétaire, précisa Nathaniel. Je te présente Sophie Crush.

— Une bonne amie à toi ?

— Une bonne amie de la famille.

— Dans ce cas, encore plus *enchanté* de vous rencontrer, Sophie.

Avec ses cheveux en bataille, sa barbe de trois jours, son pantalon en toile et sa chemise verte aux manches retroussées, Ray-Jay avait un look décontracté mais n'en était pas moins un bel homme.

Il s'approcha et me tendit la main. Je la serrai. Elle était calleuse et ferme.

— Bas les pattes, dit Nathaniel.

— Comment ça ? dit Ray-Jay en examinant ma main gauche. Je ne vois pas d'alliance. Dites-moi, Sophie, êtes-vous célibataire, en couple ou fiancée à un gars qui n'a pas pris la peine de vous offrir un diamant ?

— Hum… je préfère que ma vie privée reste… privée, dis-je sur le ton de la plaisanterie.

Nathaniel ricana.

— Ouille, dit Ray-Jay tout en riant aussi.

— On n'est ici que pour l'après-midi, expliqua Nathaniel en retournant au déchargement.

— Il m'arrive d'aller à Anchorage, me dit Ray-Jay tout en allant aider Nathaniel.

— Je vis à Seattle.

— Seattle ? C'est loin, ça. Vous n'avez pas envie de déménager ?

— En tout cas pas pour venir à Kodiak, dit Nathaniel.

— Pourtant, on a les plus gros saumons du monde.

— Arrête, tu l'ennuies.

— Est-ce que je vous ennuie ?

— Vous m'amusez, dis-je.

— Au moins, je ne vous déplais pas totalement…

Nathaniel et Ray-Jay eurent bientôt déchargé le Cessna. Puis Nathaniel m'indiqua la rampe. Elle était raide, et je dus m'accrocher d'une main à la corde tandis que de l'autre je maintenais tant bien que mal mes cheveux.

Nous émergeâmes sur une pelouse bien verte ; un petit chemin en gravier menait au bâtiment en rondins haut de deux étages, au toit pointu et aux immenses fenêtres. Sur un des côtés, une large terrasse de bois donnait sur l'océan.

— C'est très beau, dis-je.

C'était incroyable de découvrir un bâtiment aussi magnifique au milieu de nulle part. De là-haut, je n'avais vu aucune route d'accès.

— Tu as faim ? me demanda Nathaniel.

Je venais de percevoir une délicieuse odeur de pain juste sorti du four.

— Maintenant, oui.

— Bien. Marianne va nous faire servir un déjeuner et après, je me mettrai au travail.

— Je peux t'aider, cette fois ?

— Tu t'y connais en transmission de données ou en satellites ?

— J'ai un diplôme universitaire en économie.

— Ça ne te ressemble pas.

— Pas assez intelligente ?

— Il te faudrait une paire de lunettes, une autre couleur de cheveux et peut-être des yeux qui ne brillent pas de malice en permanence, comme si tu préparais une blague.

— Je suis brune et je ne mijote rien de spécial.

Personne ne m'avait jamais parlé de mes yeux de cette façon.

— Tes cheveux ne sont pas bruns. Ils sont caramel avec des reflets de cuivre et d'or.

— Miam. Appétissant.

Nous parvînmes au pied des quelques marches menant à une double porte vitrée. Nathaniel effleura mon dos. Le geste était celui d'un gentleman, et même si j'étais parfaitement capable de monter seule, j'en appréciai la sensation.

Ses doigts étaient chauds sur mon T-shirt bleu ciel. J'aurais aimé sentir leur contact sur ma peau nue.

Il me lâcha pour pousser une des portes.

Grâce à la baie vitrée et aux portes-fenêtres donnant sur la terrasse à l'ouest, il faisait presque aussi clair à l'intérieur que dehors. Le parquet en bois ciré de la réception et du petit salon brillait de mille feux. Et derrière un mur de pierre, on apercevait un restaurant confortable.

— Nathaniel ! s'écria une femme d'une cinquantaine d'années à la silhouette solide.

Elle se jeta dans les bras de Nathaniel, tout sourire.

— J'ai entendu ton avion arriver. Je suis heureuse de te revoir.

Puis elle se tourna vers moi. Je m'avançai en lui tendant la main.

— Sophie Crush. Je suis de Seattle, en visite chez les Cambridge.

Elle me serra chaleureusement la main.

— Heureuse de vous rencontrer. Je m'appelle Marianne. Soyez la bienvenue au Seafoam.

— Je suis impressionnée par cet endroit, dis-je.

— Vous ne vous attendiez pas à ça ? dit-elle avec un sourire satisfait.

— Je m'imaginais quelque chose de plus petit et de moins luxueux.

— Nos clients viennent du monde entier. C'est le voyage de leur vie et on ne veut pas les décevoir.

— J'ai vu les barques de pêche.

— Ils viennent d'arriver pour déjeuner. D'ailleurs, je dois retourner en cuisine. Installez-vous. Aujourd'hui, c'est soupe de palourdes, burger de saumon et gâteau cerises-chocolat.

Le repas fut délicieux. Les buns fraîchement cuits étaient moelleux et le saumon pêché le matin, absolument sublime. La salle à manger résonnait des conversations d'un groupe venu de New York et d'un autre venu de Berlin.

Tout le monde quitta rapidement la table après le déjeuner, pressé de retourner pêcher.

Pendant que Nathaniel et Ray-Jay travaillaient dans la station satellite, j'allai me promener le long de la plage et dans le reste de la propriété. Je trouvai un coin au soleil sur le ponton et un employé me donna des jumelles.

Je dénombrai douze pygargues à tête blanche et vis d'innombrables oiseaux et écureuils dans les arbres. J'aperçus même une biche et son faon dans le lointain.

Il était plus de 17 heures quand Nathaniel et Ray-Jay revinrent. Dans la brochure de l'hôtel, j'avais lu que les clients pouvaient loger dans le lodge ou bien un peu à l'écart, dans des chalets de deux ou trois chambres. Quelle que soit l'option choisie, vous aviez droit à des repas gastronomiques et à de bons vins et autres spiritueux.

Assise dans un fauteuil Adirondack sur la terrasse, je regardais Nathaniel et Ray-Jay remonter du garage.

En me voyant, Nathaniel sourit et me fit un signe de la main.

Ray-Jay lui dit quelque chose et les deux hommes se mirent à rire. Mais il n'y avait aucune raison de croire qu'ils parlaient de moi, n'est-ce pas ?

— Tu as passé un bon après-midi ?

— J'ai vu une biche et son faon.

— C'est la saison, dit Ray-Jay. Vous êtes montée à la rivière ?

Nathaniel me montra une montagne derrière le lodge.

— Non. Je les ai vus du ponton.

— Tu devrais l'emmener là-haut. Mais il est encore un peu tôt.

— Ça te dit ? demanda Nathaniel en s'asseyant face à moi.

— Oui.

— On pourrait dîner ici et monter ensuite.

— Je vais prévenir Marianne, dit Ray-Jay en entrant dans le lodge.

Nathaniel étendit ses jambes et se cala dans son fauteuil. Il avait l'air totalement à l'aise dans cet environnement.

— Tu visites souvent vos installations ? demandai-je, l'imaginant voler à travers tout l'Alaska.

— Plus vraiment. J'ai une grosse équipe, donc je suis la plupart du temps au bureau à Anchorage. Mais ça me manque.

— À ton avis, pourquoi Braxton nous a-t-il envoyés ici ?

— Parce qu'il veut que tu connaisses mieux l'Alaska. Et cette région est particulièrement belle.

Son interprétation différait largement de celle d'Adeline.

— Tu penses qu'il n'y a rien d'autre ?

Il me regarda un moment. Une rafale ébouriffa ses cheveux bruns. Il était vraiment irrésistible.

— Il se sent coupable, finit-il par dire.

— De m'avoir soupçonnée ?

— Mais non… Il a quitté la maternité avec le mauvais bébé. Il a abandonné sa propre fille.

— Oh.

Je n'avais jamais vu les choses sous cet angle. Heureusement que ma mère n'était plus là. Elle aurait peut-être ressenti la même chose au sujet d'Emily. Pourtant, ça n'aurait pas été sa faute. Donc, par extension, ça n'était pas non plus celle de Braxton.

— Il essaie de rattraper le temps perdu. Le fait est qu'il est plus fautif que toi, du moins, il le pense, donc il essaie de réparer.

Pour la première fois, je me sentis désolée pour Braxton.

— Que faut-il que je fasse ?

— Rien, dit-il en montrant le paysage autour de nous. Contente-toi d'en profiter.

Il était bien plus de 20 heures quand nous arrivâmes devant le garage, où un quad nous attendait.

— Je pensais qu'on irait à pied, dis-je, en songeant à la tarte aux pommes accompagnée de crème et de vieux cheddar que Marianne avait servie au dessert.

— C'est à huit kilomètres, dit Nathaniel en s'installant à l'avant du siège. Monte. Cherche les cale-pieds. Tu peux t'accrocher derrière… ou à moi.

La poignée arrière serait parfaite. Serrer mes bras autour de la taille de Nathaniel ne me semblait pas vraiment approprié.

Il démarra et s'engagea sur un chemin de terre. Le ciel était encore clair au-dessus des épicéas aux troncs couverts de mousse. Puis nous sortîmes de la forêt et nous retrouvâmes dans un paysage de prairies couvertes de fleurs sauvages multicolores.

Après avoir contourné un petit lac et longé une falaise, nous arrivâmes à la plate-forme. Fermée par une palissade, elle surplombait une vallée fluviale.

Nathaniel se gara tout près de l'entrée et coupa le moteur. Le silence était étrangement assourdissant.

— On a fait fuir tous les animaux, tu crois ?

— Ils ne doivent pas être bien loin, dit-il en descendant du quad avant d'ouvrir le portail.

Sur la plate-forme, deux groupes de fauteuils faisaient face à la vallée et il y avait aussi six lunettes d'observation recouvertes d'une housse.

Nathaniel découvrit deux des lunettes.

— Tu repères un point et ensuite, tu descends très lentement. Tu peux régler la netteté en tournant ce bouton.

— Merci.

Mais j'avais beau regarder, je ne voyais rien.

Soudain, Nathaniel m'appela.

— Viens voir sur ma lunette.

L'animal était bien plus gros que la biche que j'avais vue près de l'hôtel. Sa tête était couronnée de bois impressionnants. Il se pencha pour boire à la rivière.

— C'est un wapiti, dit Nathaniel.

— Il y en a d'autres qui arrivent ! Ils sont énormes.

— Ils peuvent peser jusqu'à trois cent cinquante kilos.

Je relevai la tête.

— Viens voir, toi. Je vais retourner à ma lunette.

— Non, reste. C'est une première pour toi.

Je rebaissai la tête.

— Oh ! non ! Ils sont partis… mais… je vois ce qui les a fait fuir.

— Un ours ?

— Non. Trois. Vas-y. Regarde.

— Non, merci. Je veux que tu en profites.

Je levai la tête, l'air faussement suspicieuse.

— C'est Braxton qui te paye ?

— Oui, mais pas pour faire ça. J'aime te voir heureuse, Sophie, dit-il, le regard tendre.

Ou alors c'était la lumière, plus diffuse désormais, qui rendait l'atmosphère plus douce, plus intime.

Il s'approcha de moi. Il allait m'embrasser et cette perspective me fit sourire.

Il se pencha, passa ses bras autour de ma taille et m'attira à lui. Nos lèvres se joignirent et, comme chaque fois, je sentis comme un feu me consumer. Je passai mon bras autour de son cou et me serrai si fort contre lui que je sentais son cœur battre dans sa poitrine.

Notre baiser se fit plus profond et il vint caresser ma peau nue, juste au-dessus de la ceinture de mon jean. Puis sa main remonta le long de mon dos, sous mon T-shirt. Je sentis le désir monter et pressai mon ventre contre le sien.

Bientôt, il se détacha de moi doucement et vint poser un léger baiser sur mes lèvres encore brûlantes.

— Tu veux continuer à regarder les animaux ?

— Non.

J'étais trop agitée pour observer ours et wapitis calmement. Il recouvrit les lunettes de leur housse et nous nous dirigeâmes vers le quad.

J'ignorais ce qui allait se passer et je n'osais pas le lui demander. La dernière fois que je lui avais fait des avances, il m'avait repoussée. Je ne voulais pas revivre ça.

Il fit démarrer le moteur.

Quand je montai sur le quad, il vint chercher mes bras et les enroula autour de sa taille. Je me pressai contre lui. Contre son corps chaud, les mains sur son ventre.

— Prête ?

Oh ! oui. J'étais plus que prête.

- 8 -

Je trouvai le trajet du retour très court. Beaucoup trop court. Je regardai un peu le paysage, mais j'étais surtout concentrée sur Nathaniel. Sur la puissance de ses épaules contre ma joue, sur ses muscles qui roulaient sous sa peau au gré des virages et des obstacles que franchissait le quad.

Le soleil était en train de plonger à l'horizon quand le toit rouge de l'hôtel apparut en bas du chemin. Mais au lieu de poursuivre jusqu'au garage, Nathaniel bifurqua sur un autre chemin et s'arrêta devant un joli chalet.

Il coupa le moteur.

— Tu as quelque chose à prendre ici ?

Les fenêtres étaient sombres et il n'y avait aucun signe d'activité dans le chalet. Il était silencieux et désert.

— Tu peux descendre ?

— Bien sûr. On va à pied jusqu'au ponton ?

J'étais un peu fatiguée mais je pouvais marcher jusque-là.

Il se tourna vers moi et me montra une clé.

— Ray-Jay m'a donné ça tout à l'heure.

— On dort ici ? Ensemble ?

— Oui… enfin, il y a trois chambres. Si tu ne veux pas…

— *Si*, je veux, dis-je avant de l'embrasser.

Main dans la main, nous entrâmes dans le chalet, où la lumière crépusculaire pénétrait par de grandes fenêtres. Je vis à peine les canapés, la cheminée et le coin cuisine au fond de la pièce. Je ne voyais que lui, ses yeux sombres, son visage aux traits virils, son corps.

À peine la porte refermée, il arracha sa chemise.

Je fis de même avec mon T-shirt et mon soutien-gorge. Puis je me jetai dans ses bras et me mis à l'embrasser. Cette fois, rien ne nous empêcherait d'aller au bout.

Ses mains chaudes se promenèrent le long de mon dos, descendirent jusqu'à la ceinture de mon jean, puis remontèrent jusqu'à mes seins.

Je poussai un gémissement.

— Oh ! oui. Oui.

Je rejetai la tête en arrière, secouée par une onde de désir. Mes mains parcoururent ses épaules, son torse puissant, son ventre.

Il passa ses mains sous mes fesses et me souleva. D'instinct, mes jambes s'enroulèrent autour de sa taille et, malgré les couches de vêtements qui nous séparaient encore, mon désir se fit encore plus pressant.

Il me porta jusqu'à une table et, les mains libres, se mit à me caresser le visage et à m'embrasser tendrement les lèvres.

Nous restâmes un long moment à nous caresser jusqu'à ce que sa main se glisse entre nous et défasse le bouton de mon jean.

Je fis de même pour lui. Nos regards restèrent rivés l'un à l'autre pendant que nous nous débarrassions de nos derniers vêtements.

Enfin nus, nous nous pressâmes l'un contre l'autre et nos baisers devinrent plus profonds. Ses mains explorainent mon corps. Je le caressais aussi et, tandis que j'entendais sa respiration accélérer, je sentais les battements sourds de mon propre cœur dans ma poitrine.

Ses caresses se firent plus intimes, enflammant mon corps. Je me pressai contre sa main, le dos arqué, et je gémis son nom.

— Maintenant ? dit-il d'une voix sourde.

— Oh ! oui. *Vite*.

Il se baissa, fouilla une des poches de son pantalon, où il récupérera un préservatif. Il déchira l'enveloppe et l'enfila d'un geste sûr.

Il me sourit et je fermai les yeux.

Puis je le sentis entrer en moi. Nos corps ne formaient plus qu'un et bougeaient en rythme tandis que ses mains découvraient des endroits dont je ne soupçonnais même pas l'existence et me conduisaient jusqu'à l'extase.

Il m'embrassa dans le cou, puis sur les épaules, et enfin sur les seins. J'entendais sa respiration haletante ; il était aussi excité que moi. Cela me fit sourire au moment même où il rejoignait ma bouche.

— C'est bon ? demanda-t-il d'une voix rauque.

— C'est… Oh ! oui. Oui.

Il me sourit et poussa plus fort, plus loin, plus vite en moi.

J'agrippai ses épaules et mon corps se raidit tandis que les couleurs flashaient derrière mes paupières et que le rugissement de l'océan envahissait mes oreilles.

— Nathaniel, criai-je.

— Sophie, gémit-il tout en accélérant le rythme.

Je perdis la notion du temps, mais ma respiration commença lentement à ralentir. Un immense bien-être envahit tout mon corps. Heureusement que Nathaniel me tenait dans ses bras, sinon je me serais effondrée sur le sol.

J'ouvris enfin les yeux et balayai la pièce du regard ; les canapés et fauteuils en cuir crème, le tapis rouge sombre, les ravissantes lampes à huile et une bibliothèque bien garnie.

— C'est chouette, ici, dis-je.

Nathaniel se mit à rire, son corps vibrant contre le mien. Je n'avais aucune envie de quitter ses bras et je me blottis contre lui.

Il me serra plus fort encore et murmura :

— Je suis bien ici. Vraiment bien.

Puis il me caressa la joue du pouce et descendit jusqu'à mes lèvres gonflées par nos baisers. Je n'étais pas rassasiée et embrassai son pouce.

Il se pencha, posa les lèvres sur les miennes et sa langue vint caresser la mienne, danser avec elle.

Je sentis le désir remonter en moi comme une vague.

Finalement, nous allâmes nous coucher, dans un immense lit à baldaquin au matelas épais, nous glissant entre les draps frais.

Et nous dormîmes dans les bras l'un de l'autre, ne nous réveillant qu'au matin, quand l'activité recommençait dehors. J'aurais aimé rester plus longtemps sur l'île de Kodiak, mais je savais que c'était impossible. Nous avions déjà prolongé notre séjour et j'espérais que ça ne causerait de tort à personne ; Nathaniel avait de grosses responsabilités.

Le petit déjeuner de Marianne fut merveilleux et je me régalai avec son pain fait maison et sa confiture de myrtilles. J'en fis tellement de compliments qu'elle m'en donna un bocal à rapporter à Anchorage.

Quand nous arrivâmes au ponton, les barques de pêche étaient déjà sorties. Il régnait le plus grand calme. Nathaniel rangea quelques affaires à l'arrière du Cessna. Comme nous étions bien plus légers qu'à aller et que nous prîmes un itinéraire plus direct, le trajet du retour fut plus court.

À la base du lac Hood, nous récupérâmes le pick-up de Nathaniel et nous rentrâmes directement à la propriété, où Adeline nous attendait.

Elle me prit le bras et m'entraîna loin de Nathaniel.

— Alors ?

— C'était fantastique.

— C'est beau, non ?

— Oui. Et j'ai adoré le vol.

Au lieu de la cuisine, nous nous rendîmes sur la terrasse.

Le jardin avait retrouvé son calme. Seul un jardinier tondait la pelouse au loin. J'avais découvert qu'ici la végétation poussait incroyablement vite pendant les longues journées d'été. Un phénomène intéressant dont je ne manquerais pas de parler à Tasha, même si ce n'était pas ce qui me captivait le plus en Alaska… Le souvenir de la nuit précédente me fit sourire.

— Bon, maintenant, tu vas tout me dire, me pressa Adeline qui m'observait depuis un moment.

Je ne répondis pas tout de suite, même si j'avais décidé de ne rien lui cacher. Je n'éprouvai aucune gêne de ce qui s'était passé avec Nathaniel.

Nous nous installâmes dans des fauteuils bas. Les

coussins avaient été réchauffés par le soleil, mais une brise légère rafraîchissait l'air.

— Alors ?

— De l'avion, on a vu un orignal, des ours et un caribou.

— Et… ?

Son impatience m'amusait.

— Et l'île de Kodiak est magnifique. Ils font une cuisine à se damner. Si j'étais restée là-bas plus longtemps, j'aurais pris deux kilos.

— Et…

— On est allés sur une plate-forme d'observation et on a vu un grizzly qui a effrayé une troupe d'élans.

— Et…, dit-elle en se penchant sur moi.

— Et… Oui, on l'a fait, terminai-je après une pause.

Adeline poussa un petit cri, puis vérifia que personne ne pouvait nous entendre.

— Je le savais, chuchota-t-elle. Donne-moi des détails. Heu… en fait, non. Ça serait trop bizarre. C'est quand même de Nathaniel qu'on parle.

— Je ne comptais pas t'en donner.

— Mais quand je vois ton visage rayonnant, fit-elle, la mine déconfite, j'ai quand même envie de savoir.

Une porte s'ouvrit derrière nous.

— Ah, te voilà revenue, Sophie, dit Braxton en s'avançant vers nous aux côtés d'un homme plus jeune. Ça s'est bien passé ?

— C'était un voyage magnifique, dis-je sans oser regarder en direction d'Adeline. Nous avons vu beaucoup d'animaux sauvages, et le Seafoam est un endroit fantastique.

— D’après Nathaniel, tout s’est parfaitement bien passé.

— Tu lui as parlé ?

— Oui. D’après lui, on peut encore améliorer l’installation du Seafoam. Mais… je ne t’ai pas présenté Joe Breckenridge.

— Enchanté, Sophie. Heureux de vous revoir, Adeline.

Il était grand, brun, avec un joli sourire. Il devait avoir environ trente-cinq ans, semblait en forme et intelligent, mais son pantalon anthracite, sa veste gris acier et sa chemise blanche étaient un peu formels selon les critères alaskiens.

— Joe, le salua Adeline d’un ton sec et peu avenant.

Braxton tapa sur l’épaule de son ami.

— Vous resterez dîner ?

— C’est tentant, répondit Joe sans quitter Adeline des yeux, visiblement étonné par sa froideur. Je ne voudrais pas manquer un dîner de Sebastian.

— Il sera heureux de l’entendre.

— Sophie et moi avons prévu autre chose, déclara Adeline.

Je me composai l’expression la plus neutre possible.

La mâchoire de Braxton se crispa mais il demanda d’une voix égale :

— Ne pouvez-vous repousser ?

— On a réservé au Big Edge. Tu sais combien il est difficile d’avoir une table là-bas.

Joe sortit son téléphone.

— Pas de problème. Quelle autre date vous conviendrait ?

Je décidai d’intervenir :

— J'ignore combien de temps je vais rester.

— Quoi ? s'écria Braxton. C'est la première fois que j'entends parler d'un départ.

— Ma maison, dis-je, saisissant la première excuse qui me venait à l'esprit. Je dois me rendre à Seattle, ne serait-ce que le temps d'emménager.

Il ne releva pas, mais se tourna vers Adeline.

— Allons, les filles…

Adeline croisa les bras et laissa échapper un soupir.

— C'est bon. On va annuler.

Joe sourit, faisant mine de n'avoir perçu aucune tension.

— Quel jour, quelle heure ?

Adeline ne prit pas la peine de répondre.

— Vendredi à 19 heures, suggérai-je, certaine que jamais il ne pourrait obtenir une table.

— Allô, Rhonda ? Joe Breckenridge à l'appareil. Pourrais-je avoir une table vendredi à 19 heures ? Sur le ponton, près de la cheminée, si possible, indiqua-t-il, puis il fit une pause avant de conclure : C'est d'accord, merci.

J'étais sous le choc… mais qui était ce type ?

— Il est membre du Congrès, me dit Adeline quand Braxton et Joe eurent quitté la terrasse. Tu veux un mimosa ? On dira qu'on s'offre un brunch. Un scone pour l'accompagner ?

— Oui, dis-je en me levant aussi. Il est très jeune pour être au Congrès.

— Sa famille possède le plus grand ranch d'Alaska depuis des générations. Il a fait son droit à Harvard.

— Il est avocat ?

— C'est comme ça qu'il est entré en politique.

— Tu ne l'aimes pas, on dirait.

— Je ne le connais pas bien.

— Pas à moi. Tu as eu une réaction plutôt violente.

Adeline s'arrêta, la main sur la poignée de la porte de la cuisine.

— Sophie, dit-elle d'une voix tendue, mais je savais que je n'étais pas directement en cause. Braxton et mon père sont très ambitieux. Ils veulent développer Kodiak Communications et débuter une dynastie au passage. Quoi de mieux qu'un membre du Congrès ?

— Oh ! fis-je.

— Oui, *oh*. Mimosa, donc ?

— Oui.

Je la suivis dans la cuisine. Dans l'un des grands réfrigérateurs, elle prit une carafe de jus d'orange et une bouteille de champagne. Une grande marque. De celles que nous servions au Blue Fern.

— Et il n'est pas ton genre ? demandai-je, revenant sur le sujet Joe.

— C'est un politicien.

— C'est rédhibitoire pour toi ?

— Oui. Mais, surtout, je refuse que mon père et Braxton décident de ma vie. C'est pour ça que je suis partie en Californie.

— Pas par amour de l'urbanisme ?

— Si. Et j'adore la Californie. Comme j'aime l'Alaska. Mais chaque fois que je reste trop longtemps ici, ça pose des problèmes.

Elle fit sauter le bouchon de la bouteille de champagne.

— Tu es sûre que c'est bien leur intention ? dis-je en versant du jus d'orange dans les flûtes à champagne.

— Oh ! oui, dit-elle d'une voix amère.

— Et Joe ? Qu'en pense-t-il ?

— Je suis la fille d'un homme d'affaires en vue. Je suis née et j'ai grandi en Alaska. Je sais danser, j'ai l'habitude des mondanités et je suis capable de m'habiller pour les réceptions officielles.

Je me la représentai en tenue de réception, avec sa silhouette longiligne, ses cheveux auburn et ses fantastiques yeux verts. Si j'avais été Joe et que j'avais cherché l'épouse parfaite pour un politicien alaskien, Adeline aurait été ma candidate favorite.

Nous rejoignîmes nos fauteuils sur la terrasse. Au loin, les chevaux hennissaient. Je me demandai si quelque chose les avait effrayés, mais Nathaniel m'avait dit que, en troupeau, ils n'avaient rien à craindre des ours.

Je pris une bouchée de mon scone. Il fondait littéralement dans la bouche.

— Ils sont délicieux. Comment se fait-il que Sebastian n'ait pas son propre restaurant ?

— Parce qu'on le paye une fortune pour qu'il reste. Chaque fois qu'il évoque l'idée de changer d'horizon, la famille panique et augmente son salaire.

— Je vous comprends. J'espère juste qu'il est heureux.

— Que qui est heureux ? Moi ? demanda Nathaniel en apparaissant à la porte de la cuisine.

— Sebastian. Je me disais qu'il aimerait sans doute ouvrir son restaurant.

Nathaniel me regarda fixement un instant.

— Tu veux ouvrir un restaurant ? En Alaska ? Avec Sebastian ?

— Mais non !

— Excellente idée, le restaurant, dit Adeline. Mais tu devrais aller en Californie. Te rapprocher de tes amis. Sacramento, c'est sympa, et il y fait bien plus chaud qu'en Alaska en janvier.

— Vous êtes tous les deux conscients que je ne vais pas ouvrir de restaurant, n'est-ce pas ?

— On surenchérirait sur le salaire de Sebastian, dit Nathaniel. Il reste des scones ?

— Dans le panier.

Pendant que Nathaniel allait à la cuisine, Adeline murmura :

— Il sait que je sais ?

Je secouai la tête.

— D'accord, dit-elle. Motus et bouche cousue.

— J'ai vu que Joe était là, dit Nathaniel en s'installant à côté de nous. Ils sont tous les trois dans le petit salon.

— Quelle coïncidence, nota Adeline.

— Quoi donc ?

— Que Joe Breckenridge se pointe justement en ce moment.

Nathaniel sourit.

— C'est un type bien. Tu devrais lui laisser sa chance.

— Tu es pour les mariages arrangés ? demandai-je à Nathaniel.

J'étais surprise à la fois qu'il connaisse la vie sentimentale d'Adeline et qu'il cautionne le fait que quiconque s'en mêle.

— Il n'y a pas qu'une seule façon de rencontrer quelqu'un, dit-il en haussant les épaules.

— Je ne suis pas un objet, affirma Adeline.

— Tu réagis à l'emporte-pièce.

— Mais de quel côté es-tu ? demandai-je à Nathaniel.

Il était clair qu'Adeline n'était pas intéressée par Joe. Pourquoi la pousser dans cette voie ?

— Je ne prends pas parti. Je dis juste que sa famille l'aime et que cet homme est attiré par elle.

Adeline se leva d'un bond.

— Tu veux un autre scone ? me demanda-t-elle.

— Non, merci. Ils sont délicieux mais ça suffit.

Alors qu'elle s'éloignait, je me tournai vers Nathaniel, mais avant que j'aie pu parler, il m'adressa un de ses merveilleux sourires.

— Tu as envie de faire quelque chose un de ces soirs ? me demanda-t-il, comme si la discussion avec Adeline n'avait jamais eu lieu.

— Tu me proposes un rendez-vous galant ?

— Exactement. Tu es d'accord ?

— Oui, murmurai-je rapidement en entendant les pas d'Adeline.

— Sophie a besoin d'une voiture, dit-elle en se rasseyant.

Je trouvais un peu ridicule d'acheter une voiture pour en faire si peu usage. Bien sûr, j'allais revenir en Alaska, mais je ne savais pas quand ni pour combien de temps.

— Sophie n'a pas l'habitude de ce genre de choses, intervint Nathaniel.

— Pas l'habitude des voitures ?

— Pas l'habitude d'une vie où on ne doit pas économiser avant de s'acheter une voiture.

— Mais… elle n'aura pas à la payer.

— J'en ai tout à fait les moyens, dis-je. Mais j'ai un problème avec le fait d'être riche.

— Tu as du mal à te faire à l'idée que tu es une Cambridge, plutôt, déclara Adeline.

— Sophie n'a pas besoin de l'argent des Cambridge, dit Nathaniel. Grâce à sa merveilleuse invention.

— Super ! dit Adeline en terminant son mimosa. Alors, allons voir des voitures. On va bien s'amuser.

- 9 -

Suivant les conseils d'Adeline et de Nathaniel, j'avais fini par jeter mon dévolu sur un SUV bleu métallisé doté de toutes les options imaginables, et j'avais ramené Adeline à bord de mon nouveau jouet, à temps pour le dîner avec Breckenridge.

Elle entra par le balcon commun à nos chambres et fit un tour sur elle-même. Elle portait un top blanc sans manches avec plastron en dentelle, un jean moulant noir, des bottines bleues et de lourdes boucles d'oreilles dorées. Elle était aussi beaucoup plus maquillée qu'habituellement.

— Mais qu'est-ce que tu fais ?

— Comment ça ?

Personnellement, je m'étais habillée simplement, d'un jean, d'un sweater à manches trois quarts rouge cerise légèrement pailleté et de chaussures plates.

— Tu es sur ton trente et un.

— Pas vraiment, non. Mais on dîne dans la salle à manger.

— Tu crois qu'il faut que je me change ?

— Tu es parfaite.

— Le dîner est plus formel parce qu'un membre du Congrès y participe ? demandai-je tout en me recoiffant et en enfilant une paire de bottines à talons hauts.

— Je n'ai pas envie que papa ou Braxton me reprochent d'avoir failli aux devoirs familiaux.

— Bon. Je change de pantalon.

J'avais dans mes affaires un pantalon noir qui conviendrait parfaitement.

— Pour toi, ils ne te feront pas d'histoires, tu sais. Mais peut-être as-tu envie d'impressionner un de ces messieurs, dit Adeline d'un air taquin.

Je mis une touche finale à ma tenue avec une paire de pendants d'oreilles en argent et fis un petit tour sur moi-même.

— Magnifique, approuva Adeline. Assieds-toi à côté de moi à table. Ils vont me barber en parlant affaires.

— Tu ne t'es jamais intéressée aux affaires de la famille ?

— Non. Je n'aime pas trop la technologie et je ne veux pas passer le reste de ma vie sous la coupe de mon père.

— Je le connais mal, mais il a l'air assez facile à vivre.

— C'est un passif-agressif. Il se contente de *suggérer* ce que je devrais faire, où je devrais aller, ce que je devrais ressentir. Et si je n'obtempère pas, il fronce les sourcils.

— Ça n'est pas bien méchant.

— Sauf qu'il revient à la charge encore et encore. Et il s'arrange pour que Braxton, Mason et Kyle me mettent aussi la pression. Mes frères ne pensent pas à mal, mais ils sont sensibles à ses arguments… toujours parfaitement logiques et sensés. Après, c'est à moi qu'ils reprochent d'être têtue, dit-elle en ouvrant la porte.

— Donne-moi un exemple.

— Joe Breckenridge.

— Pour lui, je sais. Qu'est-ce qu'ils ont voulu t'imposer d'autre ?

— Le choix de mon université, de ma matière principale, de ma robe pour le bal de promo et même du garçon avec qui je devais y aller, dit-elle avec une grimace.

Nous éclatâmes de rire.

L'immense table ovale de la salle à manger avait été raccourcie et dressée pour huit. Braxton discutait avec Xavier tandis que Nathaniel, Kyle et Mason bavardaient avec Joe tout en buvant un whisky.

— Les voilà enfin, dit Xavier.

Je le sentis contrarié. Étions-nous en retard ? Adeline me lança un discret regard complice.

— Mesdames, dit Braxton en venant à notre rencontre et en tirant une chaise à mon intention.

Il était clair que je ne pourrais choisir où j'allais m'asseoir. Xavier avait fait de même pour Adeline à l'autre bout de la table.

— J'avais envie de m'asseoir à côté de Sophie.

— Ne sois pas stupide, dit Xavier à voix basse. Sebastian a tout prévu.

Je m'assis et Braxton poussa galamment ma chaise. Nathaniel vint prendre place à côté de moi, tandis que Mason s'asseyait à ma gauche. Joe était face à Nathaniel, et Kyle, face à Mason. Braxton et Xavier présidaient, chacun à un bout de table.

Un homme en costume – le maître d'hôtel, sans doute – pénétra immédiatement dans la pièce, suivi de huit hommes en costume noir et chemise blanche. Cela me parut vraiment exagéré.

— Mesdames et messieurs, ce soir, nous vous proposons des noix de Saint-Jacques sauce miel moutarde et leur salade d'agrumes, puis un flétan à l'unilatérale avec sa sauce à la prune et au concombre et son risotto aux champignons sauvages. Et pour le dessert, une crème brûlée. Pour accompagner le repas, Sebastian vous suggère un cabernet sauvignon Château Black 2007 pour le rouge et un chardonnay Hilltop Vineyards 2013 pour le blanc.

— Mesdames ? dit Braxton en me regardant en premier. Rouge ou blanc ?

J'optai pour le rouge.

— Blanc, s'il vous plaît, Randall, dit Adeline.

Randall fit un discret signe de la main et deux serveurs vinrent se placer derrière chacune de nous pour nous servir.

— Messieurs ? demanda ensuite Xavier.

Chacun choisit. Joe et Adeline furent les seuls à prendre du blanc.

Je me penchai vers Nathaniel :

— C'est donc comme ça que dînent les riches ? dis-je à voix basse.

— Parfois, répondit-il sur le même ton.

— Comment se porte votre famille, Joe ? demanda Xavier une fois que les serveurs se furent éclipsés.

— Papa va bien, dit Joe avec un sourire. Maman voudrait qu'il délègue davantage pour qu'ils puissent voyager, mais je n'ai pas l'impression que ça l'intéresse.

— Pourtant, il n'y a rien de plus important que la famille, dit Braxton.

— Et vos sœurs ? demanda Xavier.

— Patty est à nouveau enceinte et Elaine sort avec un Texan, d'une famille de ranchers.

— Ton père sera content si ça marche entre eux, commenta Xavier.

— Et on sait combien c'est important, dit Adeline, mettant un terme à l'échange.

— Je suis fille unique, dis-je pour rompre le silence. C'est pourquoi je suis si heureuse de m'être découvert des cousins et une cousine.

En voyant la mine d'Adeline, je compris mon erreur. J'avalai ma salive.

— Je pensais que Joe était au courant.

— Pourquoi ? demanda Mason, l'air surpris.

— On peut donc en parler ? demanda Braxton d'un ton ravi.

— Aux amis proches et à la famille, oui, dis-je d'une voix un peu hésitante.

Joe me gratifia d'un sourire chaleureux et Adeline fronça les sourcils.

— Je suis très honoré de faire partie de ce groupe, dit Joe à Braxton. Que ne m'avez-vous donc pas dit ?

Braxton posa son verre et se redressa sur son siège.

— Sophie, dit-il en m'adressant un sourire rayonnant, est ma fille.

Joe ne réagit pas, mais je vis à son regard qu'il était choqué.

— Autant lui raconter toute l'histoire, suggéra Nathaniel.

— Emily et Sophie ont été échangées à la naissance, expliqua Mason.

— Donc, vous..., commença Joe.

— Je fais partie de la famille, dis-je en levant mon verre.

Kyle fit de même, suivi par tous les convives.

— Sois la bienvenue, Sophie.

J'étais assise dans mon SUV, côté conducteur. Je m'amusais à tester toutes les options, comme le Bluetooth ou le chauffage des sièges, quand la porte passager s'ouvrit.

C'était Braxton.

— Il te plaît ? dit-il en se penchant à l'intérieur.

— Beaucoup, dis-je.

Je m'étais promis d'être plus patiente avec lui. Il n'était pour rien dans cette histoire d'échange de bébés et ça ne devait pas être facile pour lui non plus.

— Je peux monter ?

— Bien sûr.

Il s'assit sur le siège passager et ferma la portière.

— Il faudra qu'on te fasse une place au garage.

— Oh ! ça n'est pas la peine.

— Ça épargne de devoir dégager la neige en hiver.

— D'accord. Merci.

Après tout, peut-être que j'allais revenir en hiver, et qui ne préférerait pas avoir un garage par -- 30° ?

— Tu avais l'intention de partir faire un tour ?

Je hochai la tête. C'était mon intention, en effet.

— Oui. Tu m'accompagnes ?

— Avec plaisir, répondit-il, l'air heureux.

J'appuyai sur le démarreur et le moteur répondit immédiatement. Je n'étais pas habituée à conduire des voitures aussi grosses. La mienne à Seattle était minuscule.

Mais le SUV roulait en souplesse sur le chemin et était tout à fait silencieux. Trop, peut-être. Un peu mal à l'aise, j'allumai la radio.

— J'ai sorti quelques photos pour toi, dit Braxton.

— C'est gentil.

— J'ai pensé que tu aimerais voir des photos de ta mère.

Je sentis ma mâchoire se tendre.

— Préfères-tu que je l'appelle Christine ? me demanda-t-il gentiment.

Oui. Et je préférais être honnête avec lui.

— Quand j'entends le mot *mère*, je pense à ma vraie mère… Pardon, à la mère qui m'a élevée.

— Tu n'as pas à t'excuser. Va pour Christine.

Je tournai la tête vers lui. Il regardait au loin, droit devant nous.

— Tu es déjà allée à la marina ?

— Au lac Hood ? dis-je, pensant qu'il parlait de la marina près de laquelle nous avions pris le Cessna.

— Il y en a une plus petite au parc marin. Juste devant, au niveau du poste d'observation. Nous avons un bateau amarré là-bas si ça t'intéresse.

— Pourquoi pas ? dis-je, heureuse d'avoir un but précis plutôt que de rouler au hasard tout en devant faire la conversation.

— Tourne au poste d'observation.

Je mis mon clignotant, ralentis et m'engageai dans le grand demi-cercle.

— Tout droit, maintenant.

Je ne l'avais pas vue, mais une petite route débouchait de l'autre côté du point d'observation.

La route étroite serpentait au milieu des sapins et des broussailles. Je ralentis et passai en mode tout terrain. Mais bientôt, la route devint moins cahoteuse et, après un virage serré, la forêt disparut. Face à nous s'étendait la mer. Le long des rochers, on avait installé des pontons auxquels étaient amarrés des voiliers mais aussi des yachts.

Je me garai.

— Tu fais de la voile ? demandai-je alors que nous marchions vers les pontons.

Pour moi, cela allait un peu de soi. La voile demandait beaucoup de pratique, alors qui d'autre que les riches pouvait avoir le temps d'apprendre ? Sans compter le coût des leçons et de l'entretien d'un bateau.

Ici, au bord de l'eau, la brise était plus puissante. La journée était chaude, mais le vent rafraîchissait mes bras nus.

— Tu as tendance à prendre des coups de soleil ? demanda Braxton en mettant une casquette de base-ball.

— Non. Je bronze facilement.

— Bon. Suis-moi.

Je me demandais quel genre de bateau pouvaient posséder les Cambridge. Un petit dinghy pour s'amuser sur les vagues ou quelque chose de plus luxueux ?

J'eus rapidement la réponse ; le *Emily Rae* était le plus gros voilier de la marina. À son bord se trouvait un homme vêtu d'un pantalon blanc et d'une chemise bleu pâle.

— Bonjour, monsieur Cambridge, dit-il.

— Bonjour, Wade. Je vous présente ma fille, Sophie.

Si Wade fut surpris de rencontrer la fille déjà adulte de Braxton, il n'en montra rien.

— Bonjour, mademoiselle Cambridge.

— Appelez-moi Sophie.

— Soyez la bienvenue à bord, Sophie, dit-il en me tendant la main pour m'aider à franchir la passerelle.

J'étais ravie de la visite ; je n'étais jamais montée à bord d'un voilier.

— Est-ce qu'on a le temps ? demandai-je à Braxton.

Personnellement, je n'avais rien à faire de la matinée, mais je savais qu'il était un homme occupé.

— On a tout le temps qu'on veut, dit-il, l'air heureux que j'aie accepté la proposition.

Il monta à bord derrière moi. Le bateau tanguait légèrement sous l'effet des vagues.

— Êtes-vous sujette au mal de mer ? me demanda Wade.

Je secouai la tête.

— Bien, dit-il en mettant une de ses mains en visière pour observer l'autre côté de la baie. Il ne fait pas trop mauvais aujourd'hui de l'autre côté.

De l'autre côté ? À la perspective de traverser la baie, un frisson d'excitation me parcourut.

— La traversée n'est pas longue jusqu'à Fiddler's Point, dit Braxton.

— Et il y a une jolie promenade sur l'île pour se dégourdir les jambes, ajouta Wade.

— Puis-je vous aider à la manœuvre ? demandai-je.

Je ne connaissais pas grand-chose à la voile, mais je savais qu'il fallait un équipage pour manœuvrer un voilier.

— Non, merci. Profitez de la traversée, dit Wade.

Je vais vous donner un gilet de sauvetage. Avez-vous des lunettes de soleil ?

— Non.

— Pas de problème. Nous en avons à bord, dit-il en disparaissant à l'intérieur du bateau.

— C'est magnifique, dis-je à Braxton, tout en admirant la côte et les bateaux qui naviguaient sur la légère houle. Au-dessus de nos têtes, les mouettes fendaient le ciel d'un bleu intense, tandis que les vagues clapotaient contre la coque du voilier.

Wade revint avec trois gilets de sauvetage jaune et noir ainsi qu'une casquette et une paire de lunettes de soleil pour moi.

Une fois qu'on fut tous harnachés, Braxton tendit son téléphone portable à Wade.

— Pouvez-vous nous prendre en photo ?

Wade nous demanda de nous placer devant le mât.

Je me raidis un peu. Peut-être allait-il passer son bras autour de mes épaules, et je n'étais pas sûre d'être vraiment prête pour ça. Mais non. Il recula d'un pas et se plaça derrière moi pour bien entrer dans le cadre.

Wade démarra le moteur et, une fois à distance de la côte, Braxton et lui hissèrent la voile. Puis il alla prendre la barre et nous nous mîmes à naviguer de plus en plus vite. Le voilier penchait d'un côté, mais j'étais bien accrochée à la rambarde.

Le vent soufflait de face et les embruns me rafraîchissaient le visage. Baxter vint s'asseoir à côté de moi.

— Tu fais souvent de la voile ?

— Parfois. J'en faisais davantage quand j'étais jeune. C'est Nathaniel, Mason et Kyle qui ont pris la relève.

— Nathaniel pratique la voile ? En plus de piloter

des avions ? ajoutai-je hâtivement, réalisant que j'aurais dû inclure Kyle et Mason dans la première question.

— Piloter un avion ou diriger un voilier, c'est un peu pareil, dit Braxton. Une voile est une sorte d'aile, en fin de compte.

Je n'avais jamais envisagé les choses sous cet angle, mais c'était évident, en effet.

— Tu pars souvent en mer ?

Il avait l'air très serein sur ce bateau.

— Moins souvent qu'avant et ça me manque, dit-il en fermant les yeux.

— C'est très apaisant.

— Des jours comme aujourd'hui, oui. Mais parfois le temps change d'un coup et ça peut secouer.

Je regardai le vent balayer les arbres sur la côte et examinai la hauteur des vagues.

— Aujourd'hui, le temps va changer ? demandai-je, finalement pas très rassurée.

— Non. Les prévisions sont optimistes, dit-il avec un sourire, heureux de sa propre plaisanterie.

— Est-ce que je peux visiter l'intérieur ?

— Bien sûr, dit Braxton en se levant pour me suivre le long de l'étroit escalier.

Je baissai la tête et retirai mes lunettes de soleil. À l'intérieur, une banquette bleue occupait le périmètre du carré. Au centre, il y avait une table pour les repas. Sur le côté, un coin cuisine avec son minuscule évier. En face, une porte ouvrait sur une des couchettes. Il y en avait trois doubles en tout.

— On peut dormir à six, dit Braxton. Enfin, trois couples, car les matelas sont étroits. Tout est petit à bord.

— C'est plus grand que je n'imaginais, dis-je en contournant la table pour aller voir la couchette avant. Il devait falloir se serrer contre son compagnon pour pouvoir dormir à deux ici, me dis-je en songeant à Nathaniel. Je nous imaginais blottis l'un contre l'autre, bercés par le mouvement des vagues.

Nous remontâmes sur le pont. Nous étions déjà au milieu de la baie.

— C'est Fiddler's Point qu'on aperçoit ? demandai-je.

— Oui, répondit Wade.

Je remarquai la petite passerelle qui courait à la proue. Elle était étroite, mais il y avait une rambarde et nous étions stables sur l'eau.

— Je peux y aller ? demandai-je, me voyant déjà les deux bras étendus face au vent.

— Bien sûr, dit Braxton. Et si tu tombes à l'eau, ne t'inquiète pas, on reviendra te chercher.

Je m'agrippai à la rambarde humide et avançai.

— Elle est faite pour ça, dit Wade à Braxton.

Pourquoi pas, songeai-je. Peut-être que Nathaniel pourrait m'apprendre les rudiments de la voile. Il avait suggéré un dîner en amoureux, mais pourquoi pas sur un voilier plutôt qu'au restaurant ?

— Je peux accoster ici si vous voulez aller voir la cascade, cria Wade.

Je vins rejoindre Braxton sur le banc.

— Est-ce que tu as le temps pour ça ?

— Je le prendrai avec plaisir, dit-il en se levant pour aller aider Wade.

Dans ma poche, mon téléphone bipa. J'en fus étonnée, étant donné qu'il était difficile de capter en dehors d'Anchorage.

Je m'attendais à un message d'Adeline, mais c'était Tasha. Elle me demandait si on pouvait se parler et je lui répondis que je l'appellerais plus tard, que je faisais de la voile avec Braxton.

Après avoir débarqué, nous empruntâmes un chemin de terre. À l'ombre des arbres, il faisait plus frais. Au bout d'un moment, je perçus un grondement.

— C'est la cascade ?

— Oui. On y est bientôt.

Tout à coup, nous nous trouvâmes face à un trou d'eau entouré d'une plage de rochers plats. L'eau était d'un vert lumineux, presque fluorescent, et une haute cascade s'y déversait dans un bouillonnement d'écume blanche.

Je restai muette devant tant de splendeur.

— On amenait les enfants ici quand ils étaient petits, dit Braxton d'un ton un peu mélancolique.

— Emily aimait cet endroit ?

Il hocha la tête avant de se baisser pour ramasser une petite pierre plate qu'il fit habilement ricocher sur l'eau.

— Elle doit te manquer, dis-je doucement.

— Je pense à elle chaque jour.

— Je suis tellement désolée…

Il secoua la tête.

— Tu n'as aucune raison de t'en vouloir. Mais je tenais à te montrer cet endroit. Il y a tellement de choses que nous n'avons pas faites ensemble.

Je ne savais pas quoi dire, mais heureusement son expression changea. Avec un petit sourire, il me tendit un caillou qu'il venait de ramasser.

— Vas-y. Essaie.

— D'accord, dis-je avec un sourire.

Mon premier essai échoua lamentablement, mais après quelques explications et au bout d'une dizaine de tirs, mes ricochets atteignaient presque la cascade.

— Je comprends que vous aimiez tous cet endroit.

— C'est un peu notre paradis secret. L'état du ponton fait peur aux gens. Rares sont ceux qui viennent ici.

— Merci de m'avoir fait partager ça.

- 10 -

— Il t'a emmenée à Fiddler's Point ? dit Adeline, adossée au chambranle de la porte de ma salle de bains.

Je m'étais douchée pour me débarrasser du sel et m'étais changée.

— C'était génial, dis-je en criant un peu à cause du bruit du séchoir à cheveux.

Nathaniel m'avait proposé d'aller dîner et je pensais lui demander de m'emmener faire de la voile un de ces jours.

— On allait là-bas quand on était petits, dit Adeline.

— On a même fait des ricochets sur l'eau.

Adeline ne répondit pas. Dans le miroir, je vis son air pensif. J'arrêtai le séchoir.

— Quoi ?

— Il brûle vraiment les étapes, on dirait.

J'avais l'impression de voir les rouages se mettre en branle dans son cerveau. Comme toujours, elle soupçonnait Braxton d'avoir une idée derrière la tête.

— D'après Nathaniel, Braxton se sent coupable. Pour l'échange des bébés à l'hôpital.

— Braxton n'est pas du genre à se sentir coupable. Je ne dis pas ça méchamment, c'est juste quelqu'un de complexe.

Pourtant, la théorie de la culpabilité me semblait

plausible et il me semblait également évident qu'il cherchait à rattraper le temps perdu. Même si cela avait été un peu laborieux au départ, je devais bien m'avouer que je venais de passer un moment agréable avec lui.

Adeline hocha la tête d'un air peu convaincu, puis un large sourire vint éclairer son visage.

— Bon, qu'est-ce qu'on fait ce soir ?

— Nathaniel veut aller dîner en ville.

— Où ça ? Au Moonstone's ? J'ai bien envie de bouger un peu sur la piste, dit-elle en esquissant quelques pas de danse. Je peux te prêter une robe.

Je la suivis jusque dans sa chambre.

— Soit la bleu canard avec les empiècements en dentelle, soit la jaune pâle sans manches. Non... peut-être pas la jaune. Plutôt la noire. Elle est légèrement évasée. La jaune n'est pas idéale si on dîne d'abord.

Elle était si enthousiaste que je n'eus pas le cœur de lui dire qu'elle ne serait pas de la fête. Après tout, elle pouvait bien venir. Ça ne nous empêcherait pas de danser ensemble, Nathaniel et moi.

— Sophie ? appela la voix de Nathaniel dans le couloir.

— Elle est chez moi. Entre, lança Adeline. Il paraît qu'on va au Moonstone's ce soir. Sophie et moi, on est en train de se préparer.

Il me lança un regard étonné.

— Va pour le Moonstone's, dit Mason en apparaissant sur le pas de la porte. Je vais prévenir Kyle.

Je faillis éclater de rire en voyant la mine déconfite de Nathaniel. Mais nous n'avions plus le choix maintenant.

Il était presque 19 heures quand nous nous retrouvâmes tous dans le hall. J'avais opté pour la robe bleu canard ; j'aimais le détail de dentelles au niveau du corsage et à mi-cuisses. Quant à Adeline, elle avait choisi sa robe noire.

Les hommes s'étaient habillés simplement mais portaient tous une cravate ; ils étaient tous les trois très beaux et allaient sûrement faire tourner les têtes féminines quand on se mettrait à danser.

— Que se passe-t-il ici ? demanda Braxton en sortant du grand salon.

— On va dîner en ville, répondit Mason.

— J'ai loupé quelque chose ? demanda Xavier en sortant de la bibliothèque, un journal sous le bras.

— Ils vont en ville, dit Braxton en lançant à son frère un regard lourd de sens.

— Ça ne va pas être possible. Conseil de famille ce soir. Juste avec vous trois, dit Xavier en regardant ses enfants.

— Et Nathaniel ? demanda Mason.

— Ça concerne le domaine. Nos avocats ont besoin de notre rapport signé demain matin.

Je lançai un regard à Nathaniel, qui m'adressa un petit sourire.

J'étais un peu triste pour Adeline, Kyle et Mason, qui s'étaient préparés pour rien, mais j'allais avoir Nathaniel pour moi toute seule.

Braxton donna une tape sur l'épaule de Nathaniel.

— Mais vous deux, ne changez pas vos plans.

Adeline tourna lentement la tête et jeta à Braxton un regard suspicieux.

— On y va ? me demanda Nathaniel.

— Désolée, dis-je en m'adressant aux trois autres.

Nathaniel me prit le bras et m'emmena jusqu'à un

SUV noir dont il ouvrit la portière côté passager. Quand je fus assise, il alla s'installer au volant.

— J'avais réservé pour deux au Big Edge.

— C'est très différent du Moonstone's ?

— C'est bien plus raffiné… et très cher.

— Allons-y, alors.

Après avoir confié le SUV au voiturier, nous entrâmes dans le hall, qui était assez simple. Nathaniel appuya sur le bouton de l'ascenseur.

— On monte ?

— Allons-y.

La porte de l'ascenseur s'ouvrit et Nathaniel me suivit à l'intérieur.

— Enfin seuls, dit-il en glissant un bras autour de ma taille.

Ce simple contact enflamma tout mon corps.

Pendant que l'ascenseur montait, il me caressa doucement la joue et planta un petit baiser sur mes lèvres.

— Ça m'a manqué, murmura-t-il.

— À moi aussi, dis-je en me pressant contre lui.

L'ascenseur s'arrêta et nous nous trouvâmes face à l'entrée du restaurant.

Une hôtesse très élégante vint nous accueillir. C'était une grande brune longiligne, et le sourire qu'elle adressa à Nathaniel prouvait qu'elle le trouvait séduisant.

Qui aurait pu lui en vouloir ? Il était magnifique.

— Bonsoir, monsieur Nathaniel.

— Bonsoir, Kristy. Vous allez bien ?

— Très bien, merci, dit-elle en prenant deux menus sur son comptoir. Votre table habituelle ?

— S'il vous plaît.

Nous suivîmes l'hôtesse à travers la salle de restaurant. Elle était décorée dans le plus pur style alaskien rustique, avec des poutres en bois ciré encadrant d'immenses fenêtres qui donnaient sur les lumières de la ville. Les tables étaient bien espacées, chacune accueillant en son centre une petite lampe ancienne qui diffusait une lumière douce et chaude. La musique était discrète et la température, parfaite.

Kristy nous mena jusqu'à une table ronde dressée dans une petite alcôve proche des fenêtres. Nappe et serviettes en lin blanc impeccablement repassées, argenterie étincelante, vaisselle en fine porcelaine blanche et or… Tout était parfait.

— Merci, Kristy, dit Nathaniel en tirant ma chaise pour que je puisse m'asseoir.

Il prit place en face de moi et, à peine assis, posa sa main sur la mienne. À son contact, ma peau s'électrisa littéralement.

Le serveur arriva et Nathaniel retira sa main.

— Bonsoir, monsieur Nathaniel. Madame.

— Bonsoir, répondis-je.

— Heureux de vous revoir, Richard.

— Puis-je vous proposer un cocktail ?

Nathaniel m'interrogea du regard.

— Est-ce que vous avez une spécialité ? demandai-je.

— Oui. Le Clear Glacier Martini.

— Je vais essayer ça.

— Pareil pour moi, dit Nathaniel avec un sourire de connaisseur.

Le serveur s'éclipsa et un autre se présenta, une délicate panière à la main. Il déplia nos serviettes sur nos genoux, puis utilisa des pinces en argent pour déposer un petit pain sur chacune de nos assiettes à pain.

Je pris une bouchée de mon petit pain ; il était moelleux et le goût du beurre explosa dans ma bouche.

— C'est délicieux.

— Le chef boulanger a étudié en France.

— Il ou elle a su tirer parti de son séjour là-bas.

Nos cocktails arrivèrent, servis dans des verres à martini garnis d'un zeste de citron.

— Goûte, dit Nathaniel en guettant ma réaction.

Le cocktail était parfait. À la fois parfumé, frais et léger.

— Délicieux.

— Parfait, dit Nathaniel à la serveuse.

J'avalai une autre gorgée.

— Braxton m'a emmenée faire du bateau aujourd'hui.

— Je sais, oui.

— Qui te l'a dit ? Adeline ?

— Braxton. Il y avait longtemps qu'il n'était pas sorti en mer.

— Il m'a emmenée à Fiddler's Point, dis-je en observant Nathaniel à la lueur de notre petite lampe.

Allait-il s'interroger sur les motivations de Braxton, comme l'avait fait Adeline ? Il n'eut aucune réaction.

— C'est beau là-bas. Est-ce que tu avais déjà fait de la voile ?

— Non.

— Et ça t'a plu ? Tu n'as pas eu le mal de mer ?

— Pas du tout. J'ai adoré ça. J'aimerais beaucoup recommencer.

J'espérais que mon incitation était suffisamment explicite.

Il eut un large sourire.

— Je t'emmène quand tu voudras.

— Braxton m'a dit que tu pratiquais la voile.

— C'était donc un appel du pied ?

— Qui sait ?

— Alors, tu serais partante pour un autre rendez-vous ?

Cette fois, c'était Nathaniel qui guettait ma réaction.

— Qui sait ? dis-je d'un ton badin, laissant mes yeux répondre à ma place.

Il me prit la main.

— Ça n'est pas une raison pour précipiter celui-ci.

— Nous allons aller jusqu'au dessert ?

— Un dessert ? Excellente idée. Mais je te rappelle que nous sommes assis juste au-dessus d'un hôtel de luxe.

Par pur réflexe, je regardai vers le sol.

Nathaniel se pencha vers moi et murmura :

— On peut rester ici aussi longtemps que tu voudras.

Nous décidâmes de prendre notre dessert dans une des suites de l'hôtel et commandâmes une bouteille de champagne et un assortiment de truffes au chocolat.

Le service en chambre avait été plus rapide que nous, aussi, pendant que j'enlevais les escarpins à talons aiguilles que m'avait prêtés Adeline, Nathaniel se chargea de faire sauter le bouchon de la bouteille de champagne. La robe de cocktail que je portais était ravissante, mais pas très confortable. Je passai dans la salle de bains et trouvai un luxueux peignoir blanc, que je me hâtai d'enfiler.

Quand je revins dans le salon, Nathaniel se figea sur place, une flûte de champagne dans chaque main.

— Tu… tu es…

— Un peu trop… décontractée ?

— Non. Sexy. Magnifique. Désirable. Comment veux-tu que je puisse boire du champagne en te voyant dans cette tenue ? dit-il en s'approchant de moi.

— C'est de l'excellent champagne, dis-je en en buvant une gorgée. Et ces truffes m'ont l'air d'être à se damner.

Je m'approchai de la table où avait été déposé l'assortiment de truffes aux ganaches multicolores. J'en pris une violette et mordis dedans.

Je sentais le regard de Nathaniel sur moi, excité mais savourant l'attente.

— Que c'est bon, dis-je en me tournant vers lui pour lui faire partager mon plaisir.

Il s'approcha et je lui tendis l'autre moitié de la truffe.

En sentant ses lèvres se refermer sur mes doigts et les lécher, le désir se répandit comme une onde dans tout mon corps.

Il me retira ma flûte de champagne, défit la ceinture de mon peignoir, glissa les mains à l'intérieur et m'enveloppa de ses bras.

Je renversai la tête et sa langue pénétra ma bouche tandis que ses mains brûlantes pétrissaient mes seins nus.

— Le champagne peut attendre, dit-il d'une voix rauque.

Oh ! oui. Le champagne et tout le reste pouvaient attendre. Il n'y avait rien de plus important au monde que de faire l'amour avec lui.

Il me souleva dans ses bras et m'emporta jusque dans la chambre, où il me déposa sur les draps immaculés de l'immense lit.

Je le contemplai alors qu'il retirait sa veste, sa cravate, sa chemise et son pantalon. Son regard resta fixé sur moi jusqu'à ce qu'il fût entièrement nu. Puis il s'agenouilla et me retira ma culotte en soie, la faisant lentement descendre le long de mes cuisses, de mes mollets, de mes chevilles.

Ensuite, sa bouche suivit le même chemin en remontant. Plus haut, ses lèvres s'arrêtèrent sur mon ventre, mes seins, mon cou et enfin ma bouche.

D'une main, il écarta mes cuisses et me pénétra. J'aurais voulu que cet instant dure toujours, mais la force de notre désir était impossible à dompter et, nos deux corps soudés bougeant à la même cadence, nous parvînmes ensemble à l'orgasme et hurlâmes notre plaisir.

Puis, peu à peu, je sentis que je revenais sur terre. Je sentis aussi le corps de Nathaniel, lourd sur le mien.

Nous étions allongés en travers du lit. Au-dessus, les pales du ventilateur étaient immobiles et un peu de chaleur rayonnait de la cheminée, dont la lumière orangée éclairait doucement les murs et se reflétait dans l'immense baie vitrée.

Nathaniel se redressa sur ses coudes pour me regarder. Je lui rendis son regard sans prononcer un mot. Je n'éprouvais pas le besoin de parler.

— Tu es merveilleuse, finit-il par dire.

Je ne pouvais m'empêcher de sourire, remplie d'une joie pure et absolue.

— Tu n'es pas mal non plus.

— Je suis sérieux, Sophie, dit-il en effleurant mon visage de ses doigts. Je n'ai jamais ressenti ça avant.

Moi non plus. Et je ne savais pas quoi en penser. Je savais seulement que j'étais en train de tomber amoureuse de lui. Peut-être pour toujours. Et que jamais je n'avais rien vécu de plus intense.

— Moi non plus, je n'ai jamais ressenti ça pour personne.

— Bien, dit-il en se penchant pour m'embrasser tendrement.

J'ignore pourquoi mais ce simple baiser me fit monter les larmes aux yeux. Incapable de dire quoi que ce fût, j'enroulai les bras autour de son cou et le serrai contre moi pendant de longues minutes.

— Tu as soif ? murmura-t-il à mon oreille.

— Oui.

Il se dégagea doucement de mon étreinte et se dirigea vers le salon, d'où il revint avec le champagne et les truffes. Il posa une flûte sur ma table de nuit pendant que je calai des oreillers derrière mon dos pour me redresser.

Il s'installa de son côté et déposa l'assortiment de truffes entre nous deux.

— Je suis heureux que nous ayons le même sens des priorités, dit-il en mordant dans une truffe.

— Oui. Les mêmes envies au même moment.

Nous nous regardâmes en souriant. Quoi qu'il fût en train de nous arriver, nous nous accordions merveilleusement physiquement. Faire l'amour ensemble était fantastique pour l'un comme pour l'autre.

Dans la veste de Nathaniel posée près de la baie vitrée, son téléphone sonna.

— Tu devrais répondre.
— Bah. Ils rappelleront.
— Tu ne veux même pas vérifier qui c'est ?
— Non. Je veux rester ici. Nu dans ce lit à boire du champagne avec toi.
— Très bon choix.
— Merci, madame.
— *Madame* ? J'ai l'impression d'avoir cent ans.
— Toi ? Mais tu es encore toute jeune.
— Le garçon m'a appelée comme ça aussi.
— Lui, c'était par politesse. Et moi, pour plaisanter.
— Oh ! dis-je en restant de marbre. Je n'avais pas saisi.
Il me donna un léger coup d'épaule avant de prendre une truffe.
— Hé ! Ne me pique pas tout mon dessert.
— Tu es gourmande ?
— Oh ! oui. Et toi ?
— Oui, mais je préfère le gras au sucré.
— Je te signale que ces chocolats sont plutôt *très* sucrés.
Il reprit une truffe enrobée de ganache rouge.
— Je sais.
— Alors laisse-les-moi !
— Toutes ?
— Peut-être pas toutes. On peut commander autre chose.
Son téléphone sonna à nouveau. Il poussa un soupir.
— Va voir. C'est peut-être important.
— Rien n'est plus important que toi.
— Peut-être qu'un relais a été frappé par la foudre,

que toutes les communications en Alaska sont coupées et qu'ils ont besoin de toi pour coordonner les réparations.

— Et ils font comment pour appeler, alors ?

— Je n'en sais rien, dis-je. Va le leur demander.

Il leva les yeux au ciel mais se leva quand même pour prendre l'appel.

— Oui ? lança-t-il en regardant dans ma direction. Cette question ne peut pas attendre demain ? demanda-t-il, puis il écouta et fronça les sourcils. Bon.

Il secoua la tête vers moi et m'indiqua la porte de la chambre.

Je hochai la tête. Apparemment, il y avait bien un problème.

Il sortit et ferma la porte derrière lui.

Je finis la truffe que j'étais en train de manger, puis j'allai chercher mon propre téléphone, que j'avais laissé dans la salle de bains quand je m'étais changée.

J'appelai Tasha.

— Enfin, dit-elle, l'air heureuse de m'entendre.

— Oui. Désolée.

— Tu es toujours sur ton bateau ?

— Non, non. Après, j'ai passé un peu de temps avec Adeline et ensuite… Nathaniel et moi avons décidé de sortir dîner. Enfin, on devait tous y aller, mais…

— Tu es avec Nathaniel ?

— Oui.

— Qu'est-ce que tu fabriques au téléphone, alors ? Raccroche et va retrouver ton beau gosse.

— Je ne t'ai jamais dit que c'était un beau gosse.

— J'ai accès aux réseaux sociaux, je te signale. J'ai fait une recherche.

— Bon, c'est vrai, il est beau. Et il est dans l'autre pièce, au téléphone.

— Mais… vous n'êtes pas sortis dîner ?

— Si. Et on y est toujours… On a commandé le dessert dans une des suites de l'hôtel.

— Bravo, ma vieille, dit-elle avec un sourire dans la voix. On dirait que tu l'aimes beaucoup.

— Oui. Enfin… je ne sais pas… mais il est tellement…

— D'accord. Tu es raide dingue de lui.

— Peut-être. En tout cas, j'aimerais que tu le rencontres… Tu comprends ce que je veux dire ?

— Ramène-le à Seattle et on viendra vous voir.

La porte de la chambre s'ouvrit et Nathaniel apparut, toujours aussi nu et aussi splendide.

— Je dois te laisser, dis-je à Tasha.

Elle éclata de rire.

— Tu m'étonnes !

- 11 -

Le lendemain matin, Nathaniel et moi passâmes à la propriété, le temps d'enfiler des vêtements plus décontractés. Puis nous nous rendîmes à la marina et montâmes à bord du voilier. Wade ne travaillant pas, nous passâmes la journée seuls à naviguer.

Nous longeâmes la côte, fîmes une pause dans un petit village pour y déjeuner et acheter quelques provisions pour le bateau. Et aussi quelques souvenirs et quelques articles totalement hors saison tels que des écharpes et des gants en laine. Puis nous mîmes le cap sur la marina, en nous arrêtant en route dans une crique déserte pour faire l'amour.

À peine étions-nous rentrés à la propriété qu'Adeline faisait irruption dans ma chambre.

— Vous avez découché, dit-elle.

— Exact, dis-je avec un grand sourire.

Je fus surprise de la voir froncer les sourcils.

— Hier soir, c'était un piège, dit-elle.

— Comment ça ?

— Mon père n'avait absolument pas besoin de nous. Bien sûr, il nous a demandé de signer un document et il a fait tout un tas d'histoires au sujet de la nouvelle héritière de Braxton.

— Moi ? dis-je en me raidissant.

— Bien sûr, toi.

Ma bonne humeur commençait à s'évanouir. Je m'assis sur le lit à côté d'elle.

— Je ne suis pas son héritière.

— Bien sûr que si.

— Biologiquement, peut-être. Mais son héritage ne m'intéresse pas.

Tout cela me paraissait vraiment prématuré. Nous apprenions à peine à nous connaître.

— Bon, là n'est pas le problème.

Il me semblait pourtant que c'était important.

— On a des années pour réfléchir à tout ça, reprit-elle. Ce qui signifie que, hier, c'était un piège…

— Mais quoi donc ? Explique-toi.

— Toi et Nathaniel. Braxton qui vous jette dans les bras l'un de l'autre.

— C'est Nathaniel qui m'a proposé de sortir. Il y a deux jours.

— Le puzzle se met en place, dit Adeline d'un air songeur. Braxton aime Nathaniel comme son fils. Et voilà qu'il te retrouve toi, sa fille.

Elle se leva d'un bond et ouvrit les mains comme si la conclusion s'imposait d'elle-même.

— Tu veux dire que Braxton veut me voir en couple avec Nathaniel ?

— *Oui !* Ça ne fait pas l'ombre d'un doute.

Je ne voulais pas vexer Adeline, mais l'attirance que Nathaniel et moi ressentions l'un pour l'autre n'avait rien à voir avec Braxton.

— Il ne contrôle ni mes émotions si celles de Nathaniel.

Adeline revint s'asseoir sur le lit. Elle avait un air absent et je n'étais pas sûre qu'elle m'avait entendue.

— Il avait besoin que nous restions à la maison pour que vous soyez seuls tous les deux.

— Et quand bien même ?

— C'est ça, son super pouvoir. Mon père l'a aussi. Ils savent s'y prendre pour te faire croire que c'est toi qui as eu l'idée de faire quelque chose.

Je faillis éclater de rire.

— Il en faut un peu plus pour que je couche avec un homme.

— Et pourtant…

Sa théorie était parfaitement absurde.

— Si j'ai couché avec Nathaniel, c'est parce que je l'aime beaucoup.

Je commençais même à croire que je l'aimais tout court, mais je n'avais pas envie de partager cette nuance avec Adeline. En tout cas, pas maintenant. Pas dans ce contexte.

— En fait, poursuivit Adeline, Braxton veut des bébés Nathaniel/Sophie pour perpétuer sa dynastie.

— Ça n'est pas à lui d'en décider, fis-je remarquer.

Bien sûr, j'appréciais beaucoup Nathaniel, mais il était bien trop tôt pour songer à avoir des enfants avec lui.

— Je dis juste que tu ne dois pas te perdre. Tout ça, c'est trop. Pas seulement la maison, mais la famille, la dynastie. C'est facile de se laisser entraîner. Braxton veut que tu restes en Alaska pour des raisons qui lui appartiennent. Mais toi, n'oublie pas qui tu es.

— Je sais qui je suis, ne t'inquiète pas.

Braxton voulait peut-être infléchir le cours de ma vie, comme le suggérait Adeline, mais il ne pouvait pas m'obliger à faire les choses contre mon gré. Adeline ne me connaissait pas assez pour savoir que j'avais la tête sur les épaules et que j'étais solide émotionnellement. C'était d'ailleurs peut-être ça, mon super pouvoir.

— Je veux juste que… que tu fasses passer tes besoins et tes désirs d'abord. Ne te laisse pas aspirer par les ambitions de cette famille.

En descendant dîner à la cuisine pour un repas informel, je passai devant le grand salon. J'avais hâte de voir Nathaniel, mais j'affichai l'expression la plus neutre possible. Je ne voulais pas que Braxton devine à quel point nous étions attirés l'un par l'autre.

Ce fut d'abord la voix de Nathaniel, chaude et profonde, que j'entendis. Je ne distinguai pas ce qu'il disait et, d'instinct, je m'approchai de la porte.

Braxton lui répondait :

— Non, je ne crois pas, Nathaniel. Vraiment pas.

Il avait l'air contrarié, comme le jour où je l'avais rencontré.

— J'ai fait tout ce que tu m'as demandé, dit Nathaniel d'une voix tendue.

— Tu traînes les pieds. Tu crois que je ne le vois pas ?

— On n'est pas en train de parler boulot ici.

Je reculai d'un pas. J'ignorai la cause de leur dispute mais cela ne me regardait pas.

Braxton eut un rire glacial.

— Elle t'aime déjà beaucoup.

Elle ?

— Je n'irai pas plus loin, dit Nathaniel d'un ton résolu.

— Je te demande seulement de saisir les occasions qui se présentent. De les exploiter.

— Pardon ?

— Peut-être me suis-je mal exprimé…

— Tu es trop impatient.

Je jetai un œil à l'escalier. Adeline était encore là-haut et ce qu'elle avait dit résonnait dans ma tête ; je craignais terriblement que ce *elle*, ce soit moi. Ce *elle* qui appréciait tant Nathaniel et que l'on n'exploitait pas assez bien.

— Tu veux dire que tu ne peux pas faire mieux ? demanda Braxton.

— Je te dis de lâcher du lest.

— Mais le temps presse.

— Elle restera toujours ta fille.

Je sentis mes genoux se dérober sous moi.

— Mais elle ne sera pas toujours là, dit Braxton d'une voix plus douce.

— Sous ton contrôle ?

— Disponible. Tu sais comment se passent ces choses. Il faut conclure l'affaire.

Le silence s'installa un moment.

— Je te dois beaucoup, dit Nathaniel d'une voix lente et grave. Je te serai reconnaissant à jamais pour ce que tu as fait et pour ce que tu m'as pardonné, mais il y a des limites à ce que je peux accepter de faire.

J'étouffai un gémissement. Il ne fallait pas qu'ils découvrent que je les avais entendus. Plus jamais je ne pourrais les regarder en face.

— Tu as une dette envers moi, dit Braxton.

— Oui, mais je refuse de lui mentir.

Je faillis éclater de rire. Par amertume. Par désespoir.

Parce que Nathaniel n'avait rien fait d'autre depuis le début que me mentir.

Je m'élançai vers l'escalier et montai les marches quatre à quatre. Une fois dans ma chambre, je sortis ma valise du placard et commençai à y entasser mes affaires n'importe comment.

— Sophie ? dit Adeline en entrant par le balcon. Mais qu'est-ce que tu fais ?

— Tu avais raison, dis-je en prenant une grande inspiration.

Mes poumons, ma poitrine étaient douloureux et j'avais la gorge sèche.

— À propos de lui, d'eux, repris-je. Il faut que je m'en aille. Tout de suite.

— Je sais, dit Adeline en me prenant dans ses bras.

— Je t'appellerai, dis-je.

Adeline passerait me voir à Seattle ou je pourrais descendre en Californie.

— Sophie, attends…

Mais je ne pouvais pas attendre. Je ne pouvais pas prendre le risque de croiser Nathaniel.

— Tu vas adorer vivre ici, dit Tasha avec un enthousiasme un peu forcé.

Nous étions assis dans mon nouveau salon, face à la vue sur l'océan, alors obscurcie par une pluie diluvienne. Tasha et son mari, Jamie, étaient arrivés de Californie le matin même, dès que je leur avais annoncé pourquoi j'avais quitté l'Alaska.

Une heure plus tôt, Jamie avait bravé la pluie pour aller chercher des pizzas et un peu de vin. Nous dégustions notre dîner improvisé quand on frappa à la porte. Nous nous regardâmes, surpris.

— Personne ne sait que j'habite ici, pourtant.

— Un voisin, peut-être, dit Tasha.

— Par ce temps ?

— C'est peut-être une urgence, je vais voir, déclara Jamie.

J'entendis la porte s'ouvrir. Puis la voix de Nathaniel. Tasha perçut mon mouvement de recul sur le canapé.

— C'est lui ?

— Oui. Fais-le partir.

— J'y vais, dit-elle en se levant d'un bond.

— Sophie ? dit Jamie en nous rejoignant dans le salon. Il insiste…

— Écoute-moi, me lança Nathaniel, qui l'avait suivi.

Jamie se retourna, les bras croisés, pour l'affronter.

— Ça va, dis-je.

Peut-être cette confrontation devait-elle avoir lieu. Peut-être que cela m'aiderait à tourner la page.

Jamie s'écarta d'un pas, et le regard de Nathaniel plongea dans le mien, brisant toutes mes défenses, me ramenant à tous les bons moments que nous avions passés ensemble.

— Adeline m'a dit ce qui s'était passé.

Je haussai les épaules. Il savait bien ce qu'il avait fait, il n'avait nul besoin qu'Adeline le lui apprenne.

— Et tu as décidé de t'en aller, poursuivit-il.

Il avait l'air coupable ; il savait donc que j'étais au courant de tout.

— Tu aurais dû venir me parler.

— Tu es sérieux ? dis-je. Pour que tu puisses continuer à me mentir ?

— Pour que je puisse te dire la vérité. Que lorsque tu es partie, mon cœur s'en est allé avec toi.

Je n'allais pas me laisser berner par ses mots doux.

— Nous savons tous les deux que c'est faux.

— Tu ignores ce que je ressens, Sophie.

— Je sais ce que tu as fait. Je sais ce que tu veux. Je sais que tu as *une dette* envers Braxton.

— Il y a des choses que tu ignores, dit-il d'une voix calme.

— Ce que je sais me suffit.

Je ne comprenais pas ce qu'il faisait là. Il n'imaginait quand même pas que j'allais croire à ses mensonges et lui tomber dans les bras ?

— Je vais quitter l'Alaska, déclara-t-il. On vivra à Seattle ou n'importe où. Où tu voudras.

Je ne le croyais pas. Braxton ne permettrait jamais une chose pareille. C'était sûrement une ruse, un nouveau moyen de me manipuler.

— J'ai besoin de toi, Sophie, dit-il en sortant de sa poche un petit écrin en velours contenant un magnifique solitaire. Pour toujours.

L'espace d'un instant, mon cœur voulut le croire et je dus résister au désir de me jeter dans ses bras. Mais je me repris.

— Tu serais prêt à *m'épouser* pour faire plaisir à Braxton ?

— Sophie, non…

— Arrête. J'ai tout compris. C'est terminé.

— Oui, c'est vrai, je suis loyal envers Braxton. Et oui, il nous a jetés dans les bras l'un de l'autre. Et je l'ai laissé faire. Mais je t'aimais. Beaucoup.

— Une chance pour toi.

— Sophie.

— Arrête ! Mais quel genre d'homme peut…

— Mais enfin, tu étais là, s'écria Nathaniel. Tu crois vraiment que je faisais semblant ?

Il avait perdu toute maîtrise de lui-même. Je le sentais à vif. Peut-être n'avait-il pas feint ses sentiments pour moi. Mais comment en être sûre ?

— J'ai une dette envers Braxton. Que je ne pourrai jamais rembourser. C'est en effet ce qui m'a motivé. Au début.

— Je sais qu'il t'a recueilli.

— Il m'a surtout permis de rester… et pourtant, je l'avais tuée.

Je sentis mes genoux se dérober et je m'agrippai au dos d'une chaise.

— C'est à cause de moi si Emily est morte, reprit Nathaniel d'une voix éteinte. J'étais censé conduire ce jour-là, mais je faisais la fête avec mes amis. Christine détestait conduire sur les routes verglacées. Elle détestait…

— Oh ! Nathaniel.

— Et tu es apparue. Braxton m'a demandé mon aide. Au départ, il voulait juste que tu restes le temps que vous appreniez à vous connaître. Et puis il nous a vus ensemble et il a commencé à s'imaginer avec des petits-enfants. C'était la première fois depuis dix-huit ans que je le voyais *vraiment* heureux.

— Tu ne peux quand même pas m'épouser pour *lui*.

— Mais ça n'est pas pour lui. Je te veux, moi. Je t'aime, Sophie. Je t'aime depuis le jour où on a été attaqués par cet ours.

— Je ne te crois pas.

Comment aurais-je pu le croire ? Tout ce qu'il faisait, ce qu'il disait, c'était toujours pour Braxton.

— Et toi, Sophie, tu m'aimes ?

— Non, mentis-je.

Il me regarda, comme s'il me mettait au défi de dire la vérité. Puis son expression changea. Il avait l'air vaincu. Il se retourna et sortit de la maison.

La porte se referma derrière lui et il n'y eut plus que le bruit de la pluie qui s'abattait sur le toit et sur la terrasse en bois.

Tasha et Jamie me regardaient, visiblement troublés.

— Adeline m'avait bien conseillé de me méfier. C'est une famille très compliquée.

— Comme toutes les familles, dit Tasha.

— Tu sais, Sophie, je crois que ce type est fou de toi, intervint Jamie.

Je compris enfin que c'était vrai et mon cœur sombra dans ma poitrine.

— Oh ! non…

— Vas-y vite, dit Tasha.

Je me précipitai dehors, où la pluie détrempa immédiatement mon chemisier.

Il était encore dans l'allée. Debout. Figé devant sa voiture de location.

— Nathaniel ?

Il se tourna vers moi.

— J'ai menti, dis-je en continuant à avancer vers lui. Pardon. Je t'aime. Je t'aime tellement.

Il me regarda un moment, comme s'il avait du mal à croire que la scène était réelle, puis il ouvrit les bras.

Je me précipitai vers lui. Il referma ses bras sur moi.

Je sentais la chaleur de son corps enveloppant le mien, me protégeant de la pluie glacée.

Puis il me lâcha, fouilla dans sa poche et mit un genou à terre.

— Sophie, acceptes-tu d'être ma femme, d'avoir des enfants avec moi et de faire de moi l'homme le plus heureux du monde ?

— Oui, Nathaniel. Oh ! oui !

Il se releva en souriant et me passa la bague au doigt. Le diamant brillait de mille feux à la lumière des lampadaires de la rue.

— Nous allons retourner en Alaska, dis-je.

— Nous irons où tu voudras.

— Je veux passer du temps avec Adeline, Mason et Kyle.

— Et aussi avec... Braxton ?

— C'est compliqué, la famille, dis-je avec un soupir.

— Qu'est-ce que ça signifie ?

— Ça signifie que Braxton est mon père mais qu'il va falloir qu'on pose des limites.

— Il va être tellement heureux de te revoir ! Ton départ l'a bouleversé.

— Je suis désolée d'avoir réagi aussi brutalement. J'aurais dû rester pour me battre... pour nous, pour toi, pour ma famille si compliquée.

— Pour moi, tu n'as pas besoin de te battre, murmura Nathaniel en me serrant contre lui. C'est moi qui vais me battre pour toi. Je t'aime et je suis à toi pour toujours.

TERI WILSON

Enceinte de son rival

Traduction française de
MURIEL LEVET

PASSIONS

HARLEQUIN

Titre original :
THE MAVERICK'S SECRET BABY

- 1 -

Finn Crawford vivait un rêve.

Même si son père, Maximilian, était devenu un peu fou. En effet, ce dernier avait décidé d'engager une entremetteuse pour marier ses six fils.

On n'était plus au XIXe siècle, mais dans le Montana de l'époque moderne. Finn appartenait à une famille aisée et il ne pouvait pas se plaindre de ne pas avoir été gâté par la nature. C'était même le contraire, à en croire toutes les femmes recrutées par Vivienne Dalton, l'entremetteuse en question.

Il adorait les femmes, qui étaient généralement beaucoup plus libres d'esprit que les hommes. Plus gentilles et plus authentiques. Il aimait leur douceur et la ténacité dont elles faisaient preuve dans tous les domaines. Un beau rouge à lèvres, un sourire généreux, et il tombait immédiatement sous le charme. En vingt-neuf années d'existence, il avait succombé tant de fois qu'il avait fini par perdre le compte !

Ainsi, l'idée même qu'il puisse avoir besoin d'aide pour chercher la femme de sa vie aurait pu paraître risible, s'il avait eu la moindre intention de s'engager. Ce qui n'était absolument pas le cas.

Pourquoi en aurait-il eu envie, alors que Vivienne Dalton était payée pour lui présenter des femmes ?

Son père avait pris tout ce qu'il y avait dans son ranch de Dallas, ses chevaux, ses troupeaux et ses six fils, et il était venu s'installer ici, à Rust Creek Falls, pour organiser cette sorte de parodie du *Bachelor.* Malgré l'absurdité de la situation, Finn aurait été bien bête de ne pas en profiter.

Et il en avait profité. Peut-être même un peu trop, du point de vue de Vivienne Dalton.

— Voyons, Finn. Vous êtes sorti avec une femme différente par semaine au cours des trois derniers mois.

— Et elles étaient toutes absolument charmantes, répondit-il en souriant. Je n'ai aucune raison de me plaindre.

Son père, à côté de lui, poussa un soupir agacé.

— Moi, si, rétorqua-t-il. Et même beaucoup, te concernant.

Finn décida de ne pas relever. Après tout, c'était son père qui avait eu l'idée de payer cette femme un million de dollars pour trouver une épouse à chacun des six frères Crawford. Il ne pouvait s'en prendre qu'à lui-même.

— Monsieur Crawford, je vous assure que je fais tout mon possible pour trouver une épouse à votre fils. Je pense même lui avoir présenté toutes les jeunes femmes célibataires de Rust Creek Falls.

— *Toutes ?* répéta Finn, surpris.

Décidément, la ville était encore plus petite qu'il l'avait pensé. Il lui aurait fallu toute une vie pour faire le tour des célibataires de Dallas. Il en savait quelque chose. Il avait essayé !

— Toutes, répondit-elle en lui adressant un sourire tendu.

— Très bien. Alors j'imagine que votre mission s'arrête là, dit-il. Vous avez fait de votre mieux.

Décidé à partir, il se leva. Le jeu de la petite amie de la semaine allait lui manquer, mais au moins son père devrait accepter l'idée qu'il n'avait pas la moindre intention de se fiancer à l'une ou l'autre des charmantes habitantes de Rust Creek Falls.

— Merci, Vivienne, ajouta-t-il en replaçant son stetson sur sa tête.

— Rassieds-toi, Finn.

Son père n'avait pas élevé la voix, mais il avait adopté un ton que Finn n'avait pas entendu depuis le jour où il lui avait *emprunté* son pick-up pour aller faire l'imbécile avec ses copains du lycée.

Naturellement, il n'était plus un adolescent stupide et prenait ses décisions lui-même – notamment quand il s'agissait de sa vie sentimentale. Seulement il aimait son père et le respectait.

— Comme tu veux, papa, répondit-il en se rasseyant.

Satisfait, son père regarda Vivienne bien en face.

— Avez-vous oublié les enjeux, madame Dalton ?

— Non, monsieur, répondit-elle après s'être éclairci la gorge.

— Je ne suis pas sûr de savoir de quoi il retourne, mais il me semble qu'il serait temps de mettre un terme à votre projet, intervint Finn. La moitié d'entre nous est déjà mariée.

Logan, Xander et Knox, ses frères, avaient trouvé les femmes de leur vie. Qui n'étaient, soit dit en passant, aucune de celles que Vivienne avait choisies pour eux. Leur père aurait donc dû être ravi : trois de ses fils étaient mariés, le nom de Crawford ne s'éteindrait pas.

— Il n'en est pas question, décréta son père. Nous avons besoin de l'aide de Viv, maintenant plus que jamais. Ça ne va pas être facile de vous trouver quelqu'un, à toi, Hunter et Wilder. Hunter ne regarde même plus les femmes depuis le décès de son épouse. Quant à toi, tu sembles incapable de comprendre qu'une femme pourrait te sauver la vie. Si tu ne te montres pas prudent, tu finiras seul et malheureux. Comme moi.

À ces mots, Finn éclata de rire.

— Papa, je t'en prie. Tu es loin d'être seul !

Seul, son père l'était en effet rarement. Le Ambling A étant un ranch familial, il croisait chacun de ses fils quotidiennement. En outre, c'était l'un des plus grands séducteurs que Finn avait jamais rencontré.

Certes, son père était célibataire depuis plus de vingt ans, sa femme l'ayant abandonné quand leurs six fils n'étaient encore que des enfants. Mais s'il ne s'était pas remarié depuis, cela ne signifiait pas pour autant qu'il avait manqué de compagnie féminine. Il avait de l'argent, du prestige et un physique que le temps avait bien conservé. Ses soixante ans passés ne l'empêchaient pas de sortir avec des femmes aussi régulièrement que Finn.

— Je te l'accorde, avoua son père avec un léger sourire. Mais nous ne sommes pas là pour parler de moi. Nous sommes là pour te trouver une femme.

— Votre fils devrait peut-être revoir ses exigences à la baisse, dit Vivienne comme si Finn ne se trouvait pas juste devant elle. Avec le nombre impressionnant de femmes qu'il a rencontrées au cours des trois mois passés, il aurait dû trouver chaussure à son pied.

— Il faudrait peut-être que j'en rencontre davantage, fit remarquer Finn en lui adressant son sourire le plus ironique.

Elle commençait vraiment à l'agacer. Revoir ses exigences à la baisse ? Qu'entendait-elle exactement par là ?

— J'ai passé des coups de téléphone dans toute la ville pour voir si je n'aurais pas oublié quelques célibataires, expliqua l'organisatrice de mariages. Rien que ce matin, j'ai essayé la garderie, la clinique vétérinaire, le centre hospitalier et le Maverick Manor. Je pensais que je pourrais encore en trouver quelques-unes qui travailleraient ici mais habiteraient un autre comté.

Finn faillit éclater de rire. Elle envisageait donc *d'importer* des femmes venues des alentours pour les lui présenter ? La situation se faisait décidément plus absurde à chaque minute qui passait !

— Et vous avez trouvé quelque chose ? demanda son père.

— Pas encore. Mais il reste un dernier lieu sur ma liste. La pension Strickland.

Un vague sentiment d'inquiétude s'empara de Finn.

— Cette vieille villa victorienne délabrée, près de la caserne des pompiers ? s'enquit-il. Ce truc… violet ?

— Elle appartient au patrimoine de la ville, rétorqua Vivienne, les lèvres pincées. Et elle est lavande. Le genre d'endroit qu'une jeune et jolie célibataire pourrait choisir pour séjourner en ville.

Manifestement, elle n'était pas prête à abandonner, songea Finn. Peut-être parce que son père lui proposait un million de dollars pour les marier tous. Voire plus…

— Cela me semble être une bonne stratégie, intervint ce dernier. Allez-y, appelez la pension. Nous attendons.

Finn envisagea de baisser son stetson sur ses yeux pour faire une petite sieste. De toute façon, personne ici ne semblait se soucier de ce qu'il pensait. Hélas, quand Vivienne eut composé le numéro, elle mit le téléphone sur haut-parleur. Impossible de dormir dans ces conditions.

Au bout de deux sonneries, la voix d'un homme âgé résonna dans le bureau.

— Bonjour, Gene, dit-elle en souriant. C'est Vivienne Dalton.

— Oh ! Bonjour, ma chérie. Qu'est-ce que Melba et moi pouvons faire pour toi, aujourd'hui ?

Finn entendit une femme, Melba sans doute, demander qui était à l'appareil. Quand Gene lui eut répondu, elle salua Vivienne tout aussi chaleureusement.

Vivienne et Gene échangèrent ensuite quelques menus propos. Gene demanda des nouvelles de son mari, et Vivienne l'interrogea ensuite sur la petite chèvre qu'il avait adoptée.

Une *chèvre* ? Ce détail fit sourire Finn. Son père, cependant, paraissait beaucoup moins amusé. D'un geste autoritaire, il fit signe à Vivienne d'en venir au fait.

La jeune femme sembla comprendre le message.

— En réalité, Gene, j'ai une question plutôt étrange à vous poser. Y aurait-il par hasard à la pension une jeune femme célibataire qui pourrait être intéressée par un rendez-vous avec un beau cow-boy nommé Finn Crawford ?

— Drôle de coïncidence ! s'exclama Gene. Il se trouve justement que nous hébergeons une adorable jeune femme depuis deux semaines environ. Un peu timide, mais mignonne comme tout.

Les yeux de Vivienne s'étaient illuminés.

— C'est vrai ? Comment s'appelle-t-elle ? s'enquit-elle.

— Avery.

Intrigué, Finn regarda le téléphone en plissant les yeux.

Avery ?

La seule Avery qu'il connaissait n'avait rien à faire dans une petite ville comme Rust Creek Falls. Il ne pouvait tout de même pas parler de…

— Avery comment ? grommela son père. Pitié, ne me dites pas qu'il s'agit de la fille de cette espèce de…

— Du calme, papa, l'interrompit Finn.

Son père n'avait jamais été avare de mots durs pour toute personne liée de près ou de loin à son ennemi juré, Oscar Ellington.

Mais il n'avait pas de souci à se faire. La fille d'Oscar Ellington vivait à plus d'un millier de kilomètres de là, au Texas. Et avec ses jupes crayon, ses escarpins à semelles rouges et ses sacs à main griffés, elle n'aurait en aucun cas pu être qualifiée de « mignonne ». Elle était… plus que ça, songea Finn en se rappelant la nuit qu'il avait passée avec elle.

Et quelle nuit !

La voix de Melba, qui résonna brusquement dans la pièce, l'extirpa de ses voluptueuses pensées.

— Gene ! Arrête immédiatement cette conversation !

— Tout va bien ? demanda Vivienne.

— Très bien, répondit Gene. Je…

— Non, tout va mal, l'interrompit Melba. Gene semble avoir oublié que nous ne devons pas divulguer d'informations privées sur nos clients.

— Mais la petite a l'air un peu seule, répliqua Gene, tandis que Melba continuait de parler.

Finn n'écoutait plus. Il était reparti dans les souvenirs de cette nuit chaude, torride… Un voyage d'affaires dans l'Oklahoma. Et le baiser le plus électrique qu'il ait jamais connu. À cause d'une coupure de courant, la ville était plongée dans le noir, mais au moment où il avait joint ses lèvres à celles d'Avery Ellington, il y avait eu des étincelles. Certainement de quoi illuminer toute la ville !

À combien de temps cela remontait-il ?

Plusieurs mois.

— Excusez-moi, dit-il en se penchant vers le bureau.

Il savait qu'il était censé rester discret, mais il fallait qu'il sache.

— À quoi ressemble cette Avery ? demanda-t-il.

En guise de réponse, Vivienne le fusilla du regard.

— Ne vous inquiétez pas, ce n'est pas si important, dit-elle à son correspondant d'une voix radieuse. Désolée de vous avoir dérangé, Gene. On bavardera une autre fois. Embrassez Melba pour moi. Au revoir.

Elle raccrocha et, pendant une minute, Finn eut peur. Peur qu'elle lui jette le téléphone au visage.

— À quoi ressemble-t-elle ? Vous êtes sérieux ?

— Attendez, dit Finn. Ce n'est pas ce que vous…

Vivienne l'interrompit sans lui laisser le temps de s'expliquer :

— Il y a quantité de choses bien plus importantes que le physique quand on recherche une partenaire pour la vie, Finn.

Il était parfaitement d'accord.

Sauf qu'il ne recherchait pas de partenaire pour la vie. Cela n'avait jamais figuré dans ses projets.

Ce qu'il voulait savoir, c'était si ce Gene parlait de la seule Avery qu'il connaissait. Il aurait suffi que le vieil homme évoque de longs cheveux bruns soyeux, de grands yeux noirs expressifs, et il aurait su.

Non. Impossible que ce soit elle. Elle vivait au Texas, à l'autre bout du pays. Que serait-elle venue faire dans le Montana ? À Rust Creek Falls, qui plus est ! Et puis, si elle était là depuis deux semaines, il l'aurait sûrement déjà croisée en ville.

— Jusqu'ici, tu as trouvé toutes les filles choisies par Vivienne attirantes, lui fit remarquer son père, le ramenant à l'instant présent. Je ne vois pas pourquoi cette Avery serait différente.

Finn ne répondit pas.

Son père ne voyait pas pourquoi Avery serait différente ?

Lui, il voyait bien pourquoi.

Il n'avait jamais rencontré une femme comme Avery Ellington.

Après avoir pris son tapis de yoga, Avery Ellington descendit l'escalier de bois de la vieille villa victorienne où elle logeait depuis deux semaines.

Ou plutôt… où elle se cachait.

À cette pensée, elle s'accrocha plus fort à la rambarde. Elle n'avait aucune intention de réfléchir aux raisons pour lesquelles elle s'était retrouvée à la pension Strickland, au beau milieu de nulle part, dans le Montana. Elle avait des problèmes plus urgents à régler. Comme son pantalon dont les coutures menaçaient de craquer.

Et pourtant, arrivée au bas de l'escalier, au lieu de se diriger vers le porche pour sa séance matinale de yoga, elle bifurqua vers la cuisine, curieuse de savoir ce qui sentait si bon.

Elle n'était pas si gourmande, quand elle était à Dallas. Seulement, quand elle était à Dallas, sa vie était différente… Ce nouveau développement était étrange.

Et très angoissant.

— Bonjour, ma chérie, lui dit Melba quand elle entra dans l'immense cuisine de la pension. Claire vient de partir pour emmener Becka à l'école, mais elle a fait une fournée de muffins, hier soir. Tu en veux un ou deux ?

Claire, la petite-fille des Strickland, était la cuisinière officielle de la pension. Avec sa famille, elle avait longtemps vécu avec Gene et Melba, et son départ récent avait, d'après Gene, beaucoup chagriné Melba. Claire continuait de venir régulièrement faire la cuisine, mais comme son nid était vide, Melba semblait avoir reporté toute sa tendresse sur Avery, qui ne s'en plaignait pas, bien au contraire.

— Merci, répondit-elle en mordant avec gourmandise dans un muffin, avant de désigner de la tête son tapis de yoga. Je vais aller faire un peu d'exercice dehors.

Quand était-elle devenue si oisive ? Où était passée la femme qui avait obtenu son diplôme de l'université du Texas avec mention avant d'occuper le poste de vice-présidente d'Ellington Meats ?

Toujours là, espérait-elle. La situation était inhabituelle et temporaire. Une fois qu'elle aurait fait ce qu'elle était venue faire à Rust Creek Falls, elle retournerait chez elle, à Dallas, pour reprendre le cours normal de sa vie. Sa merveilleuse vie. La vie qu'elle aimait.

— Tiens, dit Melba, en lui tendant un verre. On a fait du jus de pomme, ce matin. Ça te donnera des forces.

— Merci.

En humant l'odeur de muscade, de sucre de canne et de pomme, elle fut soudain prise de l'envie d'aller se blottir près de l'immense cheminée de la pension, emmitouflée dans une couverture... ce qui fit bondir la femme active qu'elle était il y a peu.

Agacée, elle se tourna vers Gene qui, assis à la table de la cuisine, tenait une petite chèvre sur ses genoux.

— Comment va-t-elle ce matin ?

— Elle s'adapte, lui répondit-il avant de tendre un biberon à l'adorable petite bête.

— Elle *s'adapte* ? répéta Melba en levant les yeux au ciel. Elle se réveille toutes les deux heures. Je me demande vraiment ce qui t'a pris de ramener cet animal à la maison.

— Je te rappelle que mon cousin est hospitalisé et qu'il a toute une ferme pleine d'animaux qui ont besoin d'être soignés. Tu aurais préféré un cochon ?

— Grand Dieu, non ! s'exclama Melba, l'air horrifié.

Avery sourit. Ces querelles étaient devenues courantes depuis que Gene était revenu de la ferme de son cousin avec la chèvre, une semaine plus tôt. Melba semblait indifférente à l'animal et n'en voulait surtout pas à l'intérieur, tandis que Gene le choyait comme s'il s'agissait d'un enfant.

Quant à elle, elle n'avait pas encore osé s'en approcher. Elle ignorait tout des chèvres. Et des biberons.

— Décidément, tu fais tout pour m'agacer, ce matin, maugréa Melba. Déjà tout à l'heure, au téléphone.

— J'ai juste essayé de me montrer serviable, ma chérie. On ne sait jamais. Si ça se trouve, Avery serait contente de sortir avec un gentil jeune homme.

— Attendez… *Quoi ?* demanda Avery, interloquée. Comment la conversation avait-elle pu passer de la chèvre à sa vie sentimentale ? Avait-elle raté quelque chose ?

— Gene ! s'exclama Melba.

— Puis-je vous demander de quoi vous parlez, tous les deux ? s'enquit Avery. Et quel rapport avec moi ?

— Vivienne vient d'appeler, expliqua Gene en haussant les épaules. Apparemment, elle connaît un cow-boy célibataire.

— Ne t'inquiète pas pour ça, Avery, intervint Melba en lui prenant la main. J'ai fait clairement comprendre à Vivienne que tu n'avais aucune intention de fréquenter des garçons. Et j'ai fait taire Gene quand il a donné ton nom.

Avery ne savait pas qui était Vivienne, mais peu importait. Ce qui importait, en revanche, c'était que son nom ne circule pas. Elle avait beau être nouvelle à Rust Creek Falls, elle était parfaitement consciente de la rapidité avec laquelle les rumeurs se répandaient dans les petites villes.

— Vous avez donné mon nom à une étrangère ? murmura-t-elle, consternée.

Gene et Melba échangèrent un regard anxieux.

— Seulement ton prénom, précisa Melba. Je suis désolée, ma chérie. Gene a cru bien faire.

Avery hocha la tête sans répondre.

Elle ne savait pas quoi dire. Le jour de son arrivée, elle avait clairement fait comprendre à Gene et Melba qu'elle était venue pour se reposer et qu'elle avait désespérément besoin de paix et de calme.

Manifestement, Melba en avait déduit qu'elle avait fui un petit ami violent et, à sa grande honte, Avery n'avait rien fait pour éclaircir les choses. Parce qu'elle avait vu là un excellent moyen d'empêcher son arrivée à Rust Creek Falls de s'ébruiter.

Sa stratégie avait fonctionné.

Jusqu'à aujourd'hui.

— Excuse-toi auprès d'Avery, Gene, ordonna Melba en pointant sa cuillère en bois en direction de son mari.

— Je suis désolé, dit-il.

Avery lui sourit. Parce qu'il lui semblait impossible d'en vouloir à un homme qui nourrissait une petite chèvre au biberon.

— Vous êtes pardonné, Gene.

Melba, visiblement satisfaite, retourna à ses fourneaux.

— Tu peux aller faire ton yoga en paix, dit-elle. Gene et moi savons parfaitement que tu n'as aucune envie de rencontrer ce Crawford, aussi beau et charmant soit-il, d'après Vivienne.

Ce… *Crawford* ?

Avery faillit en laisser tomber son tapis de yoga.

Melba ne pouvait pas parler de Finn. C'était impossible.

Mais au fond d'elle, elle savait que si…

Charmant ? Oui.

Beau ? Encore plus.

Elle avala sa salive avec peine, mais elle sentit la nausée monter. Elle allait être malade. Encore. Elle y était habituée, à présent. Tout comme elle s'était habituée aux fringales et aux fermetures Éclair récalcitrantes de ses jupes crayon.

Tandis qu'elle songeait à tout cela, la petite chèvre s'était remise à téter. Elle paraissait tellement fragile…

Soudain, Avery sentit ses yeux s'emplir de larmes. Mais elle lutta pour les chasser.

Elle avait des problèmes bien plus importants à considérer qu'une chèvre orpheline !

Comme expliquer à Melba et Gene que la dernière chose qu'elle souhaitait était un rendez-vous arrangé avec Finn Crawford, dont elle portait l'enfant depuis quatre mois.

- 2 -

Aucune posture de yoga ne parvint à calmer Avery. Elle fit des efforts. Beaucoup d'efforts. Et au bout d'une heure, elle se sentait plus déstabilisée que jamais.

Sans doute parce que chaque fois qu'elle fermait les yeux elle voyait le beau visage de Finn et son sourire espiègle… et elle revivait la nuit qu'ils avaient passée ensemble.

Après avoir pris une profonde inspiration, elle se redressa péniblement. Adieu les moments paisibles à Rust Creek Falls. Cette petite parenthèse était terminée. Elle ne pouvait plus ignorer le fait qu'elle était venue ici pour parler au père de son enfant.

— Tu as déjà fini ? lui demanda Melba quand elle revint dans la cuisine. Je ne comprendrai jamais comment tu peux prendre plaisir à te tortiller dans tous les sens comme ça.

— Je comprends que, vu de l'extérieur, ça doit avoir l'air un peu fou, répondit-elle en souriant à la vieille dame. Dites, je me demandais si je pouvais vous aider à faire le ménage dans l'une des chambres.

Elle avait besoin d'une distraction, quelque chose qui lui permette d'éliminer totalement Finn de son esprit.

— Eh bien… c'est très gentil de ta part, répondit Melba d'un air gêné, mais je ne suis pas sûre que ce soit une bonne idée. Gene est au premier. Il essaie toujours de déboucher les toilettes dans la grande chambre du fond.

Avery sentit le rouge lui monter aux joues. C'était sa faute si ces toilettes étaient bouchées. Elle avait voulu aider au ménage, un jour… Mais quels étaient les risques pour qu'elle laisse tomber une autre éponge dans la cuvette ?

— Mais ne t'inquiète pas, ajouta Melba. Si tu veux vraiment te rendre utile, on va te trouver quelque chose pour t'occuper.

— D'accord. Avec plaisir. N'importe quoi fera l'affaire.

— Il faudrait que j'aille faire quelques courses. Tu veux venir avec moi ?

Avery sentit son enthousiasme revenir. Elle était beaucoup plus douée pour faire les magasins que pour faire le ménage ! Elle était même une experte en la matière. Elle avait tout un placard de Louboutin pour le prouver.

— Des courses ? Volontiers ! répondit-elle avec enthousiasme. Vous pouvez compter sur moi.

— Tu es sûre ? demanda Melba. D'ordinaire, tu dis que tu ne veux pas sortir.

C'était vrai, mais à un moment ou à un autre, il allait bien falloir qu'elle quitte la pension. De plus, il n'y avait aucune chance pour qu'elle tombe sur Finn à l'épicerie de la ville. Il n'était pas du genre à faire les courses.

— On va juste à l'épicerie, c'est ça ? Rien d'autre ? s'enquit-elle. Je dois… euh… j'ai un entretien téléphonique, tout à l'heure. Je ne peux pas m'absenter trop longtemps.

Elle n'avait aucun entretien téléphonique de prévu. Du moins pas à sa connaissance. Elle n'avait pas consulté son agenda depuis des jours. Encore une première.

— On va directement à l'épicerie et on rentre, répondit Melba.

— Super ! Je vais me changer.

Tout sourire, elle monta les trois volées de marches qui menaient à sa chambre.

Elle grimaça quand elle s'aperçut qu'elle n'avait plus de vêtements présentables qu'elle pouvait fermer à la taille.

Elle allait devoir garder son pantalon de yoga et enfiler la large chemise bleu ciel qu'elle avait empruntée à Gene. Charmant ! Si, par un étrange coup du sort, Finn se présentait également à l'épicerie, il ne la reconnaîtrait sans doute pas.

Il y avait peu de chances pour que cela se produise, cependant.

Mais ses inquiétudes au sujet de cette possible rencontre refirent surface aussitôt que Melba se gara devant le bâtiment de briques rouges. Les yeux grands ouverts, elle fixa l'enseigne du magasin.

« Épicerie Crawford ».

— Avery ? Ça va ?

— Oui, très bien, répondit-elle en se forçant à sourire. C'est juste que je viens de remarquer le nom du magasin. Appartient-il à la famille dont vous m'avez parlé tout à l'heure ?

— Grand Dieu, non ! Les Crawford du Montana

vivent à Rust Creek Falls depuis des décennies. La nouvelle famille est du Texas.

Oui, ça, elle le savait…

Elle finit par se résoudre à arracher son regard de l'enseigne pour admirer la vitrine, avec ses guirlandes de feuilles de chêne et d'érable suspendues au-dessus de piles de citrouilles.

— Et si on prenait de quoi faire des pommes au caramel ? suggéra Melba en entrant dans le magasin. On pourrait en apporter à l'école de mon arrière-petite-fille Becka. Qu'est-ce que tu en penses ?

— Je trouve que c'est une merveilleuse idée.

Elle n'avait jamais fait de pommes au caramel, mais il fallait bien une première à tout.

Les pommes. Les bébés.

En jetant un coup d'œil autour d'elle, elle aperçut dans le fond du magasin un portant de chemises en flanelle, vestes à carreaux et cardigans en maille torsadée. Pas vraiment son style, mais elle allait devoir investir dans quelques-uns de ces vêtements qui s'adapteraient sans doute assez bien aux changements de son corps.

— Bonjour, mesdames. Je peux vous aider ? leur demanda aimablement une femme mince aux cheveux bruns.

— Oui, merci, lui répondit Melba avant de se tourner vers Avery. Nina, je te présente Avery, l'une de nos pensionnaires.

Sans cesser de sourire, Nina lui tendit la main.

— Bienvenue à Rust Creek Falls. Je suis Nina Crawford Traub.

Sérieusement ? Est-ce que tout le monde dans cette ville portait le même nom ?

— Enchantée, répondit Avery avant de s'éclipser pour observer les vêtements tandis que les deux femmes passaient en revue la longue liste de courses de Melba.

Quand elle finit par les rejoindre, le comptoir croulait sous les articles. On aurait dit que Melba avait acheté tout le magasin !

— Waouh, murmura-t-elle en serrant ses chemises en flanelle contre sa poitrine, faute de place où les poser. Melba, c'est…

— Impressionnant, compléta quelqu'un derrière elle. J'espère que vous avez laissé quelques articles pour les autres.

Il y avait de l'amusement dans cette voix, et une douceur de velours qui fit à Avery l'effet d'une caresse… ou d'une gifle, elle ne le savait pas encore.

Elle connaissait cette voix qui avait la chaleur d'un bon rhum ambré.

Comme la dernière fois qu'elle avait entendu ce bel accent texan, son corps réagit immédiatement, prenant le pas sur la raison. Naturellement, au moment où elle se retourna, elle se retrouva face à l'homme à qui elle avait si désespérément besoin de parler.

Finn Crawford, futur père de son enfant.

Avery ?

Finn ferma les yeux. Les rouvrit.

Impossible. Absolument impossible.

C'était une hallucination. Ou alors il se trompait. La belle brune qui venait de se retourner vers lui arborait certes une ressemblance surprenante avec Avery Ellington, mais elle tenait dans ses mains un tas de chemises en flanelle qu'elle serrait contre elle comme s'il s'agissait d'un bouclier. La femme qu'il connaissait ignorait jusqu'à l'existence des chemises en flanelle.

Seulement voilà, c'était bien elle. Il aurait reconnu ces grands yeux bruns n'importe où.

Il sentit une douce chaleur l'envahir.

Avery Ellington. Si ce n'était pas une bonne surprise…

Machinalement, il se tourna vers la vieille dame qui se trouvait à côté d'elle. Elle l'avait appelée « Melba ». Comme… Melba Strickland, la propriétaire de la pension Strickland ? Sans aucun doute. Alors, la jeune femme « mignonne comme tout » que Vivienne Dalton voulait lui présenter était bien cette Avery-là ?

Soudain, il ne put s'en empêcher : il éclata de rire.

Avery le regarda d'un air surpris.

— Qu'est-ce qu'il y a de si drôle ?

— Je ne sais pas si tu es au courant, mais il y a une heure environ, on a failli nous organiser un *blind date*.

— C'est ce que j'ai cru comprendre, oui, répondit-elle sur un ton qui laissait clairement entendre qu'elle ne voyait pas ce qu'il y avait de comique dans la situation.

Elle paraissait déstabilisée. Presque comme si elle était mécontente d'être tombée sur lui. Mais il devait se tromper. La dernière fois que leurs chemins s'étaient croisés, elle n'avait pas eu l'air de le regretter.

Lui non plus, d'ailleurs.

De plus, ils s'étaient séparés en bons termes.

— Je suis vraiment ravi de te voir. Qu'est-ce qui t'amène à Rust Creek Falls ? demanda-t-il par curiosité.

— Avery séjourne dans notre pension, intervint Melba sans laisser à Avery le temps de répondre.

Poliment, il hocha la tête, bien qu'il ait déjà intégré cette information. Qui n'expliquait cependant pas ce qu'elle faisait à des milliers de kilomètres de chez elle.

Il se retourna vers Avery. Elle était magnifique, mais elle paraissait différente, même s'il ne parvenait pas à mettre le doigt sur ce qui avait changé. Peut-être était-ce ses vêtements décontractés ou ses cheveux emmêlés par le vent. Quoi qu'il en soit, son élégance froide avait laissé place à quelque chose de chaleureux qui le rendit soudain très conscient des battements de son cœur.

— Comment va le bébé ? demanda-t-il.

Avery cligna des yeux, l'air consterné.

— Euh… comment sais-tu ?

— Tout le monde ne parle que de ça en ville, répondit-il en haussant les épaules. Il n'y a rien de plus mignon qu'un chevreau.

— Ah… le chevreau…, murmura-t-elle en portant sa main à sa gorge, comme si elle avait peine à ravaler sa salive.

Peut-être était-ce son imagination, mais elle semblait nerveuse.

— Cette petite chèvre est mignonne, mais elle n'est pas facile, répondit Melba en levant les yeux au ciel. Je ne sais pas ce qui est passé par la tête de Gene. Il faut la nourrir au biberon toutes les cinq heures, vingt-quatre heures sur vingt-quatre ! C'est presque comme si on avait un bébé, en moins bruyant.

À ces mots, Avery se tourna brusquement vers Melba.

— Moins bruyant ? répéta-t-elle d'un air incrédule.

— Oui, répondit la vieille femme en haussant les épaules. Tu sais comment sont les bébés.

Passant nerveusement d'un pied sur l'autre, Avery marmonna quelques mots incompréhensibles.

Elle n'était vraiment pas dans son état normal, songea Finn en l'observant avec attention. Était-ce le fait de le revoir ?

— Comment vous êtes-vous connus, tous les deux ? s'enquit Melba, l'arrachant à ses pensées.

— Avery et moi travaillons tous deux dans le milieu de la viande de bœuf, répondit-il, souriant aimablement à la vieille femme.

— Ah oui ? marmonna Melba en le détaillant des pieds à la tête. Vraiment ?

— Vraiment. À une époque, nos chemins se croisaient régulièrement, mais nous ne nous sommes pas vus depuis que ma famille a déménagé dans le Montana. D'ailleurs, je serais ravi de dîner avec toi tant que tu es en ville, Avery, ajouta-t-il en se tournant vers elle.

L'air toujours aussi embarrassé, Avery se mit à mordiller ses lèvres pulpeuses.

— Euh… Eh bien…

Ce n'était pas vraiment la réaction qu'il attendait. Elle paraissait à présent complètement terrorisée et Melba s'était remise à le scruter comme s'il pouvait représenter une menace quelconque.

Avait-il manqué quelque chose ?

Il essaya de se souvenir de cette nuit qu'il avait passée avec Avery à Oklahoma City. Ce qui ne lui fut pas difficile. Tous les détails étaient restés gravés dans sa mémoire. Chaque centimètre carré de sa peau de porcelaine… Chaque effleurement de ses lèvres pleines et sensuelles…

Ils étaient là pour une soirée caritative et il aurait menti en affirmant qu'il n'avait pas espéré la rencontrer. À cause de leurs relations professionnelles et quelques amis communs, ils avaient évolué dans les mêmes cercles pendant quelques années. Et il avait eu envie d'elle chaque fois qu'il l'avait croisée. Ce qui paraissait parfaitement logique. Elle était magnifique. Intelligente. Il le fallait pour assumer les fonctions de vice-présidente d'une importante société dans un milieu dominé par les hommes ! Personnellement, il se considérait comme un gentleman, mais c'était loin d'être le cas de tous les hommes qui travaillaient dans le milieu de la viande. Elle avait connu son lot de sexisme, mais elle n'avait jamais manqué de s'élever au-dessus de tout cela, la tête haute.

Malgré toute la fascination qu'elle exerçait sur lui, il la respectait trop pour chercher ouvertement à la séduire. Il se contentait de flirter discrètement avec elle. Une douce torture.

Mais lors de leur dernière rencontre, la situation avait été différente. Dans l'Oklahoma, le mois de juin était toujours un cauchemar de chaleur et d'humidité, et ce week-end-là, les conditions atmosphériques avaient été particulièrement horribles. Une vague de chaleur avait frappé la région, causant des coupures de courant. L'hôtel de luxe où était organisée la soirée s'était soudain retrouvé plongé dans le noir. Et quand le groupe électrogène avait été branché, les lustres à pampilles éclairaient à peine et des bougies avaient été disposées un peu partout.

Il se souvenait qu'elle avait dit quelque chose à propos de l'animosité entre leurs deux familles. Il n'avait pu la contredire, son père n'ayant jamais eu de mots tendres pour Oscar Ellington, bien au contraire. Malgré cela, Avery et lui avaient toujours réussi à s'entendre. Dans la pénombre et la douce lumière tremblotante des bougies, leur petit flirt était soudain devenu beaucoup moins discret. Après avoir bu quelques martinis au bar, ils avaient fini par se mettre d'accord sur l'idée d'oublier les différends qui opposaient leurs familles.

Elle était tellement belle à la lueur des chandelles, qui mettait en valeur ses courbes douces et ses grands yeux lumineux, qu'il avait décidé de tenter sa chance. Il s'était penché vers elle et…

Il prit une profonde inspiration en songeant à ce qui s'était passé ensuite. On aurait dit un rêve. Une nuit parfaite. Si parfaite qu'il n'avait pas emmené de femme dans un lit depuis. Et à présent, Avery était là, à portée de main, alors qu'il pensait qu'il ne la reverrait sans doute jamais plus.

— S'il te plaît, dit-il. Un dîner, ou même juste un café ? En souvenir du bon vieux temps.

Une nouvelle fois, Melba intervint sans laisser à Avery le temps de lui répondre :

— Vous avez vu l'heure ! Désolée de vous interrompre, mais il faut vraiment qu'on y aille. Avery, comment as-tu pu me laisser oublier ? Il faut que l'on passe chez Me Dalton pour aller chercher les papiers de Gene.

Avery la regarda sans comprendre.

— Quels papiers ?

— Ces papiers si importants, tu sais bien, répondit Melba en prenant les chemises qu'Avery tenait à la main pour les tendre à Nina.

L'air toujours aussi perdu, Avery croisa les bras, les décroisa, les croisa à nouveau.

Finn observa la large chemise bleue qu'elle portait. Était-ce une chemise d'homme ?

Tourmenté par cette idée, il serra les dents. Ils ne s'étaient pas parlé depuis cette nuit torride de juin, mais il ne supportait pas de l'imaginer avec un autre homme.

— Allez, viens, dit Melba, en fourrant un sac de courses dans les bras d'Avery. On ne peut pas faire attendre Me Dalton.

— Oui, oui, j'arrive, murmura Avery.

Elle se tourna vers lui pour lui jeter un dernier regard alors que Melba la traînait presque vers la sortie.

— Ça m'a fait plaisir de te croiser, Finn. Au revoir.

Déstabilisé, il continua de regarder la porte vitrée du magasin bien après qu'elle se fut refermée sur elle. Que venait-il de se passer ?

— Je peux vous aider à trouver quelque chose, monsieur Crawford ? lui demanda Nina.

De mauvaise grâce, il détourna son regard d'Avery et de ses beaux cheveux bruns qui, balayés par le vent, tournoyaient autour de son visage angélique.

Il sourit à Nina, mais le cœur n'y était pas.

— Non, je vous remercie.

Pour quelque obscure raison, il avait le sentiment d'avoir déjà trouvé ce dont il avait besoin.

— Où va-t-on, au juste ?

Avery luttait pour résister à l'envie de se retourner pour jeter un dernier coup d'œil à la supérette.

Ou plutôt… à Finn.

Elle aurait aimé croire qu'elle avait imaginé cette embarrassante rencontre. Depuis le moment où elle avait vu les deux lignes roses sur le test de grossesse, elle avait essayé d'imaginer ce qu'elle allait dire à Finn à leur prochaine rencontre. Mais jamais elle n'avait pensé qu'elle ne parviendrait pas à bredouiller plus de quelques mots.

Avait-elle réussi ne serait-ce qu'à formuler une phrase simple, sujet-verbe-complément ? Non. Elle était presque sûre que non. Et dire qu'elle s'était toujours enorgueillie d'être une femme forte et indépendante qui affrontait toutes les situations sans détour.

— Nous n'allons nulle part, ma chérie, lui répondit Melba en lui tapotant gentiment le dos. J'ai cru que tu allais t'évanouir quand tu as vu Finn Crawford. Je me suis sentie obligée d'inventer quelque chose pour te sortir de là.

Sa panique avait donc été si évidente ? Formidable !

— Ah, merci. Mais j'étais surprise, rien de plus.

Ou plutôt totalement ébranlée.

Ce qui était complètement ridicule dans la mesure où, si elle était venue à Rust Creek Falls, c'était pour parler à Finn du bébé. *Tu viens, tu lâches la bombe et tu t'en vas.* C'était son plan. Mais tout était tellement plus difficile qu'elle l'avait imaginé. À présent, deux semaines plus tard, elle était toujours là. Et elle n'avait toujours rien dit à Finn.

— Finn est un vieil ami, dit-elle en regardant droit devant elle tandis qu'elles s'éloignaient de l'épicerie.

Tout bien considéré, ce qui venait de se passer n'était qu'un échec mineur, pas une catastrophe. Elle n'aurait de toute façon pas pu lui dire qu'elle était enceinte au beau milieu de cette épicerie.

Ah, Finn. Ravie de te revoir. Au fait, je suis enceinte de toi et j'envisage d'élever le bébé seule. Je voulais juste que tu le saches. Il faut que je paie mes chemises à carreaux maintenant. Au revoir.

Melba poussa un soupir méprisant qui la ramena brusquement à la réalité.

— Eh bien, il semble avoir beaucoup de copines, si tu vois ce que je veux dire, dit-elle.

Avery ralentit le pas. Son cœur battait désormais à tout rompre dans sa poitrine.

— Pas vraiment, non, répondit-elle.

— Il me semble évident que tu n'es pas prête à t'engager dans une relation pour le moment. Et même si cela avait été le cas, à ce que j'ai entendu dire, Finn Crawford n'aurait pas été un très bon candidat.

Avery hésita à lui demander davantage de détails, mais il fallait bien qu'elle le fasse, non ? Si le père de son enfant était un criminel ou quelque chose de ce genre, il était important qu'elle le sache.

— Melba, qu'avez-vous entendu dire, exactement ?

— Oh ! Rien de grave, ne t'inquiète pas. Finn est un garçon bien élevé, travailleur et charmant. Peut-être un peu trop charmant, cela dit. Il est sorti avec pratiquement toutes les femmes célibataires de Rust Creek Falls, depuis que sa famille a emménagé ici. C'est gentil de sa part de t'inviter à dîner, mais ce n'est pas un jeune homme pour une gentille fille comme toi.

Avery faillit éclater de rire. Une *gentille* fille comme elle ?

Qu'aurait pensé Melba si elle avait connu toute l'histoire ?

Elle préféra abandonner le sujet et prit une profonde inspiration pour retrouver son calme.

L'air embaumait la cannelle et la muscade, sans doute à cause des épices que les habitants de la ville déposaient près des citrouilles sur le rebord des fenêtres. Malgré cette ambiance chaleureuse, elle ne pouvait ignorer la troublante vérité : Finn n'était peut-être pas un *serial killer*, mais il était apparemment un *serial flirter*. Et elle ne pensait pas qu'un bébé s'intégrerait dans le style de vie insouciant d'un tel homme.

Aucune importance, cependant. Elle n'avait pas besoin de son aide. Si elle pouvait diriger une entreprise cotée en Bourse, elle pouvait très bien élever un enfant toute seule. Son père allait avoir un choc quand il apprendrait que le premier de ses petits-enfants serait un Crawford, mais il s'en remettrait.

Avant tout, il fallait absolument qu'elle parle à Finn du bébé. C'était la moindre des choses. Sa réputation de séducteur ne la regardait pas. Ce n'était pas comme si elle avait envisagé de faire sa vie avec lui.

Cependant, à l'idée qu'il se comporte comme si le Montana était le nouveau plateau du *Bachelor* alors qu'elle-même luttait contre les nausées matinales et s'inquiétait d'être enceinte du fils du pire ennemi de son père, elle avait un peu mal.

En montant avec Melba les marches de la pension,

elle repensa à toutes les nuits qu'elle avait passées dans ce bâtiment à rêver en secret que Finn l'appelle ou lui envoie un message. Elle se serait sentie moins embarrassée par la situation. Moins seule.

Il n'en avait rien fait.

Elle avait mal. Très mal.

- 3 -

— Monsieur Crawford, dit Melba Strickland en ouvrant la porte de sa pension. Quelle surprise !

Surprise, vraiment ?

Finn avait le sentiment qu'elle n'était pas le moins du monde étonnée de le trouver devant chez elle, et ses sourcils froncés laissaient également entendre qu'elle n'était pas vraiment ravie de cette visite.

— Bonjour, madame Strickland, répondit-il en ôtant son stetson.

Une fois remis du choc de sa rencontre de la veille avec Avery, il avait réalisé que, en définitive, elle n'avait pas répondu à son invitation. Certes, elle n'avait pas sauté de joie quand il lui avait proposé de sortir avec lui, même pour prendre un café, mais elle ne l'avait pas rejeté non plus. De toute façon, Melba ne lui en avait pas donné l'occasion et l'avait entraînée à ce rendez-vous qui semblait être né de l'imagination de la vieille dame.

Une fois rentré au ranch, il avait passé l'après-midi à effectuer des réparations sur les clôtures. L'une des choses qui lui plaisaient le plus dans le Montana était la grandeur du ciel. Vaste, cristallin, parfait pour méditer. En l'observant, il avait fini par se convaincre que cette rencontre avec Avery n'avait pas été aussi maladroite qu'il l'avait imaginé. Melba n'avait peut-être pas inventé ce rendez-vous à l'office notarial et il n'y avait pas de raison pour qu'Avery cherche à l'éviter.

Mais à présent, à la lumière de cette nouvelle journée, il n'en était plus si sûr, car Melba le regardait vraiment d'un mauvais œil. Il était tout sauf le bienvenu !

Allait-elle accepter de le laisser entrer ?

Il désigna le bouquet de fleurs qu'il avait à la main, des tournesols et des roses d'un rouge sombre noués par un ruban de satin.

— Je suis passé pour voir Avery, dit-il. Et pour lui donner ça.

Melba baissa les yeux sur les fleurs, et ses réticences semblèrent s'atténuer. Un peu.

— Je vais voir si elle est disponible, dit-elle avant de lever une main devant elle. Attendez ici.

— Oui, madame.

Et il grimaça quand la porte se referma devant son nez.

Il avait l'impression d'être redevenu un adolescent essayant d'obtenir la permission d'emmener une jolie fille au bal de l'école ! Même à cette époque, il ne pensait pas être jamais tombé sur un parent aussi protecteur et sévère que Melba Strickland !

Au bout d'un long moment, la porte finit par se rouvrir sur Avery, ses boucles brunes relevées en chignon lâche, ses lèvres pulpeuses peintes en rouge, exactement comme en cette nuit mémorable dans l'Oklahoma. Mais au lieu de ses habituelles tenues professionnelles, elle portait un jean usé et un large pull irlandais dont le col avait glissé sur son épaule. L'attention de Finn fut brièvement attirée par la zone de peau parfaite ainsi révélée, et quand il finit par relever les yeux vers son visage, elle arborait un sourire hésitant.

— Finn, qu'est-ce que tu fais là ?

Elle inclina la tête sur le côté et une mèche de ses cheveux s'échappa de son chignon pour venir effleurer son épaule dénudée.

Il lui fallut lutter de toutes ses forces pour résister à l'envie de l'entortiller autour de son doigt.

— Je pourrais te poser la même question, répliqua-t-il.

Que faisait-elle dans le Montana ? À Rust Creek Falls, qui plus est ?

— J'étais dans la région pour affaires, et comme j'étais un peu intriguée par la charmante ville dont tu m'avais parlé, j'ai eu envie de venir voir, tant que j'étais dans le coin, expliqua-t-elle. C'est un joli cadre pour s'évader quelques jours.

Il acquiesça, même si sa réponse soulevait plus de questions qu'elle n'apportait de réponses. Pourquoi, par exemple, avait-elle besoin de s'évader ?

— J'ai envisagé de t'appeler, mais je ne savais pas si je devais, ajouta-t-elle.

— Pourquoi pas ?

Le regard rivé au sien, elle prit une profonde inspiration et, l'espace d'un long moment, il lui sembla que l'air autour d'eux était devenu lourd de sens. Mais elle finit par hausser les épaules, apparemment gênée.

— C'est pour moi ? demanda-t-elle en souriant et en désignant le bouquet.

Une vague de plaisir déferla sur lui. Peu importaient les raisons pour lesquelles elle était là. Il était ravi de la voir.

— Bien sûr !

— C'est très galant de ta part, merci, dit-elle en prenant le bouquet pour le serrer contre sa poitrine.

Ses grands yeux bruns, à l'image du cœur sombre des tournesols, lui semblèrent plus beaux que jamais.

— Tu veux entrer, le temps que je les mette dans un vase ? demanda-t-elle.

Hélas, c'était le dernier endroit où il souhaitait se rendre avec elle tant que Melba était dans les parages !

— En fait, puisque tu sembles tellement intéressée par la région, je pourrais te faire visiter la ville. Et même le ranch, si tu veux.

— Le… ranch ? Ton ranch ?

Les fleurs dans ses mains tremblèrent.

Intrigué par sa réaction, il prit le temps de réfléchir à ce qu'elle lui avait dit dans l'Oklahoma sur le conflit entre leurs deux familles. À une époque, Oscar Ellington et Maximilian Crawford avaient été amis, les meilleurs amis du monde, à en croire le père d'Avery. Ils étaient colocataires durant leurs études et avaient tous deux obtenu un diplôme d'agriculture et management. Après cela, ils avaient envisagé de monter une affaire ensemble, mais à la dernière minute Maximilian s'était retiré du projet, ce qui avait porté un coup fatal à sa grande amitié avec Oscar Ellington.

Seulement, ils n'étaient pas leurs pères, donc il ne voyait pas pourquoi il ne pouvait pas l'emmener au Ambling A pour lui faire visiter les terres et lui montrer les couleurs de l'automne qui semblaient embraser les flancs des montagnes.

— Oui, répondit-il. Mon ranch.

— D'accord.

— Alors, allons-y.

Des feuilles cuivrées et dorées craquèrent sous les semelles d'Avery quand elle descendit du pick-up de Finn devant l'immense chalet de bois surplombant des hectares et des hectares de terres agricoles et de pâturages verdoyants où des chevaux paissaient.

En réalité, « chalet » n'était pas vraiment le bon mot. On aurait plutôt dit une villa bâtie à partir d'immenses troncs d'arbres et entourée d'une terrasse faite de pierres de rivière artistiquement arrangées. En arrière-plan se profilaient les Rocheuses et leurs pics dorés. Le territoire ennemi était vraiment magnifique.

Finn la conduisit vers la maison. Elle essaya tant bien que mal de se détendre. En vain, car si son père avait eu la moindre idée du lieu où elle se trouvait actuellement, il aurait probablement fait un malaise. Quand il apprendrait, pour le bébé, il allait être totalement dévasté.

Mais elle se soucierait de tout cela plus tard. Il lui fallait d'abord trouver un moyen de faire son annonce à Finn, ce qui lui semblait plus difficile encore dans la mesure où cette petite promenade commençait à prendre des airs de rendez-vous galant.

Pourquoi fallait-il qu'il soit aussi charmant ?

Tout était la faute des fleurs. Elles l'avaient complètement déstabilisée. Ce qui était ridicule compte tenu du tournant qu'avait pris la vie sentimentale de Finn dans le Montana. Tout bien réfléchi, il devait même avoir une carte de fidélité chez le fleuriste de la ville !

— Cet endroit est magnifique, dit-elle. Tous tes frères vivent ici ?

— Non. Xander et sa famille viennent d'emménager dans leur propre ranch, à l'autre bout de la ville. Logan, Knox et Hunter ont chacun leur maison sur la propriété. Wilder et moi vivons dans le corps de ferme avec mon père.

Son père.

Maximilian Crawford était donc ici, quelque part. Formidable…

— Tu as l'air perdu, tout à coup, lui fit-il remarquer lorsqu'ils furent arrivés sur le perron. Tout va bien ?

Non, tout allait mal. Elle se sentait soudain totalement bouleversée, parce qu'il était toujours aussi beau, et parce qu'il ignorait toujours qu'il allait avoir un enfant.

— En fait…

Elle sentit sa bouche s'assécher. Elle n'arrivait plus à ravaler sa salive, et moins encore à formuler les mots qu'il fallait tant qu'elle lui dise.

— Oui ? murmura-t-il en inclinant la tête sur le côté, ses yeux noirs brillant sous son stetson.

Se sentant soudain incapable de soutenir son regard, elle baissa la tête. Mais la façon dont son T-shirt mettait en valeur son torse puissant et musclé était beaucoup trop distrayante.

Elle se contenta de lui sourire sans répondre.

— Tu es belle, murmura-t-il. Un véritable régal pour les yeux. Si tu savais comme je suis heureux de te voir…

D'un geste tendre, il effleura sa joue d'une caresse.

Et il lui fallut lutter de toutes ses forces pour ne pas se laisser aller à ronronner de plaisir. Son corps était totalement disposé à se détendre sous les caresses de Finn, mais son esprit lui hurlait de résister.

Dis-lui, espèce de lâche !

Elle avait l'impression d'avoir des papillons dans l'estomac. Ou peut-être était-ce le bébé qui tressaillait en elle au son de la voix de son père…

— Ça me soulage que tu penses ça, Finn, parce que…

Elle ne put terminer sa phrase. La porte d'entrée venait de s'ouvrir sur Maximilian, l'ennemi juré de son père.

Elle le reconnut immédiatement. Sa photo apparaissait toujours dans le rapport annuel de Crawford Meats et il était tout à fait fidèle à ce portrait. Même visage buriné par le temps, même expression arrogante. Mais, curieusement, il portait une citrouille sous un bras.

Son regard passa de l'un à l'autre, après quoi il observa son fils en plissant les yeux.

— Eh bien, qu'est-ce que vous faites là, tous les deux ?

— Bonjour, papa, répondit Finn.

Il y avait dans le ton de sa voix quelque chose qui évoquait une mise en garde, que son père sembla ignorer.

— Pourrais-tu me dire ce que tu fais ici avec Avery Ellington ?

Contre toute attente, Maximilian se tourna vers elle… et lui sourit.

Maximilian Crawford lui *souriait* ? C'était impossible. Elle devait rêver.

Sans doute inconsciemment, Finn posa la main dans le creux de ses reins et elle sentit un délicieux frisson la traverser.

— Avery est juste venue me rendre une visite amicale, répondit-il. Au fait, je ne pense pas que vous ayez été officiellement présentés. Avery, voici mon père, Maximilian.

— Bonjour, monsieur, dit-elle en lui tendant la main.

— Vous êtes la fille d'Oscar ? demanda-t-il en gardant sa main dans la sienne.

Il voulait donc en venir là ? Très bien… Mais cet homme n'était pas seulement l'ennemi juré de son père, il était aussi le grand-père de son enfant à naître. Elle ne devait pas l'oublier.

— Elle-même.

— D'accord. Je ne sais pas si votre père vous en a déjà parlé, mais nous nous connaissons depuis très longtemps, dit-il en lâchant enfin sa main.

— Je suis au courant.

Instinctivement, elle jeta un rapide coup d'œil à Finn. Cette nuit-là, dans l'Oklahoma, il n'avait pas semblé beaucoup se soucier de l'animosité entre leurs deux familles, mais elle se demandait à présent s'il n'avait pas cherché à dédramatiser pour alléger l'ambiance.

Peu importait, de toute façon. Elle avait elle-même été plus que disposée à fermer les yeux sur tout ce qui pouvait gâcher leur petit jeu de séduction à ce moment-là. En outre, ils se trouvaient alors à des milliers de kilomètres de Dallas. Comme le disait le proverbe, ce qui se passe dans l'Oklahoma reste dans l'Oklahoma.

Sauf si cela aboutissait à une grossesse accidentelle.

— Un homme intéressant, votre père, reprit Maximilian en faisant passer la citrouille sous son autre bras. On était colocataires à l'université. On a failli monter une affaire ensemble. Je vous avoue que cette époque me manque, parfois. Comment va-t-il ? Et votre mère ? Bien, j'espère.

— Très bien. Merci.

Pour le moment, en tout cas. Lorsqu'ils apprendraient qu'elle était enceinte, ce serait sûrement autre chose.

— Avery est en ville pour quelques jours, alors je me suis dit que ce serait une bonne occasion de lui faire visiter la propriété, intervint Finn avant de baisser les yeux sur la citrouille. Ne me dis pas que tu as l'intention de transformer ce truc en lanterne.

— Bien sûr que si ! C'est le mois d'octobre.

— On n'est pas à Dallas, papa. Et il reste quatre semaines avant Halloween. Si tu laisses cette citrouille dehors, elle aura disparu avant le 31. Les coyotes n'en feront qu'une bouchée.

— Tu as raison. Je la mettrai à l'intérieur alors. Il m'en reste encore cinq à faire. On pourrait les aligner devant la cheminée. Je trouve que cette maison a bien besoin de quelques décorations festives.

Il s'interrompit, sourit pensivement et ajouta :

— D'autant plus que nous n'allons pas tarder à accueillir un petit nouveau.

À ces mots, Avery faillit s'étouffer. Elle se mit à tousser et les deux hommes se tournèrent vers elle.

— Excusez-moi, dit-elle. Un petit nouveau ?

Ils ne pouvaient pas être au courant. C'était impossible.

— Mon frère Logan vient de devenir beau-père, expliqua Finn. Son épouse a une petite fille de neuf mois. Depuis qu'elle est dans la famille, papa s'est transformé en grand-père gâteux.

— Ah ! C'est mignon.

Et cela semblait plutôt prometteur. Elle en était presque à regretter de ne pas avoir envisagé d'élever le bébé plus près du Montana. Mais elle avait un travail à Dallas. Une famille. Une vie.

— Pourquoi est-ce que tu ne nous laisserais pas tailler cette citrouille à ta place, papa ? proposa Finn. Le travail manuel n'a jamais été ton fort.

Maximilian tourna vers elle un regard interrogateur.

— Vous avez vraiment envie d'aider Finn à taillader des citrouilles, jeune fille ?

À ces mots, elle ne put s'empêcher de sourire. Elle n'était pas assez naïve pour ne voir en Maximilian qu'un papy inoffensif. Il était beaucoup plus complexe que cela. D'ailleurs, Finn lui-même le lui avait à plusieurs reprises présenté comme un manipulateur. Malgré tout, elle avait du mal à imaginer que l'homme qui se tenait devant elle et qui voulait fabriquer six lanternes en citrouille pour le premier Halloween de sa petite-fille était aussi le monstre de traîtrise que son père lui décrivait depuis sa plus tendre enfance.

— Pourquoi pas ? répondit-elle.

— Elle me plaît, dit Maximilian en tapant dans le dos de son fils. Je crois que tu as enfin trouvé la perle rare.

Avait-elle bien entendu ?

La perle rare ?

Non. Non, non, non. Elle pourrait bien avoir dix enfants avec Finn, jamais, au grand jamais, elle ne deviendrait une Crawford !

Avery reposa son couteau et s'essuya les mains pour pouvoir inspecter la citrouille qu'elle avait tenté de sculpter. Ses yeux en triangle n'étaient pas de la même taille et sa grande bouche était incontestablement de travers. Mais, de façon générale, on pouvait dire que ce n'était pas si mal, pour un début.

Ou du moins était-ce ce qu'elle pensait jusqu'à ce qu'elle regarde de plus près ce que Finn avait réussi à produire dans le même laps de temps.

— Attends une minute, dit-elle en observant les deux

lanternes jumelles qui trônaient sur la table devant lui. Quand as-tu commencé la deuxième ?

— À peu près au moment où tu as décidé de faire un nez carré à la tienne.

Tout en riant, elle lui donna un petit coup de torchon. Elle avait dessiné un triangle pour le nez. Elle ne comprenait même pas comment il avait pu terminer carré !

D'un geste preste, il attrapa le torchon. Son sourire était triomphant, mais il devint plus doux quand leurs regards se rencontrèrent.

— Tu as quelque chose, là, dit-il en désignant sa joue.

Ah ! Elle n'aurait pas été étonnée d'apprendre qu'elle était entièrement couverte de graines de courge. Elle s'était littéralement battue contre cette citrouille.

Elle s'essuya la joue, et il secoua la tête, les yeux brillant de malice.

— C'est pire, c'est ça ? demanda-t-elle en regardant ses mains couvertes de pulpe orange.

— Je regrette, mais oui. Laisse-moi faire.

Doucement, il prit son visage entre ses mains pour lui essuyer la joue avec le torchon.

C'était un geste parfaitement innocent. Juste gentil. Mais le cœur d'Avery se mit à battre à tout rompre et, quand leurs regards se trouvèrent de nouveau, elle fut prise d'une envie soudaine et presque irrépressible de l'embrasser.

Tout en s'éclaircissant la gorge, elle finit par trouver le courage de reculer. Tout cela était dû aux hormones. Et au cadre romantique dans lequel ils se trouvaient. Finn avait décidé que leur petit atelier de sculpture sur citrouille se tiendrait sous le porche. De là, on avait une vue magnifique et complètement dégagée sur les montagnes. N'importe quelle femme aurait fondu, en de telles circonstances.

D'ailleurs, la moitié de la population féminine de Rust Creek Falls l'avait sûrement déjà fait.

Pour essayer de reprendre le contrôle sur ses pensées, elle se tourna vers les deux citrouilles parfaitement sculptées par Finn.

— Tu es vraiment doué pour ça, dit-elle. Je ne l'aurais jamais cru.

— Il y a beaucoup de choses que tu ignores sur moi. Tout bien considéré, jusqu'ici, nos rencontres ont plutôt été liées aux affaires.

Elle s'attendit à ce qu'il conclue sur une plaisanterie concernant l'exception notoire qu'avait constituée la nuit qu'ils avaient passée ensemble, mais il ne le fit pas.

Il paraissait différent de l'homme dont elle se souvenait quand il était au Texas. Un changement qui ne provenait pas seulement de son jean usé et de ses bottes de cow-boy, pourtant aux antipodes des costumes sur mesure qu'elle l'avait jusqu'ici vu porter.

— Alors, tu te plais dans le Montana ?

— Oui, répondit-il en contemplant pensivement l'horizon, où une vague de brume s'était formée à la base des montagnes. La vie est différente ici. Plus intense, je dirais. J'aimais beaucoup le ranch que nous avions au Texas, mais malheureusement je n'y étais pas souvent. Je passais plus de temps avec les comptables qu'avec les chevaux, si tu vois ce que je veux dire.

— Je vois très bien.

Elle ne se souvenait même plus de la dernière fois qu'elle s'était promenée dans le ranch de sa famille, ou même qu'elle avait caressé un cheval. Elle passait plus de temps sur les feuilles de calcul Excel qu'elle n'en avait jamais passé avec les animaux.

Comme s'il avait lu dans ses pensées, Finn se mit soudain à la dévisager en plissant les yeux.

— À quand remonte la dernière fois que tu as nourri une vache à la main ?

— Quoi ? demanda-t-elle en riant. Cela ne m'est jamais arrivé !

— Jamais ? Vous plaisantez, princesse ?

Princesse ?

D'ordinaire, elle détestait qu'on l'appelle ainsi. Mais elle décida d'ignorer, au moins temporairement, ce surnom qu'il aimait à lui donner. Car même si elle n'avait aucune envie de l'admettre, cela lui allait plutôt bien.

Il se leva d'un bond.

— Viens, dit-il en lui tendant la main.

Comme si c'était la chose la plus naturelle du monde, elle plaça sa main dans celle de Finn et se leva à son tour.

— Où allons-nous ?

— Tu verras, répondit-il en lui adressant un clin d'œil qui lui donna de nouveau l'impression d'avoir des papillons dans l'estomac. Tu me fais confiance ?

C'était ce que l'on pouvait appeler une question piège.

— Je devrais ?

En guise de réponse, il serra doucement sa main. Après quoi il lui adressa un sourire malicieux et l'entraîna vers les bâtiments attenants à la maison.

L'écurie dégageait une douce odeur de foin et de soleil qui lui rappela aussitôt les leçons d'équitation qu'elle avait prises quand elle était petite. Elle avait appris à monter à l'anglaise, naturellement. Pas de rodéo pour la fille d'Oscar Ellington. Son enfance et son adolescence n'avaient été qu'élégantes réceptions de country clubs et autres bals des débutantes.

Elle songea brièvement à la vie qu'allait mener son enfant. Si elle l'élevait seule, à Dallas, il recevrait certainement la même éducation qu'elle. Son père y veillerait personnellement.

Mais était-ce vraiment ce dont elle avait envie ?

Elle n'en était pas si sûre, et tout à coup elle se retrouva incapable de se concentrer sur les nombreuses décisions difficiles qu'elle allait devoir prendre. Elle ne voyait plus que le sourire de Finn et les bottes de foin qui se trouvaient dans l'un des recoins mal éclairés de l'écurie. Ne serait-il pas agréable de se laisser embrasser dans un lieu tel que celui-ci ?

— C'est vraiment très beau, murmura-t-elle.

Tandis qu'ils commençaient à avancer, quelques chevaux passèrent leur tête par-dessus les portes de leur box en hennissant.

— Oui, répondit-il, visiblement fier. Et on a beaucoup plus de place qu'au Texas.

— Alors vous avez décidé de rester ici définitivement, c'est ça ?

Elle regretta aussitôt sa question. Naturellement qu'ils avaient décidé de rester définitivement. C'était leur nouvelle maison.

Tout en acquiesçant vivement, il l'attira vers l'un des coins de l'écurie, où quelques tonneaux avaient été alignés le long des murs.

Son enthousiasme pour Rust Creek Falls avait-il trait à sa vie sentimentale débridée et au nombre de femmes qu'il avait emmenées ici pour leur faire visiter le ranch, exactement comme il le faisait à présent avec elle ?

Elle préférait ne pas connaître la réponse.

— Voilà, dit-il en sortant de l'un des tonneaux quelques épis de maïs bleu saphir, bordeaux et rouge rubis.

On aurait presque dit un trésor. Tout en la regardant dans les yeux, il lui en donna quelques-uns.

— C'est joli, fit-elle remarquer. C'est pour ajouter au décor des lanternes d'Halloween de ta nièce ?

— Non. C'est pour les animaux.

Surprise, elle baissa les yeux sur le maïs avant de les relever vers lui. Était-il sérieux quand il avait parlé de nourrir les vaches à la main ?

— Vous donnez vraiment des friandises aux vaches ?

— Tout le monde a droit à quelque chose de spécial de temps en temps, non ? répondit-il en souriant.

Elle avait toujours été une fervente partisane de cette théorie. C'était d'ailleurs pour cette raison qu'elle s'était retrouvée avec le dernier sac Louis Vuitton. Ou dans le lit de Finn lors de son dernier déplacement professionnel.

Priant pour qu'il ne lise pas dans ses pensées, elle hocha vivement la tête.

— Absolument.

Finn ne pouvait se défaire du sentiment qu'il y avait quelque chose de différent chez Avery. Comme il ne parvenait pas à mettre le doigt dessus, il finit par comprendre qu'il ne s'agissait pas que d'une différence. En réalité, tout en elle semblait changé.

Encore une fois, il ne l'avait jamais vue comme ça auparavant. Il n'avait jamais vu que la femme professionnelle et guindée. La princesse Avery, comme il aimait l'appeler, à son plus grand agacement. Il n'avait jamais vu les reflets de cuivre que la lumière directe du soleil faisait danser dans ses beaux cheveux ondulés. Et il ne l'avait certainement jamais serrée dans ses bras, le torse contre son dos délicat, tandis qu'elle essayait de donner à une vache un épi de maïs coloré.

Chaque fois que l'animal approchait sa grosse tête de sa main, elle reculait en poussant un petit cri. La pauvre vache, désorientée, finit par les observer à tour de rôle, avant de fixer tristement l'épi de maïs.

— Les vaches sont beaucoup plus grosses vues de près, murmura Avery.

— Mais elles sont inoffensives, je te le promets. Elles ne feraient pas de mal à une mouche.

Tout doucement, il lui prit la main pour guider le maïs vers la tête de l'animal. Le regard plein de gratitude, la vache enroula sa grosse langue autour de l'épi.

— Oui ! J'ai réussi ! s'exclama Avery en riant.

Quelques secondes plus tard, l'épi était englouti et Avery se tourna vers lui, radieuse.

— Je peux lui en donner un autre ?

— Bien sûr, répondit-il en lui en tendant un.

Seule, cette fois-ci, elle le donna à la vache et se mit à rire joyeusement quand l'animal émit des sons qui évoquaient nettement le plaisir de la gourmandise.

— C'est la première fois que je m'approche d'aussi près d'une vache, dit-elle en se retournant dans ses bras pour le regarder dans les yeux. Tu avais raison. Cela me donne une vision totalement différente de notre métier.

Il n'avait jamais vu personne paraître si heureux de nourrir une vache. Il était bien dommage que le père d'Avery n'ait jamais pris le temps de lui apprendre les bases de l'élevage. Mais il n'était pas question qu'il évoque Oscar Ellington, au risque de gâcher l'ambiance.

— Alors c'est une bonne chose que je t'aie fait sortir de la pension, fit-il remarquer.

Délicatement, elle posa les mains sur son torse, et les retira vivement.

— Oui, mais je ferais sans doute bien d'y retourner, répondit-elle en reculant.

Ce mouvement eut pour effet de lui faire percuter la vache qui poussa alors un meuglement sourd. L'air complètement paniqué, Avery se jeta dans les bras de Finn.

— Du calme, princesse, dit-il sans pouvoir s'empêcher de rire. Tout va bien.

— Non, tout va mal.

Elle secoua la tête, mais en même temps elle sembla se fondre en lui et, cette fois-ci, quand elle posa les mains sur son torse, elle les y laissa.

À présent, il sentait son cœur battre contre le sien et vit ses yeux devenir sombres et rêveurs tandis qu'elle écartait très légèrement ses lèvres pleines et sensuelles…

Il avait envie de l'embrasser plus qu'il n'avait jamais eu envie de quoi que ce soit dans sa vie, mais les mots qu'elle venait de prononcer le tracassaient.

« Non, tout va mal. »

Qu'entendait-elle par là ? Tout semblait très bien aller. Elle paraissait très à l'aise dans ses bras. Si douce. Si chaude. Surtout, il avait adoré la façon dont elle avait soudain fixé les yeux sur sa bouche.

Seulement il n'était pas question qu'il l'embrasse si elle n'en avait pas envie. Tout en prenant une profonde inspiration, il posa donc sur elle un regard interrogateur.

— Je crois vraiment que je devrais y aller, murmura-t-elle en passant les bras autour de son cou.

— Avery…, dit-il d'une voix rauque.

S'il ne pouvait pas l'embrasser, il allait devoir lui faire relâcher son étreinte. Il ne pouvait pas rester une minute de plus serré contre elle ainsi, à la regarder le dévorer des yeux de cette façon.

Mais juste au moment où il se résolvait à lui attraper les poignets, elle se haussa sur la pointe des pieds pour l'embrasser, avec une telle passion qu'il faillit tomber à la renverse.

Sa bouche était chaude et déterminée, et avant qu'il ait pris la pleine mesure de ce qui venait de se passer, il la sentit glisser les doigts dans ses cheveux, repoussant ainsi son stetson qui tomba par terre.

Son chapeau importait peu. Plus rien d'autre ne comptait que la femme qu'il tenait entre ses bras et qui murmurait son nom contre ses lèvres, comme s'ils étaient tout à coup revenus au beau milieu de cette nuit torride, dans l'Oklahoma.

Il avait repensé à cette nuit pendant quatre longs mois, persuadé que leurs chemins ne se recroiseraient plus jamais. Et à présent elle était là, plus belle et plus envoûtante que jamais.

Délicatement, il mordilla sa lèvre pulpeuse, lui tirant un gémissement sourd. Dans un petit coin de son esprit, il se demanda encore une fois ce qu'elle faisait dans le Montana, si loin des sentiers battus. Il ne croyait pas vraiment à son histoire de voyage d'affaires. Personne ne faisait d'affaires dans un coin si reculé. Mais il ne pouvait pas poser la question et certainement pas à ce moment.

Moment qui s'acheva hélas brutalement, dans un concert de beuglements.

Ensemble, ils ouvrirent les yeux et Avery prit un air horrifié. En voyant que cinq ou six vaches les entouraient ou à l'idée de s'être jetée dans ses bras ? Il n'aurait su le dire. Il espérait seulement que c'était les vaches… mais il n'en aurait pas mis sa main à couper.

— Je… euh…

Elle s'interrompit pour se mordiller la lèvre.

— Je suis désolée.

— Avery, parle-moi. Dis-moi ce qui ne va pas.

— Rien. Tout va bien. C'est juste que… Je suis désolée. Il faut vraiment que je… j'y aille.

Il hocha la tête. Il se sentait toujours profondément désorienté, mais il était inutile de la presser de questions. Il n'obtiendrait rien de sa part au milieu de ce troupeau de vaches.

— Pas de problème, dit-il. Je vais te raccompagner.

Elle parut si soulagée qu'il en serait presque venu à croire qu'il avait imaginé le baiser qu'elle venait de lui donner.

Mais il n'avait pas rêvé.

Non, il n'avait pas rêvé.

- 4 -

— Tu peux me rappeler pourquoi on fait ça, ma chérie ?

Dans une version chancelante de la posture de l'arbre, Melba regardait Avery d'un air dubitatif. Le chevreau, dans ses bras, se mit à bêler.

— Les gens seraient prêts à payer très cher pour faire ça en ville, je vous assure, répondit Avery en adoptant elle-même la posture. Il faut voir ça comme un mélange de thérapie animale et de yoga. C'est censé éclaircir l'esprit et libérer des tonnes d'endorphine.

Mais si elle avait lancé cette idée, c'était surtout parce qu'elle avait besoin de compagnie. Depuis sa visite au Ambling A, deux jours plus tôt, elle avait pratiquement vécu comme une ermite. Elle était restée enfermée dans sa chambre, n'en sortant que pour les repas et quelques séances de yoga, qu'elle avait cependant écourtées de crainte que Finn ne se présente sur le pas de la porte.

Elle ne se sentait pas prête à le revoir. Pas après ce baiser. Reprendre une relation physique avec le père de son enfant avant même qu'il sache qu'elle était enceinte ne faisait absolument pas partie de son plan. Tout comme reprendre une relation physique avec lui tout court. La mission qu'elle s'était fixée était simple : assumer ses responsabilités morales en parlant à Finn du bébé puis repartir à Dallas pour commencer sa vie de future mère célibataire.

Les baisers n'avaient aucune place dans ce plan.

Il y avait pourtant un problème. Quand il l'avait raccompagnée à la pension, après qu'elle s'était jetée à son cou, il lui avait demandé s'il pourrait la revoir et elle avait accepté. De façon parfaitement logique, d'ailleurs ; il fallait toujours qu'ils aient cette conversation à propos du bébé. Mais elle avait besoin de temps pour se remettre de ses émotions et elle ne devait surtout pas retourner au ranch des Crawford. Le cadre était beaucoup trop chaleureux, avec ces ateliers de sculpture de citrouilles et ces vaches qui mangeaient du maïs coloré. Que lui proposerait Finn, la prochaine fois ? Une promenade à cheval au clair de lune ?

Non.

Car il n'y aurait pas de prochaine fois.

Sûre de sa décision, elle se concentra sur sa séance de yoga.

— Sentez-vous que votre esprit s'est éclairci ? demanda-t-elle en ouvrant les yeux pour observer Melba.

La vieille femme lui jeta un regard perplexe. Au même instant, la petite chèvre poussa un bêlement comique et Avery vit que Melba se retenait de sourire.

— Malheureusement non, ma chérie.

Alors, elles étaient deux…

La voix de Gene s'éleva depuis l'intérieur de la maison.

— Melba ? Où es-tu ?

Avant que l'une ou l'autre réagisse, Gene ouvrit la porte qui donnait sur le porche. Après avoir observé les tapis de yoga, il les regarda à tour de rôle, l'air ébahi. Elles étaient restées figées dans la posture de l'arbre.

— Mais qu'est-ce que vous fabriquez ? s'enquit-il.

— Ça ne se voit pas ? répliqua Melba sur un ton dédaigneux. Avery me donne un cours de yoga.

— Tu fais du yoga, toi, maintenant ? lui demanda-t-il d'un air sidéré. *Avec la chèvre ?*

— Avery dit que c'est très à la mode, répondit Melba en se tournant vers elle, comme pour obtenir confirmation.

— Tout à fait. C'est la grande tendance.

— Ce n'est pas parce que je suis vieille que je ne peux pas apprendre de nouvelles choses, précisa Melba. Et puis tu t'es absenté toute la matinée. Il fallait bien que quelqu'un veille sur cette bestiole.

Tout en parlant, elle s'était mise à caresser la tête de l'animal… et s'arrêta net quand elle sembla prendre conscience de son geste.

Ses réticences à l'égard de la chèvre commençaient à diminuer, constata Avery, amusée. Cela n'avait cependant rien de surprenant. Melba était une femme d'une grande tendresse. C'était d'ailleurs ce qui faisait de la pension un lieu si agréable à vivre.

— Au fait, avez-vous réfléchi au nom que vous voudriez donner à cette petite bête ? demanda-t-elle à Gene.

Celui-ci se tourna vers sa femme.

— Je m'étais dit que je laisserais à Melba l'honneur de la baptiser.

— Pas question ! répliqua l'intéressée en déposant la chèvre dans les bras de Gene. Quand on donne un nom à un animal, c'est que l'on accepte de la garder.

Bien essayé, mais c'est raté, conclut-elle en retournant à l'intérieur.

Amusée par cette énième dispute au sujet de la chèvre, Avery se tourna vers Gene en souriant.

— Laissez-lui encore quelques jours, dit-elle. J'ai l'impression qu'elle commence à s'y attacher. Au fait, où avez-vous passé la matinée ?

— Au lycée, pour la réunion de préparation de la fête de l'automne.

Il reposa à terre la chèvre qui se mit à descendre les marches d'un pas chancelant avant d'aller gambader dans le jardin.

— C'est une fête importante, ici ? s'enquit-elle.

— Oui. Très.

— De quoi s'agit-il, exactement ?

— Eh bien, la fête commence par deux semaines d'activités sur le thème de l'automne et se termine par une soirée d'Halloween dans le gymnase du lycée. C'est un grand événement familial. Les enfants sont déguisés, il y a toujours des tas de jeux et Melba apporte ses célèbres pommes au caramel. Je suis sûr que tu vas adorer.

Sans répondre, elle sourit.

Elle n'était jamais allée à une fête de village auparavant. La dernière soirée d'Halloween à laquelle elle avait assisté était un bal masqué organisé par le country club. Exclusivement réservé aux adultes. Tous les invités, vêtus de luxueux costumes, s'étaient régalés de mets délicats. Mais curieusement, l'idée d'une fête d'Halloween familiale lui semblait tout à coup beaucoup plus attrayante.

— Tu seras toujours là dans deux semaines, hein ? lui demanda Gene.

— Eh bien… je ne sais pas. Cela dépendra…

De ma capacité à différer l'inévitable.

— … de mon travail. Mais je ne pense pas.

Elle avait déjà passé trop de temps loin de son bureau. Ses parents pensaient qu'elle avait réservé un séjour dans un spa avec des amies, et cette excuse ne pourrait pas tenir bien longtemps.

— C'est vraiment dommage, murmura Gene, déçu. Melba va se faire du souci pour toi quand tu seras partie. Elle s'est vraiment prise d'affection pour toi, tu sais ?

Soudain assaillie de remords, Avery baissa les yeux.

Depuis le début, Melba pensait qu'elle avait fui un petit ami violent, et elle n'avait rien fait pour rétablir la vérité. La laisser croire à cette version lui avait semblé beaucoup plus facile que de lui expliquer la réalité de sa situation.

— Je sais, Gene. Je me sens comme en famille, avec vous deux.

Elle était sincère. Elle aimait cet endroit. Elle aimait Gene et Melba. Et elle pensait même pouvoir dire qu'elle aimait la chèvre ! Ou du moins qu'elle l'aurait aimée si sa présence ne lui avait pas rappelé… son absence totale d'instinct maternel. Si elle avait jusqu'ici scrupuleusement évité de lui donner le biberon, c'était uniquement parce qu'elle avait peur de mal faire.

La voix de Gene la ramena doucement à la réalité.

— Ma Melba ne s'essaierait pas au yoga avec n'importe qui, tu sais.

Après avoir descendu les trois marches qui menaient

au jardin, il reprit la chèvre dans ses bras et leva le pied comme s'il voulait taper dans un ballon de football.

— Et moi ? Qu'est-ce que tu en penses ? Je me débrouille bien ?

— Merveilleusement bien, Gene ! répondit-elle en riant.

— Ce n'est pas parce qu'on est vieux qu'on ne peut pas apprendre de nouvelles choses, lui dit-il avec un clin d'œil, avant de rentrer dans la maison.

Restée seule sous le porche, Avery médita quelques instants la réplique de Melba reprise par Gene. Pouvait-elle s'appliquer à elle, également ? Elle n'était pas vieille, mais elle n'était absolument pas préparée à la maternité. Elle n'avait jamais changé de couches. En bonne fille unique, elle n'avait jamais passé beaucoup de temps avec des enfants et, naturellement, jamais fait de baby-sitting quand elle était adolescente. Elle n'en avait pas eu besoin. Ses parents avaient toujours été plus que ravis de lui offrir tout ce qui lui faisait plaisir, y compris le poste qu'elle occupait actuellement.

Tout bien considéré, le surnom que lui avait donné Finn était plus justifié qu'elle ne voulait l'admettre.

Princesse.

Tout en respirant profondément l'air frais de l'automne, elle essaya d'ignorer l'agaçant pressentiment qui refaisait surface régulièrement : son existence dorée était sur le point d'arriver à son terme. Car si Maximilian Crawford avait gardé de bons souvenirs de son père, ce n'était absolument pas réciproque. Ce dernier serait fou furieux quand il apprendrait qu'elle attendait un enfant de Finn.

Qu'elle y soit prête ou pas, la vie telle qu'elle la connaissait était sur le point de changer.

Adossé au vaste plan de travail de la cuisine du Ambling A, Finn observait d'un œil mauvais l'écran de son téléphone. Plusieurs appels manqués, et pas un seul provenant d'Avery.

Tout en soupirant, il reposa le téléphone puis le reprit, au cas où.

Toujours rien.

Il se comportait de façon stupide, comme un adolescent excité par les hormones de la puberté. Décidant d'ignorer cette comparaison peu flatteuse, il mit en marche la machine à expresso que son père avait fait importer d'Europe. Ce dernier avait beau avoir quitté la grande ville, il avait toujours la grande ville en lui.

— Ah, Finn. Tu es là.

— Salut, papa.

— Où étais-tu, mon grand ? Viv Dalton a essayé de te joindre toute la journée.

Finn appuya sur un bouton et le café se mit à couler. Sombre, comme son humeur. Il était parfaitement au courant. Vivienne l'avait *harcelé* au téléphone ! D'où tous ces appels manqués.

— J'avais des rendez-vous à Billings toute la matinée, répondit-il. Je travaille, tu sais ? Et, contrairement à ce que tu sembles croire, ce travail n'implique pas de faire perdurer le nom de Crawford.

Cette mission, il la laissait volontiers à ses cinq frères.

— Il faut que tu la rappelles, lui ordonna son père

sans tenir compte de sa remarque. Elle t'a arrangé un rendez-vous cet après-midi.

Finn soupira. C'était bien ce qu'il pensait. En temps normal, ce genre d'information aurait eu pour effet d'éclaircir un peu son humeur morose. Mais force lui était de constater que ce n'était pas le cas.

— Non, répondit-il.

— Comment ça, non ? s'exclama son père d'un air consterné.

Pour tout avouer, lui-même était tout aussi surpris par sa propre réaction.

— Non, répéta-t-il. Je ne peux pas.

Il ne pouvait pas et il ne voulait pas. Après avoir passé cette journée avec Avery, il ne s'imaginait pas se rendre à un nouveau rendez-vous avec une parfaite inconnue. Il n'en avait tout simplement pas envie.

Que lui était-il arrivé ?

Un baiser d'Avery, voilà ce qu'il lui était arrivé.

— Balivernes ! dit son père en accompagnant ses propos d'un geste méprisant de la main. Viv se met en quatre pour t'obtenir ces rendez-vous. Alors, si tu n'as pas d'autres projets, tu y vas.

Hélas, il n'en avait aucun. Avery avait accepté de le revoir, mais comme elle avait semblé déstabilisée par leur baiser, il avait jugé préférable de lui laisser l'initiative du prochain rendez-vous.

Seulement il n'avait pas imaginé que cela prendrait si longtemps. Et encore moins que, dans l'attente de son coup de téléphone, il serait si impatient.

— Il se trouve justement que j'ai d'autres projets, dit-il soudain en posant sa tasse dans l'évier.

— Depuis quand ? lui demanda son père d'une voix incrédule.

Depuis maintenant.

— Finn ? Je ne savais pas que tu étais là.

Croisant les bras sous sa poitrine, Avery regarda à tour de rôle le père de son enfant et Gene, assis face à face à la grande table de ferme, dans la cuisine de la pension.

— Si j'ai demandé à Melba de t'appeler, ce n'est pas pour rien, dit Gene en caressant la petite chèvre blottie sur ses genoux.

Melba entra à son tour. Les mains sur les hanches, elle jeta un regard noir à son mari.

— Tu m'as dit de faire descendre Avery, oui. Mais tu ne m'as jamais dit que nous avions de la compagnie.

— Bonjour, madame Strickland, dit Finn, avant de jeter un regard amusé à Avery. Salut.

— Salut.

Avery sentit le rouge lui monter aux joues à l'idée de devoir discuter avec Finn dans la cuisine des Strickland, ce qui était ridicule. Ils n'étaient pas des enfants.

Melba et Gene faisaient pourtant preuve envers elle d'une affection qu'elle n'avait jamais connue chez ses parents. Affection qui la faisait réfléchir au genre de mère qu'elle souhaitait devenir, mais qui la faisait aussi tomber un peu plus amoureuse de Rust Creek Falls chaque jour qui passait…

Naturellement, la présence de ce beau cow-boy ne gâtait rien.

— J'ai pensé qu'une petite promenade à la cabane

à sucre plairait sûrement à Avery, expliqua Finn en lui adressant un bref clin d'œil qui fit aussitôt s'emballer son cœur. Si cela ne vous dérange pas, bien entendu, conclut-il à l'attention des Strickland.

Avery dut réprimer un sourire. Il demandait à Gene et Melba la permission de sortir avec elle ? C'était adorable.

— Eh bien… Je ne sais pas, murmura Melba.

— Ne dis pas de bêtises, ma chérie, intervint Gene en se levant. C'est très bien. Je suis sûr qu'Avery va adorer. C'est plein de belles couleurs, à cette époque de l'année.

L'air vaincu, Melba soupira et marmonna quelque chose qui ressemblait à une approbation.

— Je vais me changer, dit Avery en tirant sur son T-shirt pour essayer de camoufler son ventre.

Dans sa chambre, elle jeta son dévolu sur l'une de ses nouvelles chemises en flanelle, qu'elle assortit à des leggings et une paire de baskets.

L'idée de passer du temps avec Finn lui paraissait soudain très… séduisante.

— Les Strickland ont vraiment l'air ravis de t'avoir comme pensionnaire, lui dit Finn quand ils eurent passé le panneau de sortie d'agglomération pour entrer dans les faubourgs de la petite ville.

Totalement émerveillée par les couleurs de feu des arbres, plus flamboyantes encore à mesure qu'ils s'enfonçaient dans la campagne, elle ne répondit pas tout de suite.

— Oui, ils m'aiment bien, dit-elle. Ils sont vraiment super, tu ne trouves pas ?

— Si, mais je ne suis pas sûr qu'ils pensent autant de bien de moi, notamment Melba.

— Elle est protectrice, c'est tout.

— Tu penses que tu as besoin d'être protégée de moi, princesse ?

Elle repensa à la mise en garde que Melba lui avait faite le jour où ils s'étaient croisés par hasard à l'épicerie. « Finn n'est pas un jeune homme pour une gentille fille comme toi. »

— C'est à toi de me le dire, non ? répliqua-t-elle.

Il lui répondit par un large sourire qui montrait clairement qu'il n'avait pas oublié la façon dont elle s'était jetée à son cou dernièrement. Contrairement à l'opinion de Melba, c'était peut-être lui qui avait besoin d'être protégé d'elle.

Brusquement, elle se redressa sur son siège. Il pouvait sourire autant qu'il le voulait, elle avait bien l'intention de profiter de ce moment pour avoir une discussion sérieuse avec lui. Il n'y aurait plus de baiser. Plus de moment de faiblesse.

L'érablière était beaucoup plus calme qu'elle ne l'avait imaginé. Elle s'était attendue à des seaux accrochés à des arbres et au ronronnement des bouilleurs dans la cabane à sucre adjacente, mais Finn lui expliqua que la saison de récolte de la sève s'étendait généralement de février à mi-avril. L'établissement, cependant, conservait un bon nombre de visiteurs durant l'automne grâce aux spectaculaires couleurs des érables à sucre.

Après s'être arrêtés au magasin de la cabane pour acheter des bouteilles de sirop, ils allèrent se promener dans l'érablière. Plus ils s'enfonçaient dans la plantation, plus les arbres semblaient proches les uns des autres, tant et si bien qu'ils finirent par se retrouver totalement cernés de rouge éclatant. Des feuilles écarlates tourbillonnaient autour d'eux comme des flocons de neige et, lorsqu'ils arrivèrent à une minuscule chapelle blanche nichée au cœur des érables, Avery se sentit totalement enchantée.

Elle ne vit qu'une seule explication à ce qui se passa ensuite. La beauté du cadre avait dû agir sur elle comme une sorte de sortilège magique, car lorsqu'elle regarda Finn sous les rayons de soleil qui perçaient les frondaisons de la plantation embrasée, le sac de sirop d'érable qu'on lui avait remis au magasin glissa de son épaule et tomba à terre dans un bruit sourd. Puis elle passa les bras autour du cou de Finn et l'embrassa. Longuement. Passionnément. Quand elle finit par s'arrêter, elle était à bout de souffle.

Que lui arrivait-il ? Pourquoi perdait-elle la tête sans arrêt ?

— Je suis désolée, murmura-t-elle en s'adossant au large tronc d'un érable. Je ne sais pas pourquoi je fais ça tout le temps.

Il lui répondit par un tendre sourire, qui lui fit fondre le cœur. Troublée, elle sentit ses joues s'empourprer. Son visage devait désormais être aussi rouge que le feuillage des arbres environnants !

Mais, en bon gentleman, Finn lui épargna l'embarras d'avoir à dire quoi que ce soit. Il se contenta de ramasser le sac et de la prendre par la main pour la reconduire sur le sentier, laissant le baiser derrière eux.

Comme un secret.

Un de plus.

- 5 -

À son retour au Ambling A, après avoir raccompagné Avery à la pension, Finn trouva son père et son frère Hunter plongés dans un projet créatif impliquant Wren, la petite fille de six ans de Hunter.

Dans leur tenue de cow-boy, les deux hommes semblaient totalement hors de leur élément devant ces assiettes en carton remplies de peinture. Finn n'aurait pas vraiment su dire ce qu'ils essayaient de faire, mais Wren semblait ravie, ce qui, supposait-il, était le but de cette entreprise laborieuse.

Après les avoir observés d'un œil amusé, il porta sur son père un regard suspicieux.

— Je suis surpris, dit-il. Je ne sais pas pourquoi, mais je croyais que tu avais des projets, ce soir, avec l'une de tes amies.

Presque tous les vendredis soir, son père avait en effet un rendez-vous galant. Voire deux. Quand il n'était pas trop occupé à se mêler de la vie sentimentale de ses fils, naturellement.

— C'est le cas, répondit son père en passant sa main dans les fins cheveux blonds de Wren. Avec cette petite dame qui se trouve juste ici.

Tout en riant, Wren agita les mains, ses paumes dégoulinant de peinture orange.

— On fait des empreintes, tonton Finn. Tu veux essayer ?

Les grandes feuilles de papier kraft qui se trouvaient devant elle étaient en effet couvertes d'empreintes de mains jaunes, orange et rouges, décorées de tiges et de nervures qui évoquaient des feuilles d'automne.

— Je ne sais pas s'il me reste assez de place, répondit Finn avant de se tourner vers son frère. Où êtes-vous allés pêcher cette idée ?

— Sur Pinterest, répondit Hunter en haussant les épaules.

Finn faillit se moquer mais au fond de lui, il trouvait vraiment adorable que son frère se soit à ce point impliqué dans l'éducation de Wren, pour qui il était devenu à la fois un père et une mère. Même s'il n'avait pas vraiment eu le choix.

— Je vais me coucher, dit-il. À demain.

Tout en feignant de bâiller, il se dirigea vers l'escalier. Il avait hâte de s'enfermer dans sa chambre. Sans laisser le temps à son père de l'interroger sur ses allées et venues.

— Attends un peu, mon grand.

Trop tard…

— Où as-tu passé la soirée ? La jeune femme que Viv voulait te présenter a appelé tout à l'heure en disant qu'elle n'avait pas eu de tes nouvelles.

Agacé, Finn serra les dents. Cette idée saugrenue de vouloir le marier commençait à lui taper sérieusement sur les nerfs.

— J'étais avec Avery Ellington, répondit-il.

S'il lui donnait un os à ronger, peut-être finirait-il par le laisser tranquille.

— C'est vrai ?

Son père fronça les sourcils, mais aussitôt ses traits semblèrent se détendre.

— Ravi de l'apprendre, mon grand. À ce que j'ai pu en voir, elle n'a pas hérité des défauts de son père. Et vous formez un très joli couple, tous les deux.

— Bien sûr, intervint Hunter d'un air dubitatif. Comme si Finn envisageait une relation sérieuse avec elle…

— Il l'a déjà vue plusieurs fois. Alors je pense que l'on peut parler de relation sérieuse… pour ton frère, répliqua leur père.

— Pas faux, reconnut Hunter.

Finn sentit ses muscles se crisper. Comment avait-il pu penser une seule seconde que ce serait une bonne idée de vivre sous le même toit que sa famille ?

— Vous vous amusez bien ? rétorqua-t-il.

— Moi, oui ! répondit la petite Wren.

— Je sais, ma chérie. Et je suis très content pour toi, lui dit Finn avant de fusiller son père du regard. Mais toi, tu ferais mieux de te calmer. Avery et moi nous voyons juste comme ça, avant qu'elle retourne au Texas. On ne peut même pas appeler ça une relation.

Très juste. Et c'est d'ailleurs pour ça que tu n'arrêtes pas de penser à elle.

Soudain très mal à l'aise avec le tour que prenait la conversation, il se mit à passer nerveusement d'un pied sur l'autre.

— Ce serait si terrible si elle restait dans le Montana ? demanda son père.

— Je suis surpris que tu me poses cette question. Son père et toi n'êtes pas censés être des ennemis jurés ?

— Ellington ou pas, Avery me semble être une fille bien pour toi. Son père et moi ne nous sommes pas parlé depuis des années, mais de l'eau a coulé sous les ponts depuis. C'est une histoire oubliée.

Finn doutait que le père d'Avery voie les choses de la même façon !

— Quoi qu'il en soit, je n'ai pas de relation avec sa fille. On est juste…

Mais il ne trouva pas le mot exact.

Qu'étaient-ils, exactement ? Il n'en savait rien. Et il ne savait pas non plus pourquoi il se trouvait encore là, à essayer de s'expliquer.

— Vous êtes… ? demanda son père, dont les yeux étaient devenus aussi étincelants que des diamants.

— Laisse tomber. Je vais me coucher.

Ignorant les sourires moqueurs dont il faisait l'objet, il se dirigea rapidement vers sa chambre.

Il n'avait aucune idée de ce qu'Avery et lui représentaient l'un pour l'autre. Elle se jetait à son cou et, l'instant d'après, elle reculait comme s'il lui faisait peur. Cela aurait dû le rendre fou. C'était le cas, d'ailleurs.

Mais dans le bon sens du terme. Car il comptait les minutes qui le séparaient du moment où il allait la retrouver. La chaleur de sa bouche était devenue la dernière chose à laquelle il songeait avant de sombrer dans le sommeil et la première chose qui lui venait à l'esprit quand il se réveillait le matin. Il ne savait pas ce qu'ils étaient l'un pour l'autre, mais il aimait ça.

Il adorait ça.

La troisième fois que Finn se présenta sans s'être annoncé chez les Strickland, Avery était prête.

Intuition ou pensée positive ? Elle n'aurait su le dire. Quoi qu'il en soit, quand il vint frapper à la pension le lendemain de leur promenade à l'érablière, personne ne fut surpris. Ni elle, ni Melba, ni Gene. Pas même la petite chèvre.

— Regardez qui est encore là ! s'exclama Melba.

Manifestement, elle voulait faire croire qu'elle se méfiait toujours de Finn, mais l'étincelle qui brillait dans ses yeux montrait bien que son charme commençait à agir sur elle.

— Qui veut des pancakes au sirop d'érable ? demanda-t-il en adressant un clin d'œil à Avery.

La petite chèvre poussa un bêlement et Avery ne put s'empêcher de sourire.

Quant à Melba, elle s'était mise à le dévisager en plissant les yeux.

— Les pancakes ne sont pas au menu ce matin, dit-elle.

— J'avais pensé les faire moi-même, expliqua-t-il en sortant du sac qu'il portait à l'épaule une préparation pour pancakes. Avec des épices à pain d'épice. Ça vous dit ?

Avery n'en croyait pas ses yeux. Finn venait d'entrer dans la cuisine de Melba Strickland en annonçant qu'il allait faire à manger ? Il allait y avoir de l'ambiance… Avec une démarche aussi audacieuse, il pouvait soit conquérir son cœur soit s'en faire une ennemie mortelle.

Gene observait la scène en silence, les yeux comme des soucoupes.

Amusée, Avery dut se mordre la joue pour s'empêcher de rire.

— Qu'en dites-vous, madame Strickland ? demanda Finn en adressant à la vieille dame son sourire le plus séducteur.

Contre toute attente, sa stratégie fonctionna.

— Très bien, répondit Melba en dénouant son tablier pour le tendre à Finn. Si vous insistez. Mais il faudra tout nettoyer après. Claire et moi ne tolérerons aucun bazar dans la cuisine. Et appelez-moi Melba.

— D'accord.

Le sourire de Finn s'élargit au moment où il noua le tablier à volants autour de sa taille.

Il était complètement ridicule avec ses bottes, son jean et ce tablier en dentelle, mais tout bien considéré, Avery portait toujours son pyjama en flanelle.

— Viens, ma chérie, dit Gene à Melba. On va laisser la place aux jeunes.

Avant de répondre, Melba jeta un regard interrogateur à Avery qui acquiesça.

— Vous pouvez aller vous tourner les pouces, dit-elle. On vous appellera quand les pancakes seront prêts.

Melba rangea encore quelques ustensiles, histoire de bien marquer son territoire, puis, encouragée par son mari, finit par quitter les lieux.

— Je crois qu'elle commence à t'apprécier, fit remarquer Avery quand Finn et elle furent seuls.

— Tant mieux. Devrais-je m'inquiéter des raisons pour lesquelles elle ne m'appréciait pas, au départ ?

Ne voulant pas lui faire part de la remarque de Melba, elle se contenta de hausser les épaules et, pour se donner une contenance, prit la boîte de préparation pour pancakes et se concentra sur les instructions.

Elle ne pouvait pas faire de commentaire sur la vie sentimentale hyperactive de Finn. Cependant, depuis qu'ils s'étaient croisés à l'épicerie, il n'avait pas dû voir beaucoup de femmes. On aurait dit qu'il passait tout son temps libre avec elle.

Ce qui était loin de la déranger. Bien au contraire. Elle appréciait vraiment sa compagnie. Un peu trop, même. D'où cette habitude très embarrassante qu'elle avait prise de l'embrasser chaque fois que l'envie lui en prenait, et c'était assez fréquent.

Elle devait toutefois lui reconnaître un certain mérite : il n'avait toujours pas essayé de la remettre dans son lit, un comportement qu'elle considérait comme un point capital en sa faveur. Au lieu de vouloir reprendre les choses là où ils les avaient laissées dans l'Oklahoma, il lui faisait la cour.

Et cela fonctionnait. Melba n'était pas la seule à s'être laissé séduire par lui.

Sauf qu'elle n'était pas censée sortir avec lui. C'était un peu tard pour ça.

Au moment où cette pensée lui traversa l'esprit, la boîte de préparation pour pancakes lui échappa des mains. Finn la rattrapa au vol.

— Tu as deux mains gauches, lui fit-il remarquer.

Mais son regard était plein d'affection et, quand il lui adressa ce sourire espiègle qu'elle ne connaissait que trop bien, le cœur d'Avery se mit à battre si fort dans sa poitrine qu'elle se demanda s'il pouvait l'entendre.

Si elle ne se montrait pas plus prudente, elle allait

encore l'embrasser, ici, au beau milieu de la cuisine des Strickland.

Instinctivement, elle attrapa la première chose qui lui tombait sous la main, l'une des poêles en cuivre de Claire, et la tint devant elle. Comme un bouclier.

— Besoin d'aide pour ces pancakes, cow-boy ?

— Pas vraiment, répondit-il en s'approchant pour repousser doucement une mèche de cheveux derrière son oreille. Mais je ne dis jamais non à une jolie femme en pyjama.

Elle se força à sourire.

— Très bien. Alors allons-y !

Finn avait beaucoup de mal à se concentrer.

Dans son pyjama à carreaux, Avery dansait autour de lui, remuant la pâte de temps en temps, jetant un œil à la poêle, et il y avait quelque chose, dans le balancement de sa queue-de-cheval et dans les chaussons qu'elle portait, qu'il trouvait absolument irrésistible. Il se prit même à rêver qu'ils puissent débuter ainsi toutes leurs journées…

— Attention ! s'exclama-t-elle. Ça va brûler !

Brusquement tiré de ses pensées, il se concentra de nouveau sur la poêle, dans laquelle le pancake commençait en effet à fumer.

D'un geste preste, il le détacha pour le jeter à la poubelle.

— Pas grave. On en a déjà assez.

— Tant mieux, répondit-elle en lui tendant le saladier. Parce qu'il ne reste plus beaucoup de pâte.

Machinalement, il prit la louche pour verser le

reste dans la poêle et, lorsqu'il la reposa, ses doigts effleurèrent ceux d'Avery. La ressentait-elle aussi, cette petite décharge d'électricité qui se produisait chaque fois que leurs corps entraient en contact ?

La teinte légèrement plus rose que prirent ses joues lui apporta la réponse à sa question. Elle la ressentait, oui.

— Si tu continues de me regarder comme ça, cow-boy, tu vas finir par brûler le dernier pancake.

Peu lui importait. Il n'avait pas faim. Ces pancakes n'étaient qu'une excuse pour la revoir. Ainsi qu'une manœuvre pour mettre Melba de son côté, puisqu'elle avait apparemment décrété qu'il n'était pas assez bien pour Avery. Ce qui, d'ailleurs, était sans doute vrai. Avery méritait que l'on s'occupe d'elle comme une reine, qu'on l'emmène faire des escapades romantiques à Paris, qu'on la couvre de fleurs et de surprises.

Il regarda d'un œil morne le pancake qui cuisait dans la poêle. Le mariage occupait beaucoup ses pensées, ces derniers temps. Par la faute de son père. Et de Vivienne Dalton. Et de ses frères, dont trois étaient déjà tombés comme des dominos. Toute cette propagande commençait à pénétrer son esprit.

Les choses entre Avery et lui étaient exactement comme il les avait décrites à son père la veille : ils profitaient de la compagnie l'un de l'autre en attendant qu'elle retourne au Texas, sans s'attacher.

Bien sûr. Et cette scène domestique ? Comme si c'était le genre de choses que tu fais avec les femmes avec qui tu sors.

Tout en faisant glisser le dernier pancake sur le tas, il essaya de ne pas trop penser à ce que les hommes de sa famille auraient dit s'ils avaient pu le voir à cet instant. Mais, en réalité, il se moquait bien de ce qu'ils pouvaient penser. Il était trop content de cette occasion d'apprendre à mieux connaître Avery.

Cela ne signifiait pas qu'il ne comptait pas les minutes qui le séparaient du moment où il la mettrait dans son lit. Il les comptait. Mais ils se trouvaient désormais sous l'œil inquisiteur de la petite ville de Rust Creek Falls, et non plus au beau milieu de l'Oklahoma. Les Strickland appartenaient à une autre génération. Prendre Avery dans ses bras pour la porter jusqu'à sa chambre n'était tout simplement pas une possibilité. Pas plus que lui proposer de passer la nuit au Ambling A.

Il s'essuya les mains sur le tablier de Melba et, sans même prendre le temps de réfléchir, il se tourna vers Avery.

— Ça te dirait de partir pour le week-end avec moi ?

Elle le regarda en ouvrant de grands yeux. Tout bien considéré, il aurait peut-être dû retirer ce tablier à volants avant de lui faire cette proposition romantique.

— Euh… tu veux qu'on parte… tous les deux ? Où ?

— J'avais pensé à une jolie chambre d'hôte. Je vais essayer de trouver quelque chose de spécial.

Instinctivement, il s'approcha d'elle pour placer ses mains sur le plan de travail, de chaque côté de son corps.

— Qu'est-ce que tu en dis, princesse ?

Elle le regarda en plissant les yeux, mais il la sentit tressaillir au moment où il fixa intensément ses lèvres si roses, si pulpeuses…

— Tu ne plaisantais pas quand tu as parlé de mon pyjama ? demanda-t-elle d'une voix mal assurée. Il te plaît vraiment ?

Du bout des doigts, il lui caressa la joue.

— Princesse, là où nous allons, tu n'auras pas besoin de pyjama.

Il se rapprocha encore, si près qu'il sentit son souffle passer entre ses lèvres et qu'une décharge de désir le traversa, si intense et si vive qu'il dut retenir un grognement sourd.

Elle avait relevé le menton, très légèrement, comme une invitation.

Il sentit son sexe durcir. Il pouvait déjà pratiquement sentir le goût de sa bouche. Tout en sucre et en épices.

Elle poussa alors un petit soupir qui le fit céder totalement. Mais au moment où leurs lèvres étaient sur le point de se joindre, la porte de la cuisine s'ouvrit brusquement.

— Ça sent délicieusement bon ! Le petit déjeuner est prêt ?

Brusquement, ils s'écartèrent l'un de l'autre comme deux adolescents surpris à s'embrasser dans les couloirs du lycée.

— Oui. On allait justement venir vous chercher, marmonna Finn.

— Ce n'est pas vraiment l'impression que j'ai eue en entrant, murmura Gene en souriant.

L'air ulcéré, Melba lui donna un coup de coude dans les côtes, ce qui le fit grimacer. Mais, dès qu'elle eut le dos tourné, il adressa un clin d'œil à Finn et Avery.

- 6 -

— Tu es sûre que c'est une bonne idée de partir pour le week-end seule avec Finn ? demanda Melba d'un air légèrement désapprobateur.

Assise sous le porche, la chèvre sur les genoux, elle regardait le petit bagage d'Avery.

— Pas tout le week-end, répondit celle-ci. Juste une nuit.

Contrairement à ce que Melba semblait imaginer, elle avait emporté son pyjama. La nuit qu'elle allait passer avec Finn dans cette chambre d'hôte ne serait pas torride. Ou pas seulement. Car si elle avait accepté ce petit séjour dans la ville voisine de Great Gulch, c'était d'abord et avant tout pour pouvoir enfin lui dire qu'elle était enceinte.

Elle avait suffisamment gardé le secret. Il était grand temps qu'elle lui dise la vérité. Elle ne pourrait pas coucher avec lui tant qu'elle ne l'aurait pas fait. Et ce, même si elle en brûlait d'envie.

— Ta chambre sera toujours à ta disposition à ton retour, ma chérie.

Melba changea de position et la petite chèvre se mit à bêler.

— Elle a l'air d'avoir faim, fit remarquer Avery.

— Comme toujours, répondit Melba en se levant. Tu pourrais la tenir pendant que je prépare son biberon ?

— Quoi ? Euh… non…

Paniquée, Avery leva les mains devant elle pour protester, mais elle n'eut pas le temps de trouver une excuse crédible. Melba lui avait déjà mis la chèvre dans les bras.

— Je reviens tout de suite, dit-elle en entrant dans la maison comme si elle n'avait absolument pas conscience de la détresse d'Avery.

Désemparée, Avery regarda la chèvre qui poussa un long bêlement.

— Chut. Tout va bien, ne t'inquiète pas. Du moins, tout ira bien une fois que Melba sera revenue.

La petite bête l'observait désormais comme si elle comprenait vraiment ce qu'elle lui disait.

— Tu aimes que je te parle ? demanda Avery en souriant.

Ce n'était pas si difficile, en fin de compte. C'était un peu comme de porter un petit chien.

La chèvre poussa de nouveau un long bêlement.

— Je sais. J'avais bien compris, la première fois.

Ce fut à ce moment-là de la « conversation » que le pick-up de Finn apparut dans la cour. Tout sourire, il s'approcha du porche.

— Voilà une scène que je n'aurais jamais pensé voir dans ma vie.

— Quelle scène ? demanda-t-elle en se balançant doucement d'un pied sur l'autre.

— La princesse Avery Ellington portant une chèvre dans ses bras, répondit-il d'une voix moqueuse.

Très juste. La seule scène qui aurait pu paraître

plus improbable encore aurait été la princesse Avery Ellington portant un bébé dans ses bras.

Elle était vraiment dans le pétrin.

Elle ne savait même pas quoi faire d'un animal. Comment allait-elle réussir à se débrouiller seule avec un bébé ?

— Tu devrais la prendre, dit-elle en lui tendant l'animal. Je crois qu'elle ne m'aime pas.

— Ne dis pas de bêtises. Bien sûr que si.

— Tu crois ?

— J'en suis sûr. Il faut juste que tu te détendes un peu, répondit-il en haussant les épaules, comme si c'était la chose la plus facile au monde.

Se détendre ? Tout en tenant un bébé chèvre et en faisant comme si elle n'était pas enceinte ? Pas de problème !

Bouleversée, elle prit une profonde inspiration. Si cette petite chèvre ne l'aimait pas, que pouvait-elle espérer du bébé ? L'animal semblant apprécier d'être bercé, elle continua de se balancer d'un pied sur l'autre. Quelques secondes plus tard, ses efforts furent récompensés : la chèvre bâilla et posa sur elle un regard qui semblait empreint d'affection.

— Tu vois ? C'est facile, chuchota Finn.

Très embarrassée, Avery remarqua alors qu'elle avait les larmes aux yeux. Elle renifla.

— Bien sûr. Rien de plus facile.

L'air vaguement inquiet, Finn se mit alors à l'observer.

— Princesse ?

Évitant son regard, elle se concentra sur la douce fourrure rousse de la petite chèvre.

— Oui ?

— Hé, parle-moi, dit-il en dégageant doucement ses cheveux de son visage. Qu'est-ce qui ne va pas ? Tu n'as plus envie de venir avec moi à Great Gulch ?

— Bien sûr que si.

Elle ne rêvait que de pouvoir passer du temps seule avec lui. Le problème était juste le moment où elle devrait lui parler du bébé. Peut-être arriverait-elle à le repousser encore un peu ?

— Tout va bien, Finn, je t'assure.

Menteuse.

Elle ne pouvait plus retarder ce moment. Elle avait les larmes aux yeux à cause d'une chèvre. Il voyait bien qu'il se passait quelque chose.

— En fait…

Elle s'éclaircit la gorge. Et si elle le lui disait maintenant ?

— Je…

— Oh ! Bonjour, Finn.

Melba venait de revenir sous le porche, un biberon à la main. L'air suspicieux, elle les regarda tour à tour.

— Je suppose que vous vous préparez à partir pour votre… escapade.

— Oui, Melba, répondit Finn en souriant. Souhaitez-vous d'abord que je vous aide pour ça ?

Et il lui prit le biberon des mains.

— Merci, dit Melba en se réinstallant dans son fauteuil. C'est Gene qui devrait s'en charger, mais il n'est jamais là quand on a besoin de lui.

— Avery, tu veux le faire ? lui demanda Finn en agitant le biberon devant elle.

Elle ne répondit pas. Son cœur s'était mis à battre à tout rompre dans sa poitrine. Elle ne s'était pas sentie si nerveuse depuis les derniers examens qu'elle avait passés à l'université !

Sa panique dut se lire sur son visage, car, doucement, Finn orienta la tétine du biberon vers le petit museau.

— Comme ça, tu vois ?

Quelques secondes plus tard, le chevreau tétait goulûment. Puis Finn transféra délicatement le biberon dans la main d'Avery. Celle-ci retint son souffle, mais ce changement ne sembla pas gêner la chèvre le moins du monde. Et elle se surprit à sourire tandis que la petite bête finissait son lait avec un plaisir évident.

— Tu es très douée, lui fit remarquer Finn.

Quelque chose dans l'étincelle qui s'alluma dans ses yeux bruns la fit sourire encore plus.

— Je trouve aussi, intervint Melba qui semblait l'observer attentivement. Et tu sais quoi, ma chérie ? Je crois que tu as raison. Il est grand temps que nous lui trouvions un nom.

— Oui, répondit Avery en tendant le biberon vide à Finn pour pouvoir reposer à terre le petit animal. Quel nom voulez-vous lui donner ?

— Aucun, répondit Melba. Je pense que ce serait bien que ce soit toi qui le choisisses.

— Moi ? murmura Avery en portant la main à sa gorge.

Melba haussa les épaules.

— Mais si tu n'en as pas envie…

— Citrouille !

Le mot était sorti de la bouche d'Avery sans même qu'elle y réfléchisse.

— Citrouille ? répéta Finn en riant.

— Ça lui va bien. Regarde-la.

Elle pointa du doigt la petite chèvre rousse qui caracolait sur les planches du porche.

— Ça lui va à merveille, affirma Melba. Va pour Citrouille.

Une heure plus tard, Avery se tenait à côté de Finn tandis qu'il ouvrait la porte de la chambre qu'il avait louée dans un ravissant cottage de Great Gulch.

La petite ville n'était située qu'à une cinquantaine de kilomètres de Rust Creek Falls et pourtant, on aurait dit qu'elle faisait partie d'un autre monde. Avery n'avait aperçu aucun endroit familier depuis qu'ils avaient franchi la limite du comté, et c'était tant mieux.

Elle adorait Rust Creek Falls. Elle adorait Melba et Gene. Contre toute attente, elle s'était même prise d'affection pour Citrouille. Mais l'idée d'annoncer à Finn une nouvelle aussi intime dans une ville où les ragots étaient le sport numéro 1 ne faisait qu'ajouter à ses angoisses. Ici, au moins, s'il réagissait mal, les seuls témoins de la crise seraient des étrangers.

Mais cela n'arriverait pas. Il y avait peu de risques. Il avait été tellement mignon quand il avait donné le biberon à la petite chèvre… Tout à coup, elle n'avait plus aucun problème à l'imaginer s'occupant d'un nouveau-né. Il aimerait son enfant, c'était évident. Peut-être qu'il l'aimerait, elle aussi…

— Nous y sommes, dit-il, coupant court à ses pensées.

Quand elle entra dans la chambre, elle laissa échapper un petit cri d'émerveillement. Les meubles étaient anciens, en bois sombre, le plus spectaculaire étant le lit, couvert d'un délicat linge en dentelle. Des guirlandes lumineuses avaient été accrochées au baldaquin et des bougies parfumées scintillaient dans tous les coins.

— Finn, c'est magnifique…

— Alors, tu aimes ?

— J'adore ! On se croirait dans un conte de fées !

Il l'observa pendant un moment et, lentement, un doux sourire se dessina sur son visage. Un sourire à couper le souffle.

— J'ai eu envie d'être seul avec toi depuis la seconde où je t'ai croisée à l'épicerie.

Elle poussa un soupir et tout à coup l'air dans la pièce sembla devenir lourd de promesses.

— Avery ? dit-il en lui tendant la main.

Elle comprit immédiatement les implications de son geste. Ce n'était pas seulement sa main qu'il lui proposait. C'était lui, tout entier, corps et âme.

Mais pour combien de temps ?

Pétrifiée, elle se trouva incapable de faire le moindre mouvement. Même respirer lui semblait difficile. Son cœur cognait si fort dans sa poitrine qu'elle avait peur de s'étouffer.

Au bout d'un moment, les traits de Finn semblèrent se décomposer. Il baissa la main.

— Je me suis peut-être trompé, murmura-t-il. Si tu n'as pas envie de…

— Si ! J'ai envie de toi. Plus que tu ne peux l'imaginer. Cet endroit, cette chambre… tout est magnifique. Mais…

Elle prit une profonde inspiration. Pourquoi était-ce si difficile ?

— J'aurais dû être claire avec toi dès le départ.

Doucement, il s'approcha d'elle pour entrelacer ses doigts aux siens.

— Princesse, rien de ce que tu pourras me dire ne changera ce que je ressens pour toi.

Un sentiment de culpabilité lui vrilla le cœur. Elle ne méritait pas ce genre de confiance aveugle.

— Tu ne peux pas le savoir, Finn…

— Je crois avoir deviné ce que tu veux me dire.

Avec une infinie tendresse, il lui caressa la joue.

Instinctivement, elle ferma les yeux, mais elle dut se faire violence pour ne pas se laisser aller à s'appuyer contre sa main. Car il ne pouvait pas avoir deviné, c'était impossible.

— Tu es venue ici pour me revoir.

Tout en ouvrant les yeux, elle hocha lentement la tête. C'était la vérité, mais une partie seulement.

— C'est super. Je suis vraiment content. Maintenant, approche, dit-il.

Et il glissa le bras autour de sa taille pour l'attirer contre lui.

Presque aussitôt, elle sentit ses lèvres contre les siennes, et elle s'ouvrit à lui. Elle avait envie de la chaleur humide de son baiser. Elle en avait désespérément envie. Parce qu'elle sentait les battements de son cœur contre le sien. Effrénés. Frénétiques. Et parce qu'elle sentait son sexe durcir contre elle à mesure que leur baiser devenait plus profond, plus passionné.

Instinctivement, elle attrapa le bas de son T-shirt, dont il se débarrassa aussitôt en le jetant au sol. Un instant plus tard, il joignait de nouveau avidement ses lèvres aux siennes, prenant son visage entre ses mains et grognant de plaisir contre sa bouche.

Elle caressa les muscles durs et bien dessinés de son torse, et cela lui parut tellement bon, tellement juste, qu'il lui semblait qu'elle allait défaillir s'il ne l'emmenait pas au lit. Elle avait envie de lui depuis l'Oklahoma. Avant qu'elle apprenne qu'elle était enceinte.

Enceinte…

Elle ouvrit brusquement les yeux et s'écarta, interrompant leur baiser. Ses mains, cependant, demeurèrent obstinément appuyées contre son torse.

— Finn, attends.

Tout en lui adressant l'un de ses irrésistibles sourires, il baissa les yeux sur ses mains, avec lesquelles elle s'était mise à explorer sans même le vouloir les contours sculptés de ses abdominaux.

— On va y aller doucement, ma belle. Ça va être bon. Tellement bon…

Tellement bon, oui. Meilleur encore que la fois précédente.

Mais il fallait qu'elle se reprenne.

De mauvaise grâce, elle finit par retirer ses mains et croiser les bras sous sa poitrine.

— On ne peut pas, dit-elle en secouant la tête.

— Pourquoi ?

Elle ne pouvait se résoudre à le lui dire. Impossible. Elle n'arrivait même pas à réfléchir devant son torse nu si excitant. Comment aurait-elle pu formuler une phrase cohérente ?

Seulement, elle ne pouvait pas reculer. Le moment de vérité était arrivé. D'une façon ou d'une autre, il ne tarderait pas à découvrir qu'elle était enceinte. Il remarquerait les changements qui s'étaient produits dans son corps à la seconde même où elle se retrouverait nue devant lui.

Ne voyant pas d'autre moyen de faire son annonce, elle finit par lui prendre la main et la poser sur son ventre.

L'espace de quelques secondes, il sembla totalement décontenancé, puis il baissa les yeux sur sa main qui couvrait son petit ventre rond.

Elle attendit qu'il comprenne, qu'il prenne la pleine mesure des événements, et cette attente fut une véritable souffrance.

Les secondes s'écoulèrent lentement, très lentement, mais il finit par relever les yeux. Son visage reflétait toute une gamme d'émotions contradictoires, toute une vie de sensations et de sentiments.

Elle prit une profonde inspiration. Elle n'avait pas terminé. Il lui restait encore des mots à dire. Le reste du secret à dévoiler.

— Il est de toi.

- 7 -

Finn sentait le sang battre à ses oreilles.

Le bruit dans sa tête commença comme un léger murmure puis s'intensifia à chaque seconde qui passait, finissant par occulter tous les autres sons. Il voyait les lèvres d'Avery bouger, il savait qu'elle n'avait pas fini de parler, mais il ne comprenait pas les mots qui sortaient de sa bouche. Pas plus qu'il n'entendait le crépitement du feu dans la cheminée, même quand il se força à détourner le regard vers les flammes qui dansaient.

L'espace de quelques secondes, il fut presque tenté de plonger la main dans le feu pour revenir à lui.

« Il est de toi. »

Elle était enceinte. De lui. Il allait devenir père.

Et il ne savait pas s'il devait être furieux ou heureux. Quelque part au-delà du douloureux sentiment de trahison, il était ravi par cette nouvelle. Un bébé… avec elle.

Cette nuit dans l'Oklahoma l'avait transformé. Il en avait pris conscience à l'instant même où il l'avait croisée à l'épicerie, quelques jours plus tôt. Ces absurdités auxquelles il s'était adonné depuis son installation dans le Montana, ces rendez-vous avec des femmes qu'il ne connaissait pas, n'avaient fait que lui rappeler tout ce qui manquait dans sa vie en l'absence d'Avery. La coupure de courant d'Oklahoma City avait en quelque sorte scindé sa vie en deux parties : l'avant et l'après. Et ce n'était qu'à présent qu'il prenait la pleine mesure des raisons pour lesquelles il ressentait les choses de cette façon.

Mais elle aurait dû le lui annoncer plus tôt. Elle était en ville depuis des semaines et elle ne lui avait pas dit un mot.

— Il est de moi, dit-il dans un murmure douloureux.

Avec ces quelques mots, le brouillard sembla se dissiper dans son esprit.

Elle hocha la tête, et des larmes ruisselèrent sur son visage.

— Oui. Oui, bien sûr qu'il est de toi. Il n'y a eu personne d'autre depuis très longtemps.

Dans le miroir accroché au-dessus de la cheminée, il se vit secouer la tête. Elle ne comprenait pas. Il ne mettait pas en doute son affirmation. Il avait énoncé un fait. C'était son bébé à lui. À eux.

Ce qui signifiait qu'il avait le droit d'être tenu au courant de son existence.

— Comment as-tu pu me cacher ça si longtemps ?

Fermant les yeux, il repensa à tous les moments où, au cours des quelques jours précédents, il avait pressenti qu'il y avait quelque chose. Et même *su* qu'il y avait quelque chose. Il lui avait demandé à plusieurs reprises ce qui n'allait pas et elle avait refusé de répondre. Chaque fois.

— J'ai essayé de te parler, Finn. Je t'assure que j'ai essayé. Mais je ne trouvais pas les mots. S'il te plaît, il faut que tu me croies.

Elle se tut et le regarda comme si elle attendait sa

réponse. Elle paraissait calme, mais il voyait bien que ses pupilles étaient dilatées. Elle avait peur. Malgré sa colère, il s'en voulut d'avoir déclenché en elle ce sentiment.

— Je t'ai proposé de me parler, dit-il aussi calmement que possible. Je t'ai demandé ce qui n'allait pas et tu m'as répondu en me regardant droit dans les yeux que tout allait bien.

Complètement déboussolé, il s'assit sur le bord du lit et se prit la tête entre les mains.

— Il y a eu les vaches, dit-elle. Et puis ton père. Ensuite, je n'arrivais même pas à donner le biberon à la petite chèvre. Et encore après…

Ses propos s'achevèrent dans un sanglot.

En relevant la tête, il vit qu'elle avait serré les bras autour de sa taille comme si elle craignait de s'effondrer.

— Je suis désolée, Finn. Je ne savais pas comment te le dire. Je me doutais que ce serait un choc pour toi. Ça a été le cas pour moi aussi.

Interloqué par ce discours, il plissa les yeux. Que venait faire la chèvre dans cette histoire ? Et les vaches ?

Était-ce une de ces bizarreries de femme enceinte ?

— Écoute, j'ai moi-même mis du temps à comprendre que j'étais enceinte. Plusieurs mois. J'avais du retard dans mes règles et j'étais fatiguée tout le temps. Je m'endormais au bureau ! Mais je travaillais tellement que je pensais juste que…

Soudain inquiet, il se leva.

— Tu vas bien ? Le bébé est en bonne santé ?

Les yeux toujours brouillés de larmes, elle hocha la tête.

Instinctivement, il avança une main tremblante vers

son ventre, mais il se reprit. Il n'avait pas le droit de la toucher. Pas après la façon dont il venait de lui parler.

Rongé de remords, il avala sa salive avec peine. Il ne pouvait pas revenir en arrière pour changer sa réaction initiale, mais il pouvait toujours se racheter. Il avait même le devoir de le faire.

— Demain matin, nous trouverons un arrangement, dit-il.

À ces mots, elle pâlit.

— Un *arrangement* ? Tu ne suggères tout de même pas de… le faire passer ?

Jamais de la vie ! Avait-elle vraiment pensé ça de lui ?

— Princesse, manifestement, tu ne me connais pas très bien. La réponse est non. Absolument pas.

Encore une fois, il baissa les yeux sur son ventre et dut serrer les poings pour s'empêcher de le toucher, de sentir la petite vie qui grandissait là.

Cette vie qu'Avery et lui avaient créée ensemble.

Quand il finit par relever la tête, il y avait dans le regard d'Avery quelque chose qui évoquait un mélange d'espoir et de honte. Et il s'en voulut plus encore.

Il avait vraiment mal réagi. Il était temps de se montrer clair avec elle.

— Nous allons nous marier, dit-il.

Médusée, elle ouvrit de grands yeux. Quelques secondes s'écoulèrent dans le plus grand silence, et elle eut le culot de lui rire au nez.

— Tu n'es pas sérieux ?

— Je suis parfaitement sérieux.

Jamais il ne pourrait se détourner de son enfant. Il ne savait que trop bien ce que c'était de grandir sans parents aimants.

Maximilian n'était pas un saint, il avait parfois tendance à se montrer manipulateur, voire dominateur, mais Finn pouvait compter sur les doigts d'une main le nombre de fois où il avait vu sa mère depuis qu'elle avait demandé le divorce. Elle ne s'était pas seulement séparée de son mari, mais aussi de ses six fils. Ce genre d'absence laissait sa marque sur un enfant. Une profonde blessure qui cicatrisait difficilement.

Si elle cicatrisait un jour.

Il ne ferait pas la même chose à son enfant. Il serait présent à chaque étape de sa vie, dans les meilleurs moments comme dans les pires.

— Finn, murmura Avery, coupant court à ses pensées, ce que tu m'as dit est absolument vrai. Je ne te connais pas bien et tu ne me connais pas bien toi non plus. En tout cas pas assez pour envisager un mariage.

Elle secoua la tête, le regardant désormais comme s'il avait perdu la raison.

Au moins, elle ne pleurait plus. C'était déjà bien.

— Je ne veux pas être écarté de la vie de mon enfant, décréta-t-il.

Puis sa voix se brisa. Et quelque chose en lui sembla se briser aussi.

Comment en étaient-ils arrivés là ? À l'heure qu'il était, ils auraient dû faire l'amour. Or ils étaient là, à se regarder comme s'ils se voyaient pour la première fois, comme si rien ne s'était passé entre eux au cours des quelques jours qu'ils venaient de vivre.

Leurs petits rendez-vous à Rust Creek Falls avaient été merveilleux. Comme un rêve. Tous les soirs, en allant se coucher, il avait remercié sa bonne étoile d'avoir amené leurs chemins à se recroiser. Il n'avait pas pensé au ridicule accord de son père avec Vivienne Dalton depuis des jours. Il était trop occupé à songer à Avery.

Il pensa soudain à son père. Celui-ci allait être fou de joie quand il apprendrait la nouvelle. Celui d'Avery beaucoup moins.

La douce voix d'Avery le ramena à l'instant présent.

— Je ne t'empêcherai jamais de voir ton enfant. Tu sais combien j'aime Rust Creek Falls. Je viendrai régulièrement et tu pourras venir voir le bébé au Texas aussi souvent que tu le souhaites.

Les mains posées sur son petit ventre rond, elle s'approcha de lui. Plus belle que jamais.

Malgré les paroles rassurantes qu'elle venait de prononcer, il sentit la panique monter en lui, si forte qu'il faillit s'étouffer.

Il ne pouvait pas n'être qu'un visiteur dans la vie de son enfant. Il n'en était pas question ! Soudain, il crut savoir pourquoi elle semblait si résolue à l'élever seule.

— Avery, puis-je te demander quelque chose ?

— Je t'écoute.

— Que pensent tes parents du fait que tu portes l'enfant d'un Crawford ?

— Euh…

Elle détourna les yeux et il n'en fallut pas plus pour qu'il comprenne.

Oscar Ellington ignorait totalement que sa princesse adorée était enceinte d'un Crawford.

Avery ne se sentait pas bien, et cet état nauséeux, qui l'avait poussée à s'asseoir sur le magnifique lit de la chambre d'hôte, n'avait rien à voir avec sa grossesse.

Elle aurait dû parler à Finn plus tôt. C'était une

évidence. Si elle avait pu remonter dans le temps et revenir à leur toute première rencontre inopinée à Rust Creek Falls, elle lui aurait annoncé la nouvelle immédiatement, là, au beau milieu de l'épicerie. Melba se serait évanouie et la nouvelle se serait répandue en ville comme une traînée de poudre. Oui, cela aurait mieux valu, car au moins Finn ne l'aurait jamais regardée comme il la regardait à présent.

Le sentiment d'avoir été trahi était si visible dans ses yeux que, frissonnante et les jambes tremblantes, elle s'était assise. Elle ne s'était jamais sentie aussi seule de sa vie.

Finn voulait l'épouser.

Curieusement, sa proposition – si on pouvait parler de proposition, dans la mesure où cela ressemblait plus à un ordre – n'avait fait qu'exacerber le sentiment de solitude qui s'était insinué en elle au moment où il s'était mis à la regarder comme si elle lui avait infligé une horrible douleur. Sans doute parce qu'elle savait que son désir de l'épouser n'avait rien à voir avec elle. Il voulait juste être proche de leur bébé.

— Mes parents ne savent pas que je suis enceinte, expliqua-t-elle, le cœur battant à tout rompre.

Elle ne parvint même pas à le regarder dans les yeux en lui avouant la vérité. Quand était-elle devenue si lâche ? Son enfant méritait une mère capable d'affronter les problèmes comme une adulte. Pas une princesse pourrie gâtée à qui on avait toujours tout servi sur un plateau d'argent.

Elle se força à rencontrer son regard et poursuivit :

— J'envisage de le leur dire, naturellement. Je voulais te l'annoncer en premier.

Finn sembla se détendre très légèrement. Mais la souffrance dans ses yeux était toujours présente.

Sans répondre, il prit une profonde inspiration.

Que se passerait-il si elle s'approchait pour le prendre dans ses bras ? Si elle joignait ses lèvres aux siennes pour l'embrasser avec toute la passion qu'elle sentait vibrer en elle chaque fois qu'elle le regardait ?

Car elle avait toujours envie de lui et elle savait que ce désir ne s'éteindrait jamais. Ils étaient liés pour la vie, à présent.

La seule chose qui la tenait chastement éloignée était la peur panique de ce qu'il allait dire ou faire ensuite. Il voulait l'épouser ? Sérieusement ?

Il n'en était pas question. On n'était plus dans les années 1950. De plus, elle n'avait aucune envie d'épouser un homme qui ne l'aimait pas.

— Où pensent-ils que tu es ? Ça fait des semaines que tu n'es pas allée travailler. Et j'imagine que tu n'as jamais eu de rendez-vous professionnels dans la région.

Il avait désormais les sourcils froncés et on aurait dit qu'il passait en revue tous les mensonges qu'elle lui avait servis depuis qu'ils s'étaient retrouvés. Un cuisant sentiment de honte s'abattit sur elle. Elle aurait voulu pouvoir se blottir sous le joli édredon en dentelle qui couvrait le lit.

— Tout le monde pense que je suis au spa.

Quand il vint s'asseoir à côté d'elle, elle faillit pleurer de soulagement.

Mais ce sentiment ne fut que passager parce qu'il n'en avait pas fini avec ses questions.

— Je crois qu'il est grand temps que tes parents,

et particulièrement ton père, connaissent la vérité, tu ne penses pas ?

Il se tourna pour lui faire face, et il se trouvait si proche qu'elle ne put s'empêcher d'étudier les traits de son visage en se demandant si leur bébé lui ressemblerait. Aurait-il ces yeux bruns illuminés de paillettes d'or ? Le même nez ? La même fossette sur la joue gauche ?

— Si, je suis d'accord, murmura-t-elle.

Quitte à bien faire les choses, autant les faire totalement. De plus, dire à Finn qu'ils allaient avoir un bébé avait été la chose la plus dure qu'elle ait jamais eue à faire. Aussi fou que cela puisse paraître, la perspective de l'annoncer à ses parents semblait facile, en comparaison. Même parler à son père lui paraissait faisable, surtout si Finn se trouvait à côté d'elle.

Ils n'étaient pas un véritable couple, et il était hors de question qu'ils se marient, mais elle espérait au moins qu'ils agiraient comme une équipe pour tout ce qui concernait leur bébé.

Finn se leva pour aller chercher son sac à main, qu'il lui tendit.

— Je présume que ton téléphone se trouve dedans ?

Elle acquiesça. Ah ! Cela allait donc se faire maintenant… Tout de suite.

Le téléphone trembla dans sa main quand elle rechercha le numéro de ses parents sous le regard brûlant de Finn, qui devait s'attendre à ce qu'elle se défile. Pour ne pas lui donner raison, elle appuya sur le numéro à l'écran aussi fermement qu'elle le put.

Une première sonnerie retentit. Elle se tourna vers Finn pour chercher en lui quelques encouragements tacites, mais il demeura dans la même posture :

debout, les bras croisés, le visage de marbre. Sentant les battements de son cœur s'accélérer encore, elle se leva pour se mettre au même niveau que lui.

Le téléphone sonna une deuxième fois, une troisième fois. Et son père finit par décrocher.

— Allô ?

— Coucou, papa, dit-elle d'une voix un peu trop radieuse.

— Bonjour, ma chérie. Tu rentres du spa ? Je commençais à me demander si tu reviendrais un jour.

De nouveau, elle regarda Finn. Le moment de vérité était arrivé. Elle ne pourrait pas y échapper.

— Pas vraiment, papa. En réalité, je ne suis pas au spa. Je suis dans le Montana.

Un long silence s'étira avant que son père réponde :

— Dans le Montana ? Je ne comprends pas.

— Je suis à Rust Creek Falls.

Elle n'avait pas besoin d'en dire plus. Son père savait parfaitement que les Crawford avaient vendu leur ranch pour s'installer ici. Il avait été fou de joie, quand il l'avait appris.

En un éclair, sa voix changea, passant de celle de papa à celle de chef d'entreprise.

— Avery, qu'est-ce qui se passe ?

Sans lui laisser le temps de répondre, sa mère intervint :

— Avery, ma chérie, tu vas bien ? Qu'est-ce qui se passe ?

— Je vais bien. Je suis dans le Montana avec Finn Crawford et j'ai quelque chose à vous dire.

Pour se donner du courage, elle plongea le regard dans celui de Finn qui lui prit alors la main. C'était un petit signe, un tout petit signe de l'unité du front qu'ils présentaient, mais elle s'y accrocha comme à une bouée de sauvetage.

— Nous allons avoir un bébé, dit-elle.

— Oh mon Dieu ! s'exclama sa mère.

— Quoi ? hurla son père, et elle dut écarter le téléphone de son oreille.

— Papa, calme-toi, dit-elle sous le regard inquiet de Finn.

— Je ne comprends pas, dit sa mère d'un air hébété. Comment est-ce arrivé ?

Avery n'allait tout de même pas entrer dans les détails. Son père semblait déjà au bord de la crise cardiaque.

— Je suis enceinte de quatre mois et je suis venue ici pour le dire à Finn, expliqua-t-elle.

— Ce Crawford est-il là ? Passe-le-moi ! ordonna son père d'une voix autoritaire.

— Non, répondit-elle.

Sa réponse la surprit. C'était la première fois qu'elle s'opposait à la volonté de son père. À l'exception notable du soir où elle avait couché avec l'ennemi, bien sûr.

— Avery, je vais t'envoyer le jet demain à la première heure. Tiens-toi prête, dit son père.

Après quoi il ajouta d'une voix dure :

— Seule.

— Je ne peux pas partir tout de suite, papa. J'ai encore des choses à régler. Mais je reviendrai bientôt.

— Certainement pas, intervint Finn avec un calme stupéfiant. Nous allons nous marier, je te rappelle.

Sous le coup de la surprise, elle se figea. Que lui prenait-il d'évoquer ça à cet instant ?

Elle lui fit signe de se taire, mais c'était trop tard.

— Ma chérie, je ne pense pas que ce mariage soit une bonne idée, dit sa mère.

Son père, lui, se montra beaucoup moins conciliant.

— Avery, je t'interdis de te marier avec cet homme ! Je ne veux pas d'un Crawford dans mes pattes. Les Ellington ont les moyens financiers d'éduquer un enfant sans l'aide de qui que ce soit.

Elle aurait voulu leur expliquer que Finn n'était pas l'horrible personne qu'ils croyaient. C'était un homme bien. Un homme gentil. En d'autres circonstances, il aurait même pu être l'amour de sa vie.

Elle ne pouvait pourtant leur dire aucune de ces choses. Parce que Finn se trouvait là, à écouter chacune des paroles qu'elle prononçait. Elle ne se sentait pas prête à mettre son cœur à nu ainsi. La journée avait déjà été suffisamment catastrophique. Avant toute chose, il fallait qu'elle bâtisse un avenir pour son enfant. L'amour était un luxe qu'elle ne pouvait pas viser pour le moment.

Voire qu'elle ne pourrait jamais viser…

Une chose était sûre, cependant : elle en avait assez que des hommes bornés lui disent ce qu'elle avait à faire.

— Papa, qu'est-ce que tu entends exactement par là ?

Il lui avait ordonné de rentrer à Dallas, mais elle sentait qu'il y avait autre chose.

Fermant les yeux, elle se concentra sur sa respiration. Quoi que puisse dire son père, elle ne pouvait pas s'envoler le lendemain matin. Finn et elle devaient toujours trouver un accord pour la garde. Ce qui risquait de prendre du temps, puisqu'il semblait déterminé à l'épouser, même si elle était certaine qu'il changerait d'avis après une bonne nuit de sommeil.

De plus, elle ne pouvait pas partir sans avoir fait ses adieux à Melba et Gene. Rien qu'à songer à son départ de la pension, elle sentait un vide se creuser dans son cœur. Les Strickland avaient été tellement gentils avec elle… Sans parler de Citrouille. La petite chèvre allait lui manquer également.

— Je te dis de rentrer à la maison, Avery, répondit son père. Mais d'abord, je veux que tu chasses définitivement Finn Crawford de ta vie.

- 8 -

Finn sentit sa gorge se serrer quand il vit les yeux d'Avery s'emplir de nouveau de larmes.

— Papa, tu ne peux pas me demander ça, dit-elle d'une voix tremblante et à peine audible.

Pourquoi avait-il insisté pour qu'elle appelle ses parents ? La haine qu'éprouvait Oscar Ellington à l'égard de sa famille était à l'évidence plus forte encore qu'il ne l'avait imaginé. Jusqu'ici, Avery s'était très bien débrouillée pour tenir ses positions, mais quelque chose venait de changer. Et il aurait tout donné pour savoir quoi.

— Je ne peux pas priver mon enfant de son père, ajouta-t-elle se tournant vers lui. Ce ne serait pas juste.

Il tendit la main.

— Passe-moi le téléphone, Avery.

Il ne pouvait pas laisser cette scène se poursuivre. Avery paraissait bouleversée. Jamais plus il ne pourrait se regarder en face s'il lui arrivait malheur, à elle ou à leur enfant, uniquement parce qu'il l'avait forcée à dire la vérité à ses parents.

— Avery, s'il te plaît, dit-il, luttant pour conserver une voix calme et égale.

— Trop tard. Ils ont raccroché, murmura-t-elle en posant le téléphone sur le lit.

— Tant mieux.

— Tant mieux ? C'est une plaisanterie ? s'exclama-t-elle avant de laisser échapper un petit rire nerveux. Je viens de dire à mes parents que j'allais avoir un bébé, et ils m'ont raccroché au nez !

« *Nous* allons avoir un bébé », eut-il envie de préciser.

Mais il parvint à se retenir. Ce n'était pas le moment de polémiquer.

— Avery, l'important, c'est qu'ils le savent, maintenant.

Tout en se mordillant la lèvre, elle hocha lentement la tête.

— Tu as raison, murmura-t-elle. Le pire est derrière nous. Je suis sûre que mon père se calmera une fois le choc passé.

Elle ne paraissait pas très sûre de son affirmation, toutefois.

Les guirlandes lumineuses accrochées au baldaquin faisaient ressortir les reflets cuivrés de ses cheveux et Finn dut lutter contre un besoin irrépressible d'y glisser les doigts.

C'était absurde, mais il avait envie de l'embrasser pour tout arranger. S'allonger à côté d'elle, la prendre dans ses bras et lui murmurer des paroles de réconfort.

« Ça va aller. Tes parents finiront par l'accepter. Je suis avec toi. »

Il se rassit à côté d'elle, cette fois-ci suffisamment près pour que leurs cuisses se touchent. Comme elle ne cherchait pas à s'écarter, il lui prit la main et entrelaça leurs doigts. Un progrès.

Après avoir doucement serré sa main dans la sienne, il déposa un tendre baiser sur son épaule. Elle tourna alors vers lui de grands yeux effrayés, et un sourire tremblant se dessina sur son visage. Peut-être était-elle avec lui, elle aussi, tout bien considéré ?

Il prit une profonde inspiration avant de dire :

— On pourra commencer à préparer le mariage aussitôt qu'on sera rentrés à Rust Creek Falls.

— Si tu voulais bien cesser ton baratin sur le mariage…

— Ce n'est pas du baratin. Je suis sérieux, répondit-il en se levant pour faire les cent pas dans la pièce. Ta grossesse ne va pas tarder à se voir et tout le monde en ville sait que nous nous fréquentons. Je ne tolérerai pas que les gens se mettent à commérer sur le fait que j'ai un enfant illégitime. Jamais je ne ferais cela à mon enfant. Et je suis sûr que tu ne veux pas de ça, toi non plus.

— Tu n'as pas le droit de me dicter ma conduite. D'après ce que j'ai entendu dire, tu n'as jamais eu de relation sérieuse. Qu'est-ce qui te fait croire que je serais prête à me marier avec toi ?

— Qu'est-ce qui te fait croire que je n'ai jamais eu de relation sérieuse ?

— Eh bien, peut-être les dizaines de femmes avec qui tu es sorti depuis la nuit que nous avons passée ensemble dans l'Oklahoma ?

Choqué par ses paroles, il s'immobilisa.

Évidemment, elle était au courant de tous ces stupides rendez-vous que Vivienne Dalton avait organisés pour lui ! Personne ne pouvait garder un secret, dans une petite ville comme Rust Creek Falls.

Mais ce n'était pas comme s'il avait essayé de lui cacher quelque chose. Quand ils s'étaient quittés, dans l'Oklahoma, ils pensaient l'un comme l'autre que plus jamais ils ne se reverraient, en dehors d'occasionnelles rencontres professionnelles. Ils ne s'étaient pas juré fidélité. Il n'avait rien fait de mal.

Alors pourquoi avait-il soudain la sensation de s'être mal comporté ?

— Ces femmes ne signifiaient rien pour moi, déclara-t-il comme elle allait prendre sa valise. Je t'assure. Si je t'expliquais les raisons pour lesquelles j'ai vu autant de femmes, tu éclaterais de rire.

Elle ne pouvait pas partir. Si elle passait cette porte, elle prendrait le prochain avion pour Dallas.

Laissant tomber son bagage, elle se tourna vers lui et croisa les bras.

— Je t'écoute. J'ai bien besoin de rire un peu.

— Mon père voudrait voir ses six fils mariés. Il a proposé à Vivienne Dalton, une organisatrice de mariages, un million de dollars, voire plus, pour trouver à chacun d'entre nous son âme sœur. Ce n'était que des rendez-vous arrangés, sans aucune importance pour moi.

Elle ne rit pas, mais elle ne chercha pas non plus à reprendre sa valise. Une petite victoire.

— Parce que tu n'envisageais d'épouser aucune d'entre elles ? demanda-t-elle, dubitative.

— Bien sûr que non ! Je ne cherchais pas de relation sérieuse. Je voulais juste…

M'amuser.

Il ne pouvait pas lui dire ça.

— Mais les choses sont différentes maintenant, ajouta-t-il vivement.

— Parce que je suis enceinte.

Cela jouait, bien sûr, mais était-ce la seule raison ?

Comme il n'en était pas sûr, il se garda bien de répondre. Des pensées se bousculaient dans son esprit à une telle vitesse qu'il n'arrivait à suivre le fil d'aucune d'entre elles. Avery… Un bébé… Un mariage… Était-il prêt pour tout cela ?

— D'accord. C'est bien ce que je pensais, dit-elle en hochant la tête, comme si elle prenait son silence pour un aveu. Alors on va oublier cette histoire de mariage, d'accord ?

Il sentit un vide douloureux s'insinuer en lui tandis qu'elle poursuivait :

— On pourrait mettre en place un planning de visites qui nous permettrait d'apprendre à mieux nous connaître.

Elle souriait à présent, mais ce sourire ne parvenait pas à illuminer ses yeux.

Où était passée la belle jeune femme insouciante qui riait en donnant du maïs à une vache ? Où était passée la lumière qui semblait jaillir de son âme chaque fois qu'il la voyait ?

La perspective d'avoir un bébé avec lui était-elle si horrible que cela ?

Sans doute, s'ils faisaient les choses comme elle venait de le décrire. Elle serait à Dallas. Lui dans le Montana. Une garde alternée nécessiterait une organisation stricte et de multiples trajets en avion tous les mois. Peut-être était-ce une bonne chose qu'Oscar Ellington puisse mettre un jet privé à la disposition de sa fille.

En songeant à cet homme, il serra les dents si fort qu'il eut peur de les casser.

— Avery, je…

Avant qu'il ait pu expliquer qu'il n'avait aucune intention de bringuebaler son enfant d'un fuseau horaire à un autre, le téléphone d'Avery, resté au milieu du lit, sonna. Un unique mot se détachait sur le petit écran : Papa.

Il poussa un soupir de soulagement. Ellington avait dû retrouver le sens commun et rappelait pour retirer les horribles choses qu'il avait dites et qui avaient tant bouleversé Avery. Son approbation étant importante pour elle, ils allaient cesser de discuter du bébé comme s'ils étaient deux étrangers et redevenir les personnes qu'ils étaient au cours des derniers jours.

Mais qui étaient-ils, exactement ? Les futurs M. et Mme Crawford ?

Cette idée lui semblait curieusement attrayante, alors qu'il avait fait tout ce qui était en son pouvoir, ces derniers temps, pour éviter qu'on lui passe la bague au doigt.

— Papa, dit-elle avec un faible sourire en portant le téléphone à son oreille. Je suis contente que tu rappelles.

Finn sentit ses muscles se crisper, mais il s'efforça d'être confiant. Tout allait bien se passer. La querelle qui opposait leurs deux familles n'était pas si importante. L'arrivée de ce bébé allait y mettre fin très vite.

Au moment où son père se mit à parler, le visage d'Avery se décomposa. Finn ne pouvait pas entendre ce qu'il disait, mais ses paroles semblaient détruire sa fille.

— Papa, sois raisonnable.

Puis, d'une voix entrecoupée de sanglots, elle ajouta :

— Papa, ce n'est pas juste.

Cette fois-ci, quand son père raccrocha, elle ne

sembla ni paniquée, ni en colère, ni même triste. Il n'y avait plus la moindre étincelle de vie sur son visage. Elle lâcha son téléphone et fixa un point devant elle. Son visage était livide.

— Avery ? Qu'est-ce qui se passe ? Avery, parle-moi.

Elle secoua la tête et de nouvelles larmes se mirent à ruisseler sur son visage.

— Mon père m'a déshéritée.

Allongée dans le noir, Avery était trop épuisée pour dormir. Trop épuisée pour faire quoi que ce soit, en fait. Et surtout, trop épuisée pour continuer de refuser les propositions de mariage de Finn.

Pourquoi lui avait-il offert de l'épouser ? On n'était plus dans les années 1950. N'avait-il jamais entendu parler des familles modernes ? Les mères célibataires n'étaient plus une exception. Et encore moins une honte. Ce n'était pas parce qu'elle était enceinte qu'elle avait besoin qu'on lui passe la bague au doigt. Elle était parfaitement capable d'élever un enfant toute seule.

Du moins l'aurait-elle été si elle ne s'était pas retrouvée sans emploi.

Et sans domicile.

Et toute seule.

Sauf qu'elle n'était pas vraiment seule. Finn était là, étendu à côté d'elle, plus viril que jamais sur l'édredon de dentelle blanche. Il avait retiré ses bottes mais s'était couché tout habillé.

Depuis le second appel de son père, on aurait dit qu'un fossé s'était creusé entre eux.

Ils n'avaient pas discuté du fait qu'ils ne coucheraient

pas ensemble ce soir. Cela leur était apparu comme une évidence. Depuis qu'elle lui avait parlé du bébé, cela semblait être la seule chose sur laquelle ils réussissaient à s'entendre. Et puis rien de pire pour casser l'ambiance que de refuser la proposition de mariage d'un homme.

Elle se mordit la joue pour s'empêcher de pleurer. À côté d'elle, Finn dormait comme un bienheureux. Comment avait-il pu trouver le sommeil dans de telles circonstances ?

Comme il commençait à ronfler doucement, elle lui donna un coup de coude dans les côtes. Ses ronflements cessèrent, mais il n'ouvrit pas les yeux. L'espace d'un instant, elle envisagea de remplir le seau à glace d'eau froide pour la lui jeter au visage, mais, tout bien considéré, elle préférait qu'il ronfle plutôt qu'il soit réveillé.

Elle avait besoin de temps pour réfléchir. Déterminer ce qu'elle devait faire, à présent que plus rien ne l'attendait à Dallas. En l'espace d'un coup de téléphone, toute sa vie était partie en fumée.

Quand elle avait expliqué à Finn que ses parents avaient décidé de couper les ponts avec elle, ils s'étaient mis d'accord pour reporter toute discussion concernant le bébé au lendemain matin. Ils avaient dîné en silence dans un charmant petit bistrot de Great Gulch, puis ils étaient retournés dans leur somptueuse chambre d'hôte, où ils s'étaient retrouvés contraints de dormir dans le même lit.

Ce n'était pas comme ça que les choses étaient censées se passer…

Tout en réajustant les draps autour d'elle, elle jeta

un nouveau coup d'œil à Finn. Aussi curieux que cela puisse paraître, bien qu'elle soit en colère contre lui, elle avait envie de se blottir dans ses bras.

C'était ridicule, elle le savait bien, mais au cours des dix derniers jours elle avait eu envie de lui comme jamais elle n'avait eu envie d'aucun homme, et elle ne pouvait pas se débarrasser de ces sentiments en un instant. Elle aurait tellement aimé pouvoir le faire… Réfléchir à cette idée de mariage aurait été tellement plus facile si son cœur ne s'était pas emballé chaque fois que Finn l'avait évoquée.

Si elle ne se montrait pas prudente, elle risquait de tomber amoureuse du père de son enfant. Or elle ne pouvait pas faire ça. Elle avait déjà suffisamment perdu. Donner son cœur au plus grand play-boy de Rust Creek Falls n'était pas une possibilité.

Tout en prenant une profonde inspiration, elle leva les yeux. La guirlande lumineuse accrochée au baldaquin donnait au plafond des allures de ciel étoilé. Malgré son désespoir, elle se laissa toucher par la beauté des lieux.

Finn avait bien choisi. Cela aurait pu être l'endroit parfait pour reprendre leur relation physique. On aurait dit un décor de conte de fées. Sauf qu'au lieu de trouver l'amour de sa vie, elle avait perdu tout ce qu'elle avait toujours connu et aimé.

Son père l'avait déshéritée…

Elle n'arrivait même pas à imaginer les conséquences. Jamais, même dans ses pires cauchemars, elle n'aurait pu concevoir que sa famille lui tournerait le dos en quelconque circonstance. Moins encore celle-ci. Elle s'était bien doutée que son père serait choqué d'apprendre qu'elle avait eu des relations sexuelles avec un Crawford, mais la renier de cette façon lui paraissait particulièrement cruel. Quant au fait que sa mère ne s'était pas opposée à sa décision, cela lui paraissait… inconcevable.

Elle n'était pas encore mère à proprement parler, mais elle avait le sentiment de l'être. Dans cinq mois, elle pourrait tenir son bébé dans ses bras, et elle l'aimait déjà de tout son cœur. Elle ne s'imaginait pas le chasser de sa vie, quoi qu'il fasse. C'était cela, l'amour : un sentiment inconditionnel.

Elle avait peut-être mal fait les choses, cependant. Elle avait gardé ce secret beaucoup trop longtemps. Peut-être le rejet de ses parents était-il une forme de punition du destin. Finn méritait de se sentir père tout autant qu'elle se sentait mère. Compte tenu du contexte, c'était quasiment un miracle qu'il veuille l'épouser.

Bouleversée, elle ferma les yeux pour refouler ses larmes.

Finn n'était pas un monstre, loin de là. C'était un homme bien, mais pas exactement le genre à se marier. Il papillonnait d'une femme à l'autre et les explications étranges qu'il lui avait données à ce sujet ne lui avaient été d'aucun réconfort. Désormais, et plus que jamais, Finn lui évoquait un candidat du *Bachelor*.

Et pourtant…

Il était toujours là, à côté d'elle, alors que ses propres parents l'avaient rejetée…

C'est la raison pour laquelle, quand le soleil se leva, projetant une lumière rose sur le couvre-lit de dentelle et baignant la chambre de tout l'espoir d'un jour nouveau, et que Finn se tourna vers elle, elle lui chuchota les mots qu'il souhaitait entendre :

— Oui. J'accepte de t'épouser.

Avery acceptait sa proposition. Ils allaient se marier.

Au cours des mois passés, Finn avait tout fait pour éviter cela, et pourtant il était aux anges. Lui, Avery et leur bébé allaient former une famille. Son enfant grandirait avec un véritable père qui serait présent pour lui à chaque étape de sa vie.

Son soulagement était tel qu'il aurait presque pu parler de joie. Et peut-être même… d'amour.

Doucement, il dégagea une mèche de cheveux du visage d'Avery et joignit ses lèvres aux siennes. Ce fut un baiser doux et respectueux, empreint de toutes les choses qu'il voulait lui dire sans savoir les formuler.

Puis elle posa la main sur son torse et s'écarta doucement.

— J'aurais quelques conditions à poser, dit-elle.

Des conditions ?

Il sentit ses muscles se crisper, une sensation semblable à celle qui s'était emparée de lui la veille au soir, quand il l'avait observée pendant cette horrible conversation téléphonique avec son père.

— Je t'écoute, dit-il en s'asseyant.

Elle fit de même et croisa les bras.

— Pour commencer, j'aimerais que l'on se montre discrets concernant ma grossesse pendant quelque temps. Que cela reste entre nous, tant que je rentre toujours dans mes vêtements.

— D'accord. On pourra le dire à ma famille après

le mariage. Je ne sais pas combien de temps il faut pour réserver une église, mais une fois que mon père saura que l'on est fiancés, il pourra certainement…

— Non.

— Rien d'illégal, je te rassure. C'est juste que nous connaissons des gens en ville et…

— Je veux dire : pas de mariage à l'église. J'aimerais que les choses restent aussi simples que possible. Une cérémonie civile suffira.

Une cérémonie *civile* ? Comme c'était romantique ! Il dut se retenir de soupirer. Après tout, c'était pour le bébé qu'ils se mariaient. Il ne fallait pas qu'il l'oublie.

Tendrement, il lui prit la main et entrelaça leurs doigts.

— Tu es sûre ?

— Oui. Ce qui m'amène à la deuxième condition.

Après avoir contemplé quelques instants leurs mains liées, elle ajouta vivement :

— Compte tenu des circonstances, je pense qu'un mariage de raison est la meilleure solution.

Puis elle libéra sa main et se leva.

Il la regarda aller et venir dans la chambre, comme si elle espérait échapper à la suite de la conversation.

Or il n'en était pas question.

— Avery, dit-il aussi calmement qu'il le put, qu'est-ce que tu veux dire par là ?

— Simplement que, puisque nous nous marions pour le bébé, nous ne devrions pas embrouiller les choses en nous impliquant sur le plan personnel.

— Et par « personnel », j'imagine que tu entends « sexuel » ?

Elle rougit violemment.

— Tout à fait. Je suis ravie que tu sois d'accord.

Mais il n'était pas d'accord ! Il était même totalement opposé à l'idée. Seulement, il ne pouvait pas le lui dire.

Elle avait peur.

Ou plutôt, elle était terrifiée. Et il la comprenait. Il avait toujours pensé que son propre père était un homme dur, mais à côté de celui d'Avery, Maximilian Crawford aurait pu passer pour un Bisounours.

— Je veux que toi et le bébé vous sentiez en confiance et en sécurité, dit-il d'une voix douce. S'il faut pour cela oublier le sexe *temporairement*, alors je le ferai.

— En fait, je…

— Une chose à la fois, d'accord ?

Elle ne pouvait tout de même pas penser qu'ils allaient rester mariés jusqu'à la fin de leur vie sans jamais faire l'amour ? Ils étaient bien ensemble. Une fois que les choses se seraient calmées et qu'ils vivraient comme mari et femme, elle finirait certainement par comprendre qu'ils ne pouvaient pas se passer de sexe. C'était évident.

— Une chose à la fois, d'accord, murmura-t-elle.

Sentant toujours sa peur, il se leva et s'approcha d'elle pour passer doucement une main dans ses cheveux.

— Et si on allait prendre un café ? proposa-t-il. Après, on pourrait se préparer pour aller à la mairie ?

Visiblement affolée, elle ouvrit de grands yeux.

— *Aujourd'hui ?*

— Aujourd'hui, répondit-il d'une voix ferme. Tu as posé tes conditions, voici la mienne.

— Bon. D'accord.

Impatient de boire le café qu'il avait mentionné, il s'approcha de la porte. Mais au moment où il posa la main sur la poignée, il se retourna.

— Évidemment, si tu préfères attendre pour que l'on puisse se marier à l'église de Rust Creek Falls, il n'y a aucun souci.

Il voyait déjà la scène… La petite chapelle toute décorée de tulle et de roses. Avery dans une belle robe de princesse et ses cinq frères se tenant devant l'autel. Son père, avec un sourire triomphant. Curieusement, ce genre de spectacle l'aurait rendu totalement malade un mois plus tôt. Mais désormais, il en rêvait…

Peut-être Avery avait-elle raison, après tout. Il ne savait pas ce qu'il voulait.

— Bien essayé, Finn, mais c'est raté, rétorqua-t-elle avec un petit rire nerveux.

— Bon. Alors l'affaire est conclue.

Et ils sortirent pour prendre un café.

Avant d'aller se marier.

- 9 -

Tout allait beaucoup trop vite.

Quelques heures plus tôt, Avery sirotait le latte à la cannelle – décaféiné, naturellement – que Finn lui avait offert et, à présent, assise dans la salle des mariages, elle attendait de devenir Mme Crawford.

Avec ses poteaux de bois et sa tour surmontée d'une horloge, la petite mairie semblait tout droit sortie d'un vieux western. Le maire portait un chapeau de cow-boy, et des éperons étaient accrochés à ses bottes. Il devait sans doute être passé directement de la selle de son cheval à son bureau de maire.

La scène paraissait si irréelle qu'elle était sûre de ne jamais l'oublier, même si aucun photographe n'était présent pour immortaliser l'instant. Pas de garçons ou de demoiselles d'honneur non plus. Et bien sûr, pas de papa pour l'accompagner jusqu'à son futur mari…

À côté d'elle, Finn portait le même chapeau et les mêmes bottes que la veille. Il avait changé de chemise et elle avait pour sa part trouvé dans l'une des boutiques du centre de Great Gulch une jolie petite robe courte en dentelle blanche. Avec ses bottes turquoise, son « quelque chose de bleu », elle avait plus l'air d'une prétendante au titre de Miss Texas que d'une mariée. Mais le bouquet de fleurs sauvages qu'elle tenait dans ses mains tremblantes ne manquait pas de lui rappeler qu'elle s'apprêtait à s'engager auprès de Finn. Jusqu'à ce que la mort les sépare.

Qu'était-elle en train de faire ?

Son père l'avait déshéritée moins de vingt-quatre heures plus tôt. N'aurait-elle pas dû lui laisser une chance de changer d'avis ?

D'un autre côté, pourquoi aurait-il fait ça ? Il détestait les Crawford, il n'y avait pas de raison pour que cela change. En tombant enceinte de Finn, elle avait franchi une limite et ne pouvait plus faire marche arrière.

Cependant, avait-elle eu raison de…

— Avery Ellington et Finn Crawford, dit soudain le maire, coupant court à ses pensées. Veuillez approcher.

En lui souriant, Finn lui prit la main et ils avancèrent ensemble jusqu'à l'estrade.

Elle inspira profondément et reconnut le parfum des clématites qui entrait par les fenêtres ouvertes. Accrochées à la façade de la mairie, elles semblaient tomber du ciel comme une multitude de flocons de neige, conférant au bâtiment une allure quelque peu féerique… malgré la tête de bison qui était accrochée au mur.

Elle avala sa salive avec peine. Ce n'était pas du tout comme ça qu'elle avait rêvé son mariage.

Non qu'elle y ait souvent pensé, mais, comme toutes les petites filles, elle s'était parfois imaginé ce grand jour. Elle pensait alors qu'elle se marierait dans une église, entourée de sa famille et de ses amis. Elle se voyait avec une robe de princesse. Bref, un parfait mariage de conte de fées. Jamais elle n'avait imaginé qu'elle dirait oui enceinte et habillée comme une cow-girl !

— Monsieur Crawford et mademoiselle Ellington, dit le maire. Vous êtes venus pour vous marier ?

Elle essaya de répondre, mais aucun mot ne sortit.

— Oui, déclara Finn.

— Je vois que vous avez votre certificat, fit remarquer le maire en baissant les yeux sur les papiers qui se trouvaient devant lui. Parfait. Allons-y.

Paniquée, Avery s'accrocha à son petit bouquet comme s'il s'agissait d'une bouée de sauvetage. Elle avait l'impression qu'elle allait s'évanouir.

— Nous sommes rassemblés ici pour célébrer l'union de cet homme et de cette femme par les liens sacrés du mariage.

Instinctivement, elle se tourna vers Finn, mais comme il regardait droit devant lui, elle ne trouva aucun réconfort dans l'expression de son visage. Son cœur battait désormais si vite que ses genoux menaçaient de se dérober sous elle.

Il était trop tard pour changer d'avis…

Mais elle n'avait pas encore dit oui ! Elle pouvait toujours s'excuser et partir.

Plus elle y songeait, plus l'idée la tentait… Mais si elle s'en allait, Finn et elle resteraient brouillés à jamais. Et des parents brouillés, ce n'était pas l'idéal, pour l'épanouissement d'un enfant.

Pendant que son esprit divaguait, le maire poursuivait son discours, une suite de mots incompréhensibles.

— Veuillez vous prendre par la main, dit-il soudain d'une voix plus forte.

Ses éperons tintèrent quand il s'approcha d'elle pour lui prendre son bouquet, ce qui tira à Finn un sourire amusé.

Une fois que leurs mains furent jointes, la fuite lui apparut comme une solution quasiment impossible à mettre en œuvre. Comment pouvait-elle se défiler alors que Finn lui tenait la main et la regardait comme si elle était la plus belle femme du monde ?

Derrière l'amusement qu'elle lisait dans son regard, il y avait autre chose. Une chose qui lui coupait le souffle. Et qui l'amenait à se demander si les vœux qu'ils s'apprêtaient à échanger n'étaient pas plus sincères qu'elle ne le pensait.

Elle mordit sa lèvre tremblante tandis que le maire parlait du mariage comme du grand engagement de la vie et la célébration de l'amour inconditionnel.

Son cœur se mit alors à battre plus fort encore. L'amour ? Aimait-elle Finn ? Et lui, l'aimait-il ?

Bien sûr que non. Ils ne se mariaient pas par amour mais pour le bébé. Cependant, au fond de son cœur, elle avait envie que ce soit un vrai mariage d'amour et, quand elle en prit conscience, elle sentit la panique monter en elle.

— Finn, voulez-vous prendre Avery pour épouse, l'aimer, la chérir, l'honorer et lui être loyal, dans la santé et la maladie, dans la richesse et la pauvreté, jusqu'à ce que la mort vous sépare ?

Le maire avait le regard fixé sur Finn, et le silence qui précéda sa réponse sembla durer une éternité.

— Oui, répondit-il d'une voix claire.

Il y avait là une telle sincérité… que les craintes d'Avery redoublèrent.

Ce n'est pas réel. On fait juste semblant.

Elle pouvait le faire.

Mais *devait*-elle le faire ?

Pour essayer de s'ancrer dans la réalité, elle posa sa main libre sur son ventre, mais quand le maire tourna son regard attendri vers elle et commença à énoncer la même question, elle sentit sa gorge se nouer. Elle avait besoin de quelque chose. Un signe. Un petit signe, juste pour lui indiquer qu'elle avait fait le bon choix. Tout à coup, elle n'arrivait plus à penser qu'à ça.

S'il vous plaît...

C'était une idée complètement folle, elle le savait, mais elle ne pouvait s'empêcher de souhaiter, d'espérer, de prier.

Et soudain, une chose miraculeuse se produisit. Là, juste sous ses doigts, elle sentit un petit coup. Elle crut d'abord avoir rêvé mais cela recommença. Avec plus de fermeté, plus d'insistance. Époustouflée, elle baissa les yeux sur son ventre.

Sa robe bougea un peu la troisième fois et elle en eut alors la certitude : son bébé venait de lui donner un petit coup de pied. Leur bébé.

— Avery, ma chérie ? dit Finn d'une voix encourageante.

Elle releva alors les yeux. Finn et le maire la regardaient avec insistance, comme s'ils attendaient qu'elle dise quelque chose.

Elle prit une longue inspiration et, pour la première fois depuis cette horrible conversation avec son père, elle eut le sentiment que tout finirait par s'arranger. Elle avait eu besoin d'un signe et elle en avait eu un. Un signe bien plus fort que tout ce qu'elle aurait pu espérer.

Elle regarda l'homme qui avait promis de l'aimer, de la chérir, de l'honorer et lui être loyal, dans la santé et la maladie, dans la richesse et la pauvreté, jusqu'à ce que la mort les sépare, et elle essaya d'oublier qu'elle était pour l'heure dans la dernière situation : sans travail et complètement dépendante d'un homme qu'elle connaissait à peine, un homme qui avait le pouvoir de lui briser le cœur.

— Oui, murmura-t-elle.

Contre toute attente, elle le pensait vraiment, parce que, au moment où le bébé avait bougé, elle avait cessé de faire semblant.

Il l'avait fait. Après avoir passé ces derniers mois à éviter tout engagement, Finn était un homme marié.

Il réprima un sourire alors qu'il quittait Great Gulch pour prendre la route de Rust Creek Falls. Il n'y avait aucune raison logique à ce sentiment de joie qui lui gonflait le cœur. Il avait pratiquement dû supplier Avery d'accepter de l'épouser et, compte tenu des conditions qu'elle avait posées, ce mariage n'était pas vraiment une chose dont il pouvait se réjouir. Il n'avait aucun doute sur le fait que si Oscar Ellington ne s'était pas si mal comporté, sa fille ne porterait pas l'alliance qu'il venait de lui passer au doigt.

Un anneau d'or rose avec de minuscules diamants qu'il avait acheté chez un antiquaire installé juste en face de leur chambre d'hôte. Quand il le lui avait glissé au doigt devant le maire, elle avait ouvert de grands yeux, mais elle ne lui avait pas encore demandé d'où il venait. Ce silence était-il bon signe ? Il n'en savait rien, mais chaque fois qu'il jetait un coup d'œil dans sa direction, il la surprenait à observer sa bague et à la caresser du bout du pouce.

Mariés. Avery et lui étaient mariés.

La magnifique jeune femme qui se trouvait à côté de lui était désormais son épouse et elle portait son enfant. En un éclair, il était passé du statut de célibataire endurci à celui de mari et de futur père. Il aurait dû être terrifié. Ou tout au moins inquiet.

Alors pourquoi ne l'était-il pas ?

Depuis le moment où Avery avait relevé la tête vers lui, les larmes aux yeux, en murmurant le mot « oui », il n'avait rien éprouvé d'autre qu'un sentiment de joie absolu. Pour l'heure, il ne voyait aucune raison d'avoir peur de ne pas être prêt à devenir père de famille.

— Où allons-nous ? demanda-t-elle peu après leur arrivée à Rust Creek Falls. Pourquoi n'as-tu pas pris le chemin de la pension ?

Était-elle sérieuse ?

— Parce que nous n'allons pas chez les Strickland. Nous allons au Ambling A, répondit-il.

Elle ne fit aucun commentaire, mais au lieu de continuer à jouer avec son alliance, elle glissa ses mains sous ses cuisses.

Sous le coup du stress, il serra plus fort le volant.

— Je voudrais te présenter à ma famille comme mon épouse.

— *Maintenant* ? s'exclama-t-elle en se tournant vivement vers lui.

— Pourquoi pas ? Le bébé sera là dans quelques mois. Autant qu'ils s'habituent à cette idée.

— Mais on s'était mis d'accord pour attendre un

peu. Si on commence à parler du bébé, bientôt, toute la ville sera au courant.

Elle n'avait pas tort. Une chose à la fois. De plus, il avait déjà donné assez de grain à moudre aux habitants de Rust Creek Falls, depuis qu'il était arrivé en ville. Si les commères apprenaient qu'Avery était enceinte, on ferait tout de suite le lien avec leur mariage précipité.

Ce qui, tout bien réfléchi, n'était pas loin de la vérité.

Ou peut-être pas.

Il n'était plus sûr de rien.

— D'accord, dit-il. On ne parlera pas du bébé.

Il s'interrompit pour inspirer longuement avant d'ajouter :

— Pour le moment.

Elle acquiesça, mais elle paraissait nerveuse quand il s'engagea dans l'allée du ranch familial.

Il aurait aimé pouvoir la réconforter, mais il ne savait pas comment, et ses inquiétudes redoublèrent quand il vit les nombreux véhicules garés devant la maison. Le luxueux SUV de son père était à sa place habituelle, de même que le pick-up de Wilder. Mais il y avait à côté quatre autres voitures, ce qui signifiait que Logan, Xander, Hunter et Knox devaient également être là. Que pouvait-il bien se passer ? Avaient-ils organisé une fête en son absence ?

— J'ai bien l'impression que l'on va faire d'une pierre six coups, dit-il en se tournant vers Avery après s'être garé.

Les yeux fermés, elle respirait très profondément.

— Avery, tout va bien ?

— Oui. C'est un exercice de yoga. Cela réduit le

stress et l'anxiété. C'est aussi censé être bon pour le bébé.

En souriant, il prit sa main et la serra doucement dans la sienne. Au même moment, il se dit qu'ils ne pouvaient pas passer leur nuit de noces au ranch familial. Même s'il n'y avait aucune chance que ce soit une nuit d'amour torride, rester sous le même toit que son père et le reste de sa tumultueuse famille ne le tentait absolument pas. Ils allaient entrer, annoncer la nouvelle et partir. Pourquoi ne pas retourner à Great Gulch, dans ce si joli lit à baldaquin ?

Pas de sexe, tu as oublié ?

Il soupira en sortant du pick-up et claqua la portière derrière lui. Pas de sexe. Ils avaient passé un accord. Accord complètement ridicule, mais accord tout de même.

Quand il ouvrit la porte, il trouva non seulement ses cinq frères autour de la table, mais aussi Lily, la femme de Xander, et Genevieve, celle de Knox. Wren, la fille de Hunter, était également présente. Et l'épouse de Logan, Sarah, tenait Sophia sur ses genoux.

Instinctivement, il fixa intensément la petite fille de neuf mois et sentit son cœur se gonfler. Dans quelques mois, il serait papa…

La voix de son père le ramena brusquement à la réalité.

— Finn, tout va bien ?

— Oui, répondit-il en se tournant vers son père. Très bien, même. Qu'est-ce qui se passe, ici ? Cela faisait bien longtemps que je n'avais pas vu tant de monde à la maison.

— On avait prévu d'aller ensemble à la fête de

l'automne pour faire un bowling de citrouille, expliqua son père. Lily a proposé de nous cuisiner un chili avant. On a essayé de t'appeler, mais on tombait toujours sur ta messagerie, ajouta-t-il d'un air sévère.

Très juste. Parce qu'il était occupé à se marier.

— Un bowling de citrouille ? répéta Avery en souriant. Ça existe ?

— Bien sûr, répondit Logan. C'est comme un vrai bowling, mais avec des citrouilles à la place des boules. Papa est persuadé qu'il va tous nous écraser.

— N'y comptez pas, intervint Genevieve. Je me suis beaucoup entraînée.

— C'est vrai ? lui demanda Lily en riant.

— Parfaitement, répondit Knox en passant le bras autour des épaules de sa femme. Elle ne plaisante pas avec le bowling de citrouille.

— Ne t'inquiète pas, papa. Nous avons une nouvelle à t'annoncer qui devrait te gonfler le moral, même si tu perds, dit Finn.

Glissant le bras autour de la taille d'Avery, il l'attira près de lui.

Un lourd silence s'installa alors dans la pièce. En baissant les yeux sur Avery, Finn vit que son sourire paraissait moins naturel. Forcé.

Il ne devait pas oublier qu'ils faisaient seulement semblant d'être de jeunes mariés heureux. La seule chose qui était vraie dans leur union, c'était le bébé.

— Voilà. Avery et moi sommes mariés.

Et il regretta aussitôt son manque de finesse.

Il avait pensé trouver quelque chose de plus romantique, mais le sourire tendu d'Avery lui avait embrouillé les idées. Qu'était-il advenu de la passion qu'il y avait entre eux depuis qu'elle s'était jetée à son cou, à la cabane à sucre ? Il avait alors tellement envie d'elle que c'en était douloureux. Il savait qu'elle avait envie de lui, elle aussi. Il en était même certain.

— Vous *quoi* ? s'exclama Logan en les regardant à tour de rôle, l'air hébété.

— Attends. C'est une blague, c'est ça ? demanda Hunter avec un petit rire nerveux.

— Avery, ma chérie, c'est vrai ? s'enquit Maximilian en la fixant avec un regard plein d'espoir.

Comme toutes les têtes s'étaient tournées vers Avery, Finn sentit ses muscles se crisper. Pourvu qu'aucun membre de sa famille ne se doute de quelque chose ! C'était déjà difficile de savoir que sa femme n'envisageait pas de partager son lit avec lui, mais si son père et ses frères le découvraient, ce serait une humiliation totale.

Cependant, elle se tourna vers lui avec un sourire radieux. En contemplant ses grands yeux bruns, il se retrouva directement replongé dans cette nuit dans l'Oklahoma, qui avait changé leurs vies pour toujours. La gorge nouée, il comprit que, s'il avait pu remonter le temps et faire les choses différemment, il n'aurait absolument rien changé.

— C'est vrai, répondit-elle. Finn m'a demandée en mariage hier soir et nous étions tellement impatients que nous nous sommes rendus à la mairie dès ce matin.

Parfaite image de la jeune mariée euphorique, elle semblait rayonner de bonheur. Finn aurait pu jurer sur sa vie qu'elle disait la vérité.

— Je suis une Crawford !

- 10 -

« Je suis une Crawford. »

Aussitôt après avoir prononcé ces mots à voix haute, Avery prit la pleine mesure des conséquences de ses actes.

Elle ne pouvait plus faire marche arrière, maintenant. Elle avait la bague au doigt et l'heureuse nouvelle était annoncée. Elle n'était plus Avery Ellington. Elle était Avery Crawford. Mme Finn Crawford.

Maximilian poussa un cri de joie qui sembla ébranler les murs de l'immense demeure familiale.

— Bienvenue dans la famille, ma chérie ! s'exclama-t-il, avant de la prendre dans ses bras.

Après quoi, chacun des Crawford répéta ce geste, en s'extasiant et en la félicitant. Ils étaient tous tellement enthousiastes, tellement accueillants, qu'il lui fut bien difficile de se rappeler qu'elle ne faisait pas vraiment partie de la famille, en dépit de son changement de nom. Elle et Finn faisaient semblant, rien de plus. Elle l'avait épousé pour lui garantir une véritable place dans la vie de son enfant. Il ne la considérait pas vraiment comme sa femme.

La voix de Wilder la ramena brusquement à l'instant présent.

— Je dois avouer que je suis surpris, Finn, dit-il.

Tu avais juré que jamais personne ne te passerait la corde au cou.

Elle sentit ses muscles se crisper, mais elle parvint à conserver son sourire.

— Les choses changent, lui répondit Finn, avant de se tourner vers elle pour lui adresser un sourire entendu.

Les choses pouvaient-elles changer ? Vraiment ?

— Tu aimes le bowling, Avery ? demanda Genevieve.

— Oh non ! Ne comptez pas sur nous, répondit Finn.

Tendrement, il serra Avery contre lui et ajouta avec un clin d'œil :

— C'est notre nuit de noces.

Le délicieux frisson qu'elle venait de ressentir au contact du corps de Finn devint soudain glacial.

Leur nuit de noces ? Elle n'était pas allée jusque-là dans son raisonnement. Depuis qu'elle avait parlé à Finn du bébé, elle n'arrivait pas à voir plus loin que le bout de son nez.

— Vous ne désirez pas partir en lune de miel ? demanda Maximilian en sortant son téléphone de sa poche. Si vous voulez, je peux faire venir un jet de Helena pour vous.

— C'est inutile, se hâta-t-elle de répondre avant que Finn intervienne. Nous n'envisageons pas de partir tout de suite en voyage de noces, n'est-ce pas… mon chéri ?

Elle tourna un regard suppliant vers Finn.

Mon chéri ? Elle l'appelait « mon chéri », à présent ?

— Tout à fait, mon amour.

Mon amour. C'était un joli terme d'affection. Très beau, même. Et en l'entendant dans cette bouche, elle faillit se décomposer au beau milieu de la salle à manger des Crawford, parce que, une fois encore, elle ne savait plus ce qui était vrai et ce qui ne l'était pas.

— Dans ce cas, allons au bowling tous ensemble, suggéra Knox avec un sourire ironique.

— Ne dis pas n'importe quoi, répliqua Finn. Nous allons attendre un peu pour notre lune de miel, mais nous n'allons pas débuter notre nuit de noces par une partie de bowling de citrouille en famille.

— D'accord. Où allez-vous, alors ? demanda Knox.

Finn fit mine de faire durer le suspense. Un peu trop longtemps.

— Vous n'avez qu'à aller au Maverick Manor. Dans la suite nuptiale ! s'exclama Maximilian en tapotant l'écran de son téléphone. Je m'occupe de la réservation.

Avery fut submergée par un sentiment de panique. Elle ne pouvait pas passer une nuit avec Finn dans une suite nuptiale ! Pas si elle voulait s'en tenir à l'accord qu'ils avaient conclu.

— Qu'est-ce que le Maverick Manor ? demanda-t-elle, même si elle redoutait la réponse qu'on allait lui apporter.

— Le nouvel hôtel de Rust Creek, répondit Hunter. Rustique, mais luxueux. C'est vraiment très beau. Il y a dans le hall une cheminée si grande que l'on pourrait y tenir debout. Et, depuis les chambres, on a une vue spectaculaire sur les montagnes.

— C'est très romantique, intervint Sarah. Le lieu idéal pour une nuit de noces. Je suis sûre que tu vas adorer.

Désemparée, elle se tourna vers Finn, observant ses larges épaules, ses mains robustes, sa bouche qu'elle ne pouvait se retenir d'embrasser, de préférence aux moments les plus inopportuns. Après quoi elle se concentra sur Maximilian qui souriait jusqu'aux oreilles.

Quelle jeune mariée refuserait la suite nuptiale du plus bel hôtel de la ville ?

Une fausse jeune mariée.

Elle se sentit soudain prise au piège. Et totalement épuisée. Elle était mariée depuis à peine deux heures, et se rappeler qu'elle ne devait pas tomber amoureuse de son mari était déjà devenu un travail à plein temps. Peut-être était-ce une bonne chose qu'elle ait perdu son emploi.

— Merci, Maximilian, dit-elle. C'est très gentil de votre part.

Elle prit une profonde inspiration. Passer une nuit chaste dans un luxueux hôtel avec Finn ne pouvait pas être si difficile. Elle devrait y arriver.

Avery ne savait pas ce que Maximilian avait dit aux employés du Maverick Manor, mais Finn et elle furent accueillis en grande pompe et dans une ambiance extrêmement romantique.

— Félicitations, monsieur et madame Crawford ! leur lança une jolie blonde à l'instant même où ils entraient dans le hall.

Ils ne s'étaient même pas présentés ! Maximilian était-il allé jusqu'à envoyer des photos d'eux pour préparer leur arrivée ? Le père de Finn étant à l'évidence un homme d'excès, cette hypothèse n'était pas exclue. D'un autre côté, Rust Creek Falls était une petite ville, et tout le monde dans un rayon de cent kilomètres semblait connaître Finn… parce qu'il était sorti avec toutes les femmes des environs.

Tout en se forçant à sourire, elle essaya d'effacer de son esprit l'image de la jolie réceptionniste dînant aux chandelles avec lui.

— Nous vous avons préparé un somptueux séjour, reprit la jeune femme. Pour demain, nous avons prévu un massage en couple dans le décor enchanteur de notre piscine couverte donnant sur les montagnes.

— Un massage en couple ? répéta Avery, sidérée. Ce ne sera pas nécessaire. Nous devons partir demain matin.

— Tu es sûre, ma chérie ? demanda Finn.

Il avait passé le bras autour de ses épaules et une douce chaleur l'avait aussitôt enveloppée.

— L'idée d'un massage en couple me paraît…

Il tourna vers elle un regard de braise.

— … sympa, conclut-il.

Elle connaissait ce regard. Plein de fougue et de passion. Cette expression sensuelle qu'elle avait tant aimée lors de la nuit qu'ils avaient passée ensemble dans l'Oklahoma.

Quelle femme n'aurait pas succombé ?

— M. Crawford a réservé la suite nuptiale pour trois jours, dit la réceptionniste, coupant court à ses pensées.

— Si seulement nous pouvions rester si longtemps, murmura Avery, le regard toujours plongé dans celui de Finn. Mais nous avons demain un rendez-vous que nous ne pouvons absolument pas annuler. N'est-ce pas, mon chéri ?

C'était là la stricte vérité. Même s'il ne le savait pas encore.

— Ah bon ? demanda-t-il en haussant un sourcil.

Sa première consultation avec un obstétricien devait avoir lieu le lendemain à 11 heures. Peu après le test positif, sa gynécologue de Dallas lui avait prescrit des vitamines et l'avait adressée à l'un de ses confrères. Mais comme son séjour à Rust Creek s'était prolongé, elle avait fini par chercher un médecin dans le Montana et pris rendez-vous la semaine précédente, avant que Finn apprenne l'existence du bébé.

— Oui, répondit-elle, espérant ainsi mettre un terme à cette embarrassante conversation.

— Juste une nuit, alors ? demanda la réceptionniste en faisant passer son regard de l'un à l'autre.

— Juste une nuit, répondit Finn avec un air de regret qui paraissait si sincère qu'Avery sentit son cœur se serrer douloureusement.

— Très bien. L'équipe du Maverick Manor sera présente pour rendre votre séjour aussi agréable que possible. N'hésitez pas à faire appel à nous si vous avez besoin de quoi que ce soit.

Le regard accueillant était devenu nostalgique. Avery ne s'était donc pas trompée. La réceptionniste avait bien figuré dans la liste des nombreuses jeunes femmes avec qui Finn était sorti.

Elle sentit la nausée monter tandis qu'elle le suivait jusqu'au dernier étage de l'hôtel. À la seconde même où Melba l'avait alertée sur la vie sentimentale débridée de Finn, elle aurait dû retourner à Dallas. Elle lui aurait appris sa paternité par lettre ou e-mail. Cela aurait été très lâche, naturellement, et il serait sans nul doute venu la trouver au Texas. Mais, au moins, elle aurait été dans un environnement familier. Ce qui lui aurait laissé une chance de se tirer de leur aventure d'un soir en préservant sa dignité. Et son cœur.

Mais elle était là. Dans le Montana. Avec une bague au doigt et un cœur exposé au risque sérieux d'être rapidement brisé en mille morceaux.

— Nous y sommes ! lança le groom en ouvrant une grande porte de bois.

Un parfum capiteux s'échappa de la somptueuse chambre, doux et fleuri. Jacinthe, peut-être. Cela avait toujours été sa fleur préférée. Et était-ce bien des pétales de roses qu'elle voyait par terre ?

Le regard rivé sur le sol, elle se figea, terrifiée par l'idée même de bouger. Heureusement, elle n'eut pas à le faire, car Finn la souleva dans ses bras par surprise pour lui faire passer le seuil de la chambre.

— Qu'est-ce que tu fais ? chuchota-t-elle.

— De quoi aurais-je l'air si je ne te portais pas pour te faire entrer dans la suite nuptiale, mon amour ? répondit-il d'une voix tout aussi basse.

Ils devaient avoir une petite conversation au sujet de ce nouveau surnom. Certes, il fallait qu'ils donnent le change pour que leur mariage soit crédible vu de l'extérieur, mais Finn ne devait pas oublier qu'elle était humaine. Elle avait des sentiments et, à cet instant précis, ces sentiments menaçaient de prendre totalement le dessus sur elle.

Par la faute de la biologie, certainement. N'était-elle pas chimiquement programmée pour être attirée par le père de son enfant ?

Oui ! C'était ça ! Rien à voir avec le sens de l'humour ou la générosité de Finn. Ou la façon dont il avait complètement chamboulé sa vie pour le bien du bébé.

Ou sa volonté de rester avec elle au moment où sa propre famille lui avait tourné le dos. Ou sa manière de la regarder, comme s'il avait juste essayé de tuer le temps avec toutes ces autres femmes en attendant qu'elle revienne dans sa vie.

Et ainsi de suite.

La liste semblait s'allonger à l'infini.

Après avoir déposé leurs bagages, le groom s'éclipsa discrètement. Elle était toujours dans les bras de Finn, dont le regard était désormais empreint d'une tendresse qui lui coupait le souffle. Pour essayer de se reprendre, elle détourna la tête. Ce fut alors qu'elle remarqua que la piste de pétales de roses menait à un immense lit couvert de draps blancs immaculés et faisant face à une baie vitrée qui offrait une vue spectaculaire sur les montagnes. Le soleil commençait tout juste à se coucher à l'horizon, baignant les trembles jaunes d'une douce lumière cuivrée. Leurs feuilles scintillaient comme des pièces d'or et tout était si beau qu'elle dut fermer les yeux pour empêcher ses sens d'être submergés par cette ambiance romantique.

Quand elle finit par les rouvrir, Finn la regardait, comme s'il attendait quelque chose. Allait-il finalement la reposer au sol ?

— Si tu fais une blague sur mon poids maintenant, je ne te le pardonnerai jamais, lui dit-elle en souriant.

Elle voulait alléger un peu cette ambiance qui lui paraissait soudain beaucoup trop intime.

— Je ne me le permettrais pas, assura-t-il en plissant les yeux avant d'arrêter son regard sur sa bouche. Tu ne t'imagines même pas combien tu es belle. La grossesse te va à ravir.

— Merci, répondit-elle d'une voix tendue en se dégageant de son étreinte pour se remettre maladroitement sur ses pieds.

Afin de se donner un peu d'espace, elle s'éloigna de lui d'un grand pas et fit comme si elle ne remarquait pas que l'expression de son visage s'assombrissait.

— Je suis fatiguée, dit-elle. Je vais me reposer.

— Eh bien… d'accord. Tu n'as qu'à t'allonger sur les draps. Tout habillée.

Tout en se massant la nuque d'un air embarrassé, il jetait des regards anxieux dans toutes les directions. Sauf dans la sienne.

C'est à ce moment-là qu'elle aurait dû lui révéler la vérité, arrêter de feindre qu'elle n'avait pas de sentiments pour lui. Cela aurait été tellement facile. Pas besoin de dire quoi que ce soit. Il lui aurait suffi de se hausser sur la pointe des pieds pour l'embrasser doucement sur la bouche. Il aurait compris. Il savait probablement déjà.

Seulement, elle ne pouvait pas faire ça. Elle ne pouvait pas s'exposer de cette façon. Les dernières vingt-quatre heures avaient été une véritable souffrance. Elle avait perdu son emploi. Elle avait perdu sa famille. Elle ne pouvait pas perdre Finn aussi, et c'était exactement ce qui se passerait si elle lui avouait son amour et se rendait compte ensuite qu'il ne l'aimait pas en retour.

— D'accord, dit-elle. Au fait, j'ai bien un rendez-vous médical demain, à 11 heures. Si tu veux venir avec moi. C'est pour le bébé.

— Pour le bébé ? Bien sûr que je viendrai.

Sa voix était plate. Dépourvue de vie.

Ne se sentant pas en mesure de parler, elle se contenta de hocher la tête.

— Ça va, princesse ? demanda-t-il d'une voix qui semblait avoir repris un peu de vigueur.

— Oui. Juste fatiguée.

Très fatiguée, même. De penser à son impitoyable père, de se demander quel genre de mère elle serait, de faire comme si la nuit dans l'Oklahoma n'avait rien signifié pour elle. Mais surtout, elle était fatiguée de faire semblant. Parfois, elle avait l'impression que toute sa vie s'était résumée à ça depuis son arrivée dans le Montana : faire semblant de ne pas être enceinte, de ne pas avoir de sentiments pour Finn et, à présent, d'être une jeune mariée comme les autres.

— Viens, dit-il en tapotant le lit. Allonge-toi. Je n'ai jamais mordu personne, tu sais ?

Il souriait, mais c'était le sourire le plus triste qu'elle ait jamais vu sur son visage.

Après avoir ôté ses bottes, elle se coucha en chien de fusil, les mains bien calées sous l'oreiller pour ne pas être tentée… d'aller les promener sur le corps de Finn. Elle ferma les yeux, et juste quand elle commençait à sombrer dans le sommeil elle sentit le lit s'affaisser sous le poids de Finn.

Des larmes lui vinrent aux yeux, mais elle ne savait pas pourquoi elle pleurait. La seule chose qu'elle savait, c'était qu'elle avait mal de le savoir si près d'elle et de ne pas pouvoir le toucher. L'espace qui les séparait semblait alourdi par toutes les choses qu'ils ne pouvaient se dire et faire.

Dans l'Oklahoma, ils étaient tombés sur le lit en s'embrassant passionnément. Malgré les martinis, elle se souvenait parfaitement de chaque détail de cette soirée. Le délicieux frisson qui avait parcouru son corps au moment où elle avait glissé les mains sous la chemise de Finn. Ses yeux qui s'étaient assombris quand il avait regardé son corps nu pour la première fois. Le grognement de plaisir qu'il avait poussé en s'enfonçant en elle.

Elle se souvenait de tout comme si c'était hier. S'en souvenait-il, lui aussi ?

— Princesse ?

Évidemment qu'il s'en souvenait.

La seule chose qu'elle avait à faire était de se tourner vers lui. Elle n'aurait même pas à prononcer le moindre mot. Tout ce qu'elle ressentait serait clairement inscrit dans son regard. Tant de désir et, malgré les circonstances complètement folles, tant d'espoir.

Mais elle ferait alors la plus grosse erreur de sa vie.

Pour résister à l'envie de lui répondre, elle se mordit la lèvre, ferma les yeux et ne bougea pas.

Après quoi, elle laissa le lourd silence et le doux parfum de rose la porter dans les bras de Morphée.

- 11 -

Quelques heures plus tard, Finn contemplait le plafond, allongé sur le canapé. Trop énervé pour dormir ou trop excité ? Les deux, probablement, mais il n'aurait su dire ce qui le dérangeait le plus.

Avery avait envie de lui. Il le voyait bien. Quelque chose la retenait pourtant, et il aurait aimé savoir quoi exactement. Seulement, il ne voulait pas la brusquer. Elle était sa femme, à présent, et elle était enceinte. Compte tenu de ces circonstances, c'était à lui qu'incombait le fardeau de la patience, d'où son initiative de dormir sur le canapé.

Mais il s'était passé quelque chose entre eux quand ils étaient arrivés dans cette suite. Ou du moins était-ce l'impression qu'il avait eue. Ne pas savoir quoi le rendait fou.

Le regard rivé sur les poutres apparentes, il se repassait en boucle chaque instant depuis leur arrivée au Maverick Manor. Et même avant.

La suite était magnifique, avec son mur en pierre et cette immense baie vitrée qui donnait sur les montagnes. Quelques heures plus tôt, l'air était lourd de désir. Et à présent…

À présent, rien.

Agacé, il se redressa et se passa la main dans les

cheveux. S'endormir lui semblait être la tâche la plus difficile du monde !

À pas de loup, il se rendit dans la salle de bains, qui comprenait un jacuzzi et une gigantesque douche conçue pour deux. Il n'avait pas besoin de fermer les yeux pour rêver d'Avery, magnifique dans sa nudité, de la vapeur d'eau caressant son corps, des petites gouttes scintillant au bord de ses cils comme des étoiles… Parfois, il avait l'impression de ne voir qu'elle, jour et nuit.

Ce qui commençait à l'agacer sérieusement. Il fallait qu'ils aillent de l'avant et qu'ils couchent ensemble ! Cela leur permettrait de passer à autre chose. À partir de là, ils pourraient s'occuper de l'arrivée de leur bébé l'esprit tranquille. Du moins était-ce ainsi qu'il espérait que les choses se dérouleraient.

Il n'avait pas l'habitude qu'une femme occupe à ce point ses pensées. Il se trouvait sur un terrain nouveau et étrange, et il ne savait pas bien comment réagir. Ce bébé avait tout changé. C'était évident.

Cependant…

Avery occupait ses pensées depuis l'Oklahoma, soit bien avant qu'il sache qu'elle portait son enfant. Instinctivement, il avait donc dû le deviner. C'était la seule explication.

Ou la seule qu'il était disposé à admettre.

Avery dormit comme un loir. Les événements des dernières quarante-huit heures l'avaient épuisée. Quand elle se réveilla, le soleil se déversait à flots à travers la grande baie vitrée et Finn, assis sur le canapé, arborait un air renfrogné.

— Tu es resté là toute la nuit ? demanda-t-elle.

Il avait une mine épouvantable. Il n'avait rien perdu de son époustouflante beauté, mais il y avait sous ses yeux des marques sombres qu'elle n'avait jamais vues auparavant. Et son teint était beaucoup plus pâle que de coutume.

— Bonjour. Tout va bien pour moi, ne t'inquiète pas, répondit-il d'une voix tendue. Je t'ai commandé un déca.

Il désigna la table de chevet, où se trouvait en effet un latte à la mousse généreuse et appétissante. En le voyant, elle sentit sa culpabilité décupler.

Il aurait dû rester près elle. Le lit était de toute façon si grand qu'ils auraient pu s'étendre en croix sans même se toucher !

Mais auraient-ils réussi ?

Peut-être pas. La dernière fois qu'elle avait passé une nuit dans le même lit que lui, elle s'était réveillée convaincue du fait qu'elle devait l'épouser.

— Merci, murmura-t-elle en prenant une gorgée de son latte.

Cannelle, son préféré.

— Tu m'as dit que ton rendez-vous médical était à 11 heures, c'est bien ça ? s'enquit Finn.

Elle acquiesça.

Il se leva du canapé, mit son stetson et prit son sac.

— Il faut qu'on parte dans une demi-heure. Je t'attends en bas, dit-il.

Et il sortit en refermant la porte derrière lui.

Drôle de nuit de noces, songea-t-elle, dépitée.

Elle ne pouvait s'en prendre qu'à elle-même, cela dit. Elle avait été très claire sur les conditions de ce mariage dès le départ : pas de sexe. Et comme Finn avait approuvé, elle n'avait donc aucune raison de se sentir coupable. Enfin, en dehors de la mauvaise mine qu'il affichait ce matin, alors qu'elle-même se sentait parfaitement reposée. Et peut-être de l'idée qu'elle avait totalement brisé l'ambiance dès l'apparition de la première étincelle de sensualité.

Oh ! Finn s'en remettrait certainement. Il ne pouvait pas rester de mauvaise humeur éternellement, si ?

Après s'être lavée et habillée, elle le retrouva en bas comme il le lui avait demandé. Tout en lui souriant poliment, il prit son bagage et l'aida à monter dans le pick-up, mais elle voyait bien que quelque chose n'allait pas. En dépit de sa gentillesse et de sa prévenance, il ne la regardait pas. Elle aurait dû s'en réjouir. Après tout, c'était exactement le genre d'arrangement qu'elle avait souhaité. Pas de pression. Pas de sexe.

Pourtant, elle se sentait curieusement déçue.

Quand il se gara devant le cabinet de l'obstétricien et lâcha le volant, elle dut se faire violence pour ne pas lui prendre la main et entrelacer leurs doigts. Elle s'était habituée au contact de son corps, ces derniers temps, et il lui semblait étrange de se trouver si près de lui sans sentir la chaleur de sa peau contre la sienne. Cela lui manquait bien plus qu'elle n'aurait voulu l'admettre.

Bear's Paw, la ville où se trouvait le cabinet, était située à mi-chemin entre Rust Creek Falls et Billings. Suffisamment loin pour leur garantir un minimum d'intimité. Il ne lui restait plus qu'à espérer que Finn ne soit sorti avec aucune des femmes qui travaillaient dans le bâtiment.

Pour la première fois depuis leur mémorable dispute à Great Gulch, elle songea au fait que le père de Finn avait été prêt à offrir un million de dollars pour voir se réaliser son vœu de marier ses six fils. Cela paraissait complètement fou. Mais tout bien considéré, Maximilian Crawford était le genre d'homme à toujours obtenir ce qu'il voulait, quoi qu'il lui en coûte.

Peut-être n'aurait-elle pas dû se montrer si prompte à juger Finn pour être sorti avec la moitié des célibataires du Montana. Il lui avait assuré que ces rendez-vous arrangés n'avaient eu aucune importance à ses yeux. D'un autre côté, cela ne faisait qu'empirer les choses. Sa détermination à prouver qu'on ne lui passerait jamais la bague au doigt était telle qu'il s'était comporté comme un enfant gâté. Et à présent, il était là, dans la situation qu'il avait tout fait pour éviter : marié.

Elle avait le sentiment de n'être rien de plus qu'un lot de consolation. Pourtant, elle ne rêvait que de lui prendre la main.

Le bâtiment était situé face à un parc entouré de commerces de proximité. Décidément, les petites villes pleines de charme ne manquaient pas, dans le Montana. Élever un enfant ici serait bien différent que de le faire à Dallas. À cette pensée, elle sentit sa gorge se nouer, mais elle n'aurait su dire pourquoi.

— Nous y sommes, dit-il.

— Oui, nous y sommes, répondit-elle d'une voix tremblante.

Et pour la première fois depuis le moment où il l'avait prise dans ses bras la veille, il la regarda. Vraiment.

— Hé, murmura-t-il en prenant son visage entre ses mains.

Le sentiment de soulagement provoqué par ce contact fut tel qu'elle faillit en pleurer.

Allait-elle vraiment devoir supporter ces crises émotionnelles à répétition encore cinq mois ? Elle commençait vraiment à en avoir assez.

— C'est cette consultation qui t'inquiète ? demanda-t-il en lui caressant doucement la joue du bout du pouce.

Oui. Car malgré son récent succès avec la petite chèvre, elle ne savait pas du tout où elle allait. Avec tous ces chamboulements dans sa vie… Et si le stress qu'ils avaient occasionné avait eu un impact sur la santé du bébé ?

Si une telle chose s'était produite, elle ne pourrait jamais se le pardonner.

— J'ai un peu peur, oui, avoua-t-elle.

Doucement, il appuya le front contre le sien et, quand leurs regards se croisèrent, la glace sembla légèrement se briser entre eux.

— Écoute-moi. Tout va bien se passer, d'accord ?

— D'accord, répondit-elle en hochant la tête.

La présence de Finn rendait cette affirmation plus facile à croire. Si un problème survenait, au moins, elle n'aurait pas à l'affronter toute seule.

À cette pensée, elle sentit son cœur se serrer. Être coupée de sa famille n'avait jamais été aussi douloureux qu'à cet instant. S'il s'avérait qu'elle ou le bébé avait des problèmes de santé, ses parents la laisseraient s'occuper de tout toute seule. Elle avait du mal à y croire.

Elle n'avait pas encore posé les yeux sur son enfant,

et elle n'arrivait même pas à s'imaginer le laisser dans cette position. Seul. Totalement seul.

Sauf que Finn était là, comme il le lui avait promis.

Une promesse dont elle venait tout juste de prendre la pleine mesure.

Quelques minutes plus tard, elle se trouvait allongée sur une table d'examen. Assis à côté d'elle, le visage impassible, Finn avait le regard rivé sur un écran. Il y avait toujours entre eux une certaine tension.

Il était en colère et elle comprenait bien pourquoi. Elle s'était montrée très maladroite quand elle lui avait révélé qu'il allait être papa, et elle en payait le prix. Ce n'était pas parce qu'il avait semblé si pressé de lui passer la bague au doigt qu'il lui avait pardonné.

Ou qu'il était amoureux d'elle.

Toutefois, elle était tellement heureuse qu'il soit assis à côté d'elle qu'elle en avait les larmes aux yeux.

— Très bien, voyons ce petit bébé ! lança le médecin en souriant avant de couvrir son ventre d'un gel froid.

Il y passa ensuite l'appareil et sur l'écran apparurent des ombres mouvantes, dans diverses nuances de gris.

L'obstétricien confirma ce qu'ils savaient déjà : la date de conception coïncidait parfaitement avec la nuit qu'ils avaient passée ensemble dans l'Oklahoma. Mais ce qu'elle souhaitait par-dessus tout était une image nette de son bébé. Or elle n'arrivait pas à discerner quoi que ce soit dans les formes floues à l'écran…

Soudain, elle retint son souffle. Un délicat profil venait d'apparaître. Puis la forme d'un petit pied, avec cinq minuscules orteils.

— Puis-je vous révéler le sexe ou préférez-vous garder la surprise ? demanda le médecin.

— Dites-nous, répondit-elle.

Il y avait déjà eu suffisamment de surprises comme ça.

— Alors voici votre petite fille, dit le médecin en souriant.

Finn se tourna vers elle, et tous les non-dits qu'il y avait entre eux, toutes les peurs, tous les doutes semblèrent disparaître comme par magie.

Une petite fille.

Leur fille.

- 12 -

Avery se sentait soulagée que l'échographie ait dissipé une partie de la tension qu'il y avait entre Finn et elle. Une semaine plus tard, ils s'entendaient toujours si bien que les Crawford semblaient sincèrement persuadés qu'ils étaient amoureux. Même Melba et Gene étaient tombés dans le panneau et, à leur retour à Rust Creek Falls, ils les avaient copieusement félicités et leur avaient adressé tous leurs vœux de bonheur.

Ils s'étaient installés dans la suite qu'occupait Finn au Ambling A et qui s'était jusqu'ici révélée suffisamment spacieuse pour qu'ils puissent chacun évoluer dans leur espace personnel. Elle dormait dans son lit, un grand lit en bois rustique dont les draps embaumaient le santal, le foin et le cuir. L'odeur de Finn.

Quant à lui, il passait ses nuits sur un grand canapé de cuir, suffisamment loin pour éviter tout contact physique accidentel, et suffisamment près pour qu'elle s'habitue à son souffle régulier dans le noir. Il ne l'avait pas touchée depuis qu'ils s'étaient installés là, même pas pour la prendre dans ses bras ou déposer un chaste baiser sur sa joue, alors, d'une certaine façon, l'entendre dormir si près d'elle lui permettait de se sentir un peu moins seule. Un peu moins comme une étrangère en territoire Crawford.

Ils ne pourraient pas se priver de gestes d'affection bien longtemps. En tout cas s'ils voulaient que les autres restent convaincus qu'ils s'étaient mariés par amour. Mais pour l'instant, tout allait bien.

Au moment où Finn et elle rejoignirent le reste du clan Crawford à la soirée d'Halloween organisée par la ville, Avery en était presque venue à croire qu'elle maîtrisait suffisamment ses émotions pour assumer une exposition publique prolongée.

La soirée avait lieu dans le gymnase du lycée, décoré pour l'occasion d'épouvantails, guirlandes orange et noires et fausses toiles d'araignées. Comme promis, Melba avait apporté ses fameuses pommes au caramel, et les enfants, habillés en fantômes, ballerines ou superhéros, s'en étaient à l'évidence déjà délectés, à en juger par leurs mentons poisseux.

À observer la scène, Avery ne put s'empêcher de sourire. Elle n'avait jamais assisté à une soirée telle que celle-ci, y compris quand elle était enfant. Elle ne se souvenait même pas être allée chercher des bonbons chez ses voisins. Les soirées d'Halloween, à Dallas, étaient toujours synonymes de bals masqués guindés organisés par le maire au dernier étage d'un hôtel de luxe dominant la ville.

Mais c'était à ça qu'une soirée d'Halloween devait ressembler, songea-t-elle en observant le gymnase.

Wilder, tout enveloppé de bandages pour ressembler à une momie, s'approcha d'eux.

— Il était temps que les tourtereaux arrivent !

s'exclama-t-il en leur tendant une bière. Maintenant la bande est enfin réunie.

Et il n'exagérait pas. Les Crawford s'étaient installés au milieu de la salle et occupaient deux tables. Maximilian, et les trois frères de Finn accompagnés de leur épouse et de leurs enfants respectifs. Logan, Sarah et Sophia, leur bébé, Xander et Lily, Knox et Genevieve, Hunter et la petite Wren. Depuis le mariage éclair d'Avery et Finn, Wilder et Hunter étaient les seuls célibataires et aucun des deux n'était venu avec une cavalière.

Hunter et Wren avaient l'air du parfait couple père-fille d'Halloween, Wren vêtue d'une robe de princesse en tulle, Hunter portant sur le torse un carton recouvert d'une plaque de fer.

— Qu'est-ce que tu es censé être ? demanda Finn à son frère en jetant un regard dubitatif à son costume. Un robot ?

— Non, répondit Hunter, l'air profondément déçu.

— C'est un chevalier en armure, intervint Avery en adressant un clin d'œil à la petite Wren. C'est évident, voyons ! Avec ton papa, vous avez choisi des costumes assortis.

— Oui ! s'exclama Wren d'un air radieux. Je suis une princesse et papa est un chevalier !

— Je le vois bien, répondit Avery en réprimant un sourire tandis que Finn dévisageait Hunter en secouant la tête.

— Tu aurais tout de même pu trouver un costume plus convaincant, marmonna-t-il.

En guise de réponse, Hunter le fusilla du regard.

— Finn, laisse ton frère tranquille, dit-elle en lui donnant une tape sur le bras.

Quand elle réalisa ce qu'elle avait fait, elle se figea. Elle avait établi un contact et donc violé leur accord tacite.

Douloureusement consciente de la faible distance qui séparait leurs deux corps, elle croisa les bras, les décroisa, les croisa à nouveau. Le peu d'espace qu'il y avait entre eux lui semblait désormais chargé d'électricité.

Un frisson lui parcourut le dos alors qu'elle essayait de se concentrer sur ce que Hunter disait à Finn :

— J'ai fait du mieux que j'ai pu. Tu verras, quand tu auras des enfants.

À ces mots, Finn faillit s'étouffer avec sa bière.

— Vous avez prévu ça pour quand, d'ailleurs ? intervint Wilder.

Avery n'osa pas regarder Finn.

— Laissez-nous du temps, répondit-il.

Puis la conversation se porta sur des sujets plus anodins, et Finn glissa le bras autour de sa taille pour l'attirer contre lui.

De petits brasiers semblaient s'allumer sur la peau d'Avery au contact de ses mains. Son esprit lui disait de s'écarter, de se protéger… mais son corps tenait un tout autre discours. Chaque parcelle d'elle semblait revivre en retrouvant une proximité physique avec l'homme qu'elle avait épousé. L'homme qu'elle commençait à aimer bien plus qu'elle ne l'aurait souhaité.

Leurs regards se rencontrèrent. Finn fixa ses lèvres un court instant et se hâta de détourner le regard.

C'était juste pour donner le change. Elle ne devait pas l'oublier. Ils étaient de jeunes mariés. La famille de Finn les regardait. Toute la ville les regardait. Il fallait qu'ils soient crédibles. D'ailleurs, c'était pour cette raison qu'ils étaient venus en costumes de mariés.

Elle regrettait juste que les choses paraissent si réelles.

— Avery, dit soudain Wren en tirant sur la manche de sa robe pour attirer son attention.

— Oui, ma chérie.

— Tonton Finn et toi venez de vous marier, hein ?

— Oui.

La petite fronça les sourcils.

— Alors pourquoi tu n'as pas organisé une grande fête, avec une belle robe blanche pour toi ?

Avery sentit son cœur se serrer. Et son costume de mariée n'arrangeait rien. Elle avait plus que jamais l'impression d'être un imposteur.

— Tu sais, tout le monde n'organise pas de grand mariage, ma puce. Ce qui compte, c'est de trouver quelqu'un que tu aimes et qui t'aime en retour.

— Comme dans les contes de fées ? demanda Wren.

Incapable de parler, Avery se contenta d'acquiescer.

— La vie est parfaite quand on est une princesse ou une mariée, affirma la petite en joignant les mains devant elle comme si elle tenait un bouquet de mariée.

Parfaite ?

Pas vraiment, songea Avery. Elle était elle-même une mariée, et sa vie n'était pas parfaite pour autant. Parfois, elle aurait préféré ne jamais avoir envisagé de faire de son mariage avec Finn un mariage de raison. Pourquoi ne pas avoir essayé de faire fonctionner les choses plus… naturellement ? Ils allaient avoir un bébé ensemble, tout de même.

— J'ai hâte de me marier, murmura Wren, rêveuse, avant de s'éloigner dans un tourbillon de tulle.

Avery la regarda. Il lui semblait qu'elle venait d'avoir une conversation avec elle-même quand elle était petite.

Avait-elle jadis été aussi innocente et rêveuse que Wren ?

Oui. Et malgré tout, une part d'elle, celle pleine d'espoir et d'optimisme qui semblait toujours renaître de ses cendres chaque fois qu'elle posait les yeux sur Finn, l'était toujours.

Seulement, elle n'était plus une petite fille. Cela faisait des années qu'elle avait cessé de croire aux contes de fées, et Finn n'avait jamais cherché à prétendre qu'il était son prince charmant. Il s'était toujours montré très honnête concernant ce qu'il attendait de leur relation. Pas pour la vie, juste pour une nuit. Jusqu'à ce qu'il apprenne pour le bébé. Dommage que les petites filles soient programmées pour placer la barre si haut.

La vraie vie était rarement aussi parfaite que Wren le croyait.

Avery avait disparu.

Finn l'avait vue bavarder avec Wren et, un instant plus tard, il s'était tourné de nouveau et elle n'était plus là.

Fronçant les sourcils, il observa la piste, où son père cherchait en vain à convaincre Melba Strickland de danser avec lui. Pas d'Avery.

Il se tourna alors vers l'aire de jeu. Wren, Lily,

Genevieve et Sarah participaient à une course en sac. Et toujours pas la moindre trace d'Avery.

— Qu'est-ce qui t'arrive ? lui demanda Hunter.

— Je ne trouve plus Avery.

— Elle était là il y a quelques minutes, lui répondit son frère en haussant les épaules. Elle a dû aller se chercher une bière au bar.

Avery ne buvait pas, puisqu'elle était enceinte.

— Je vais la chercher, dit-il.

D'un pas précipité, il se mêla à la foule, à l'affût. Un sentiment de panique commençait à monter en lui.

S'il leur était arrivé quelque chose, à elle ou au bébé ?

Elle serait venue le trouver si elle ne s'était pas sentie bien, non ?

Il frappa à la porte des toilettes des femmes. Personne. À l'évidence, elle n'était plus dans le gymnase.

Une décharge d'adrénaline le traversa, causant une étrange douleur dans sa poitrine. Il fallait qu'il la retrouve. Vite.

Il quitta le gymnase sans dire au revoir à qui que ce soit. S'il devait expliquer aux membres de sa famille pourquoi il était si désespéré de la retrouver, il lui faudrait dévoiler qu'elle était enceinte. Or il lui avait promis d'attendre pour en parler. Pourtant, s'il ne la trouvait pas devant le bâtiment ou sur le parking, il allait devoir demander de l'aide à quelqu'un. Elle n'avait tout de même pas pu se volatiliser.

Quand il poussa les portes du gymnase, la pleine lune baignait la rue d'une douce lumière ambrée.

Et Avery était là. Tellement belle au clair de lune… Assise sur une balançoire dans le petit parc, elle ressemblait encore plus à une mariée que le jour de leurs noces.

Le soulagement fut intense. Il était beaucoup trop heureux de l'avoir retrouvée pour se permettre de lui en vouloir d'avoir disparu comme ça. Tout sourire, il se précipita vers elle, mais soudain quelqu'un lui barra le passage. Une femme. Non. Une sorcière.

— C'est mon jour de chance, dit-elle en relevant les yeux vers lui sous son chapeau pointu noir.

Il n'avait aucune idée de qui était cette jeune femme, mais la robe qu'elle portait paraissait beaucoup trop sexy pour les lieux. N'avait-elle pas compris qu'il s'agissait d'une soirée familiale ?

— Excusez-moi, il faut que j'aille…

Il pointa du doigt le petit parc, au moment où Avery relevait la tête vers lui.

— Tu es Finn Crawford ? Enfin je te trouve. Ça fait des jours que j'essaie de te mettre la main dessus.

— Quoi ? s'exclama-t-il en quittant des yeux Avery pour mieux observer la jeune femme. Je suis désolé, mais je ne crois pas vous connaître.

— Nous ne nous connaissons pas encore, mais Viv Dalton m'a assuré que tu serais ravi de faire ma connaissance. Je suis Natalie.

Tout en faisant papillonner ses faux cils, la sorcière posa une main sur son torse.

D'un geste doux mais ferme, il l'en écarta.

— Je pense qu'il y a un malentendu, mademoiselle.

Ce devait être la femme qui l'avait harcelé au téléphone quelques jours plus tôt, celle qui avait appelé au Ambling A et parlé à son père.

— Je ne sors plus avec personne. Je viens de me marier.

— Alors ce n'est pas juste un costume ? dit-elle en observant son smoking d'un air contrarié. Quel dommage !

— Encore une fois, je suis désolé. Je vous laisse. Il faut que j'aille retrouver ma femme.

Il se retourna vers le parc, mais l'aire de jeu était désormais déserte. La balançoire continuait de se balancer, comme si un fantôme y était resté.

Avery avait de nouveau disparu.

Paniqué, il se mit à courir vers le parc. Elle ne pouvait pas être allée bien loin.

— Avery ! Avery, où es-tu ?

Il la retrouva au coin de la rue, s'éloignant furieusement du gymnase, le voile de sa robe de mariée flottant derrière elle.

— Avery, dit-il au moment où il la rattrapa. Tu es là. Je me suis fait un sang d'encre.

Tout en levant les yeux au ciel, elle continua d'avancer et ce ne fut qu'au moment où ils passèrent sous un lampadaire qu'il remarqua le mascara qui avait coulé sous ses yeux. Il sentit alors son cœur se serrer.

Elle avait pleuré.

— Où vas-tu ? Qu'est-ce qui ne va pas ?

— Je retourne à la pension, répondit-elle.

Elle continua de marcher en direction de Cedar Street, où l'on pouvait voir la vieille demeure victorienne se profiler dans le lointain.

Un sentiment de panique le prit à la gorge, si violent qu'il lui sembla manquer d'air.

— Quoi ? Mais pourquoi ?

— Citrouille me manque et je n'ai aucune envie de te voir, répliqua-t-elle avant de s'arrêter brusquement pour le foudroyer du regard. Je préfère la compagnie d'une petite chèvre à la tienne, pour le moment.

— À cause de la sorcière ?

Elle était en colère, c'était certain, mais derrière la fureur qui embrasait ses grands yeux de biche, il discernait également de la souffrance.

— Avery…

Tout en secouant la tête, il enfonça les mains dans ses poches pour ne pas céder à la tentation de la serrer dans ses bras. Plonger les mains dans ses cheveux et l'embrasser à pleine bouche, violant ainsi ouvertement l'accord qu'ils avaient passé.

— Princesse, elle n'est personne pour moi. C'est juste l'une des femmes avec qui Vivienne Dalton voulait m'organiser un rendez-vous il y a un moment de ça. Mais c'était après que je découvre que tu étais ici. Alors, évidemment, j'ai refusé.

Elle le regarda un court instant avant de se détourner. Manifestement, elle ne voulait même plus le voir.

— Si tu t'étais trouvée plus près, tu m'aurais entendu dire à cette femme que j'étais marié et que je n'avais pas le temps de discuter parce que je devais te rejoindre, toi.

Elle se redressa et se mit à le dévisager comme si elle lisait en lui.

— Je ne suis pas jalouse, si c'est ce que tu penses.

Menteuse.

Il ne se risqua pas à rire, mais la tentation était grande.

— C'est vrai, ce mensonge ?

— D'accord. Peut-être un peu, avoua-t-elle. Un tout petit peu.

— Je vois.

Il hocha la tête et le flux d'adrénaline qui traversait son corps se changea en quelque chose de bien plus familier, bien plus dangereux en ces circonstances. Du désir.

— Donc, tu retournes à la pension parce que me voir parler à une autre femme t'a rendue jalouse.

Instinctivement, il s'approcha d'elle. Il avait besoin de sa douceur. Sa chaleur.

— Malgré le fait que tu refuses catégoriquement de coucher avec moi, ajouta-t-il.

En guise de réponse, elle écarta légèrement les lèvres et, quand elle les humecta du bout de la langue, il sentit aussitôt son sexe durcir.

Après quoi, elle releva fièrement le menton, comme pour lui prouver qu'elle ne changerait pas d'avis, même s'ils savaient l'un comme l'autre qu'elle se battait contre des moulins à vent. Qu'elle avait tout autant envie de lui que lui d'elle.

— Je t'ai déjà dit pourquoi je rentrais, dit-elle. Citrouille me manque.

— Tout ça pour une chèvre ?

Il ne la croyait pas une seule seconde.

— Oui, répondit-elle après avoir longuement soupiré. Entre autres. Il y a aussi eu cette discussion avec Wren, qui m'a demandé pourquoi nous n'avions pas fait un grand mariage. Elle m'a dit qu'elle avait hâte de se marier, comme moi. Et j'ai juste… Je ne peux pas…

Des larmes se mirent à couler sur ses joues, scintillant comme des diamants au clair de lune.

— Qu'est-ce qu'on fait, Finn ?

Il lui avait fait une promesse quand elle avait accepté de l'épouser et il était déterminé à tenir parole, même s'il devait pour cela endurer toutes ces souffrances.

Avait-elle la moindre idée du nombre de fois où il avait failli échouer ? Chaque minute, il lui fallait résister à la tentation de lui prendre la main, poser la paume sur son ventre pour sentir la vie qui grandissait en elle, la vie qu'ils avaient créée ensemble. Sans parler de toutes les caresses qu'il rêvait de lui offrir quand il dormait seul sur son triste canapé.

Il plongea le regard dans le sien, comme si cela pouvait suffire à lui faire comprendre à quel point il avait envie d'elle. En permanence.

Elle était sienne. Elle avait toujours été sienne. En était-elle consciente ?

Tant pis !

Il ne pouvait plus continuer ainsi, et manifestement elle non plus. Il était temps d'oublier leurs règles idiotes et de se montrer honnêtes l'un envers l'autre.

— Ça, murmura-t-il en prenant doucement son visage entre ses mains. Voilà ce que nous faisons.

Et il effleura ses lèvres pour un baiser d'une douceur totalement contradictoire avec le tumulte qui faisait rage en lui. Il ne voulait pas s'imposer et il avait besoin d'une confirmation que c'était bien ce qu'elle voulait aussi, même si elle faisait tout pour prétendre le contraire.

Cette confirmation prit la forme d'un soupir langoureux. Fougueusement, elle passa ensuite les mains autour de son cou avant d'enfoncer les ongles dans son dos. Et elle l'embrassa avec tellement d'ardeur qu'il vit des étoiles danser.

Ça, c'était son Avery. Sa princesse.

Après cela, il n'y eut plus d'autres pensées, plus d'autres règles, plus d'autres murs.

La faisant basculer dans ses bras, il la porta jusqu'à son pick-up, sans se soucier de qui pouvait les voir.

Il était temps d'emmener sa femme dans un lit.

- 13 -

On ne devrait pas faire ça.

Ces mots ne cessaient de tourner en boucle dans l'esprit d'Avery tandis que Finn et elle montaient tant bien que mal l'escalier du Ambling A, en s'embrassant et en jetant leurs vêtements sur leur passage.

Heureusement, le reste de sa famille était resté au gymnase. Car le désir qu'elle éprouvait pour Finn était tel en cet instant qu'elle ne pensait pas qu'elle aurait pu s'arrêter pour qui ou quoi que ce soit.

On ne devrait pas faire ça.

Finn la plaqua fougueusement contre le mur, juste devant sa chambre, et il traçait désormais un chemin de baiser le long de sa gorge. Adossée à la cloison, elle enfonça passionnément les doigts dans ses cheveux tandis qu'il se mettait à embrasser ses seins sensuellement.

On ne devrait vraiment pas faire ça.

Mais s'arrêter ne faisait même pas partie du domaine des possibilités. Ce qu'ils devaient ou ne devaient pas faire n'importait plus. Le désir qu'elle sentait en elle était lancé comme un train à pleine puissance. Elle avait besoin de cela. Elle en avait tellement besoin depuis tellement longtemps… Il lui semblait qu'une éternité s'était écoulée depuis que Finn l'avait allongée sur les douces couvertures de ce lit dans l'Oklahoma et s'était enfoncé en elle pour la première fois.

La seule fois.

Comment était-ce possible ? Elle était faite pour cela. Faite pour lui. Ils se complétaient comme les deux moitiés d'un tout et, depuis qu'ils s'étaient séparés en cette étrange et triste matinée à Oklahoma City, elle ne s'était plus jamais sentie complète. Durant ces longs mois, elle avait eu le sentiment qu'une immense partie d'elle-même lui manquait, loin d'elle, hors de sa portée.

Et puis…

Et puis elle avait compris qu'elle était enceinte et elle avait fini par se convaincre que c'était la raison pour laquelle elle se sentait si différente. Elle n'était pas amoureuse de Finn. C'était impossible. Ils se connaissaient à peine. La seule chose dont elle était certaine à ce moment, c'est qu'il s'agissait d'un Crawford et que son père ferait certainement une crise cardiaque s'il venait à apprendre qu'ils avaient couché ensemble.

C'était ce qu'elle s'était dit quand elle avait mis de côté ses jupes crayon et empaqueté son tapis de yoga pour prendre la route de Rust Creek Falls. L'amour n'avait rien à voir avec ce bouleversement émotionnel qu'elle ressentait. Tout cela n'était qu'une question de biologie. Elle portait en elle une part de Finn, leurs ADN s'étaient mêlés et, à présent, son corps était complètement chamboulé.

Mensonges, que tout cela.

Avait-elle été stupide au point de croire qu'elle pouvait se rendre à Rust Creek Falls et ne pas se retrouver là, dans les bras de Finn, dans un lit sur lequel ils venaient de tomber ensemble ? Avait-elle sincèrement pu croire qu'elle pouvait l'épouser tout en faisant vœu de chasteté pour épargner son cœur ?

Cela lui paraissait tellement ridicule, à présent. Pourquoi se priver de ça ? Finn était son mari. Elle portait son enfant. Il n'y avait absolument rien de mal à ce qu'il lui écarte ainsi doucement les cuisses pour tracer un chemin de baisers ardents le long de son corps, sa langue chaude et habile contre la fraîcheur de sa peau. C'était bien au contraire exquis. Elle était totalement immergée dans l'instant présent, un état qu'elle n'avait jamais atteint malgré toutes ses séances de yoga.

Personne n'existait en dehors d'elle et Finn. Il n'y eut pas d'embarras, pas d'inquiétude quand elle se mit à bouger les hanches de haut en bas, ondulant en parfaite harmonie avec la pression des doigts de Finn sur son sexe brûlant de désir, en quête du plaisir infini que lui seul pouvait lui donner. Elle était libre comme jamais elle n'avait pu l'être avec qui que ce soit. Parce qu'il y avait entre eux quelque chose de spécial. Elle pouvait fuir autant qu'elle le voulait, elle en reviendrait toujours à ça : les doigts de Finn qu'elle sentait glisser fougueusement dans ses cheveux, son regard intense qui laissait une marque brûlante sur elle. La chaleur parfaite de son corps en équilibre parfait au-dessus du sien, le frémissement de son torse musclé quand il finit par s'enfoncer en elle. Le voluptueux plaisir qu'elle sentit aussitôt affluer par vagues et qui lui fit crier son nom.

Finn !

Cela avait toujours été lui et cela le serait toujours. Se donner une nouvelle fois à lui ne changerait rien, parce qu'il lui avait volé son cœur depuis bien longtemps.

Mais d'un autre côté, cela changeait tout. Parce que,

malgré la fièvre du plaisir, elle se souvenait qu'il ne lui avait jamais dit les mots qu'elle désirait entendre plus que tout au monde : je t'aime.

Son cœur en mourait d'envie et c'en était douloureux, mais elle parvint à réprimer ce désir. Le refouler là où elle l'avait caché depuis qu'il avait glissé l'alliance en or à son doigt et qu'elle avait compris qu'il faisait juste semblant. Qu'il n'avait pas de sentiments.

Alors elle se prit à penser qu'ils pourraient poursuivre les choses ainsi. Elle pourrait passer toutes ses nuits dans son lit, à le caresser, l'aimer, le laisser prétendre qu'il l'aimait aussi, sans jamais prononcer les mots. Parfois, cela valait mieux que rien.

Mais quand tout fut terminé, quand il l'eut fait jouir à plusieurs reprises, quand il eut crié son nom et atteint l'extase avec elle, quand ils furent allongés l'un à côté de l'autre, leurs membres entrelacés, il fit une chose dont la portée allait bien au-delà des apparences et des faux-semblants.

Avec une infinie tendresse, il déposa un baiser sur son petit ventre rond. Et, avec une émotion dans la voix qu'elle n'avait jamais entendue auparavant, il murmura deux mots. Juste deux. Les plus beaux qu'il aurait pu prononcer.

— À moi.

Si seulement elle avait pu croire qu'il parlait d'elle. Ou du bébé et elle. Or ce n'était pas le cas. C'était l'enfant qu'il avait évoqué, leur enfant, et si elle trouvait cela adorable, ce n'était tout simplement pas suffisant. Et cela ne le serait jamais parce que si prétendre valait parfois mieux que rien, dans d'autres cas, c'était pire que tout.

Je ne peux plus rester là.

Cette pensée jaillit dans son esprit comme une étincelle et, dans les heures qui précédèrent le lever du soleil, elle se changea en un véritable incendie, incontrôlable, détruisant tout sur son passage, laissant ses derniers espoirs calcinés au point d'en devenir méconnaissables. Elle se la répéta tant de fois au cours de la nuit que cette phrase devint un véritable baume, une façon d'apaiser la panique qui menaçait de la dévorer vivante à la simple perspective de devoir dire adieu à Finn.

Au moment où il ouvrit les yeux, elle était déjà habillée, ses bagages étaient faits, elle était prête à partir. Il ne restait plus qu'à le lui dire.

— Je ne peux plus rester là.

Finn rêvait.

Non, ce n'était pas un rêve. C'était un cauchemar. Le pire cauchemar que son inconscient pouvait concevoir.

Il ferma les yeux pour essayer d'effacer de son esprit l'image d'Avery qui s'y était dessinée, bien droite devant lui, sa valise à la main.

Son imagination lui jouait des tours. Ça ne pouvait être que ça. Ce qui s'était passé pendant la nuit avait tout changé. Ils avaient enfin cessé de faire semblant. Ils s'étaient montrés honnêtes l'un envers l'autre concernant leurs sentiments. Ils avaient fait l'amour.

Au sens noble du terme. Cela n'avait pas été que du sexe. Les choses entre eux n'avaient jamais été juste physiques. Il le comprenait désormais. Même si, au fond de lui, il l'avait toujours su.

Malgré tous ses efforts pour garder les yeux fermés et revenir au monde tel qu'il était quelques heures plus tôt, le monde où Avery et lui étaient enlacés, rien ne changeait. L'espace à côté de lui restait froid. Vide.

Aussi vide que son cœur quand il ouvrit les yeux et comprit que la vision qu'il avait devant lui n'était pas un rêve.

— Je te demande pardon ? dit-il, le regard fixé sur sa valise.

— Je ne peux plus rester là, répéta-t-elle d'une voix terne et bouleversante.

Brusquement, il se redressa pour s'asseoir dans le lit. Les draps retombèrent, exposant son corps. Après avoir pris une bruyante inspiration, elle détourna le regard.

Était-ce une plaisanterie ?

— Regarde-moi, grommela-t-il. Qu'est-ce que tu racontes ? Tu ne peux pas partir, princesse.

Que ferait-il sans elle ? Ils étaient une famille, maintenant. Elle ne pouvait pas s'en aller comme ça.

Apparemment, si.

Elle se dirigea vers la porte.

Elle avait quitté son lit.

Elle allait quitter sa vie.

— Non ! s'exclama-t-il en se levant d'un bond pour la rejoindre. Quel que soit le problème, nous pouvons le régler. Laisse-moi le régler, princesse. Je t'en prie.

Il ne s'était jamais autorisé à se montrer aussi vulnérable de sa vie. Il était nu et il la suppliait. Mais peu lui importait.

— On peut y aller plus doucement, si tu veux, dit-il au moment où elle posa la main sur la poignée de la porte.

Elle s'arrêta, juste le temps de secouer la tête.

— Finn, on…

— Ce qui s'est passé hier soir ne doit pas nécessairement se reproduire. On peut attendre. On fera comme tu veux. Mais ne pars pas.

— Tu ne comprends pas ? Je ne peux pas faire autrement. J'ai juste besoin d'un peu de temps. S'il te plaît.

Juste un peu de temps ? Il pouvait bien lui accorder ça, non ? Si elle passait une ou deux nuits à la pension, cela leur ferait du bien à tous les deux, peut-être.

Non. Il la voulait ici, avec lui. Il avait besoin de sa femme et de son bébé. Il avait besoin d'eux comme il avait besoin d'air pour respirer.

— Tu es ma femme. On a passé un accord, tu as oublié ? Nous sommes mariés, jusqu'à ce que la mort nous sépare.

Bon sang ! Pourquoi avait-il dit ça ? Il avait l'air aussi autoritaire et manipulateur que son père.

— C'est vrai, répondit-elle en se tournant vers le lit. Et la nuit dernière, nous avons rompu cet accord. Alors maintenant, tout est possible.

— Avery, dit-il en se passant nerveusement une main dans les cheveux. Je…

Il ne put se résoudre à dire qu'il était désolé. Parce qu'il ne l'était pas. Ce qui s'était passé entre eux avait été sincère et vrai. Bien plus authentique que l'anneau d'or qui ornait son doigt. Elle le savait aussi bien que lui. Sinon, pour quelle raison prenait-elle la fuite ?

Mais, alors même qu'il se préparait à défendre obstinément ses positions, il se rendit compte qu'au fond de lui il regrettait. Tout bien réfléchi, il était désolé d'avoir pu la faire souffrir ou de lui faire peur. La seule chose qu'il voulait, c'était qu'elle se sente aimée et en sécurité dans ses bras.

— Je suis désolé, murmura-t-il.

Mais rien de ce qu'il pouvait dire ne changerait quoi que ce soit, parce qu'elle s'était déjà fait son opinion sur la situation.

— Moi aussi, dit-elle doucement.

Et elle sortit, en emportant son bébé et son cœur.

Les deux heures et demie d'avion qui séparaient Avery de Dallas lui semblèrent être les plus longues de sa vie.

Elle envisagea de retirer son alliance avant l'atterrissage, mais elle ne put s'y résoudre. Elle avait dit à Finn qu'elle partait, pas qu'elle souhaitait mettre un terme à leur mariage. Mais c'était une évidence, non ? L'une des conditions de son retour à la maison avait été de couper les ponts avec lui. Et même si ses parents s'étaient montrés très accueillants au téléphone quand elle les avait appelés depuis l'aéroport, ils ne lui avaient laissé aucune raison de croire qu'ils avaient changé d'avis sur ce point.

Retirer son alliance semblait bien définitif, cependant. La fin d'un livre qu'elle n'était pas sûre d'être capable de refermer. La seule chose qu'elle savait, c'était qu'elle avait besoin de passer du temps loin de Rust Creek Falls pour s'éclaircir les idées et déterminer ce qui était vraiment le mieux pour le bébé. Et pour elle. Si coucher avec Finn avait confirmé une chose, c'était qu'elle n'était pas faite pour un mariage de raison. Elle s'était fait des illusions en pensant qu'elle pouvait épouser cet homme sans s'attacher émotionnellement à lui, un homme dont elle était follement amoureuse.

Quand son avion atterrit à Dallas, elle débarqua avec

rien d'autre que son petit bagage à main. Comment pouvait-elle rentrer chez elle avec si peu de preuves matérielles de ce mois qui avait totalement changé sa vie ? Son séjour dans le Montana lui apparaissait presque comme un rêve, trop beau pour être vrai. Et c'était là tout le problème, à bien y regarder. Rien de tout cela n'avait été vrai. À présent, elle était de retour sur le sol texan avec son petit sac Vuitton et plus de bagages émotionnels qu'elle ne pouvait en porter toute seule.

Quand elle vit que ses parents l'attendaient derrière le portique de sécurité, elle se prépara psychologiquement à un déferlement d'émotions. Mais au moment où sa mère la prit dans ses bras, elle ne pleura même pas. Pas la plus petite larme de soulagement.

Elle était de retour au bercail. Son cœur était en sécurité.

Alors pourquoi n'éprouvait-elle rien d'autre qu'un vide douloureux et l'horrible sentiment qu'elle venait de commettre la plus grosse erreur de sa vie ?

Le trajet qui séparait l'aéroport de la demeure familiale des Ellington était court, et ses parents le passèrent à la mettre au courant de tout ce qu'elle avait manqué pendant son absence.

Aucun d'eux ne mentionna sa grossesse. Avaient-ils vraiment décidé de faire comme si elle n'allait pas mettre au monde le bébé de Finn Crawford quelques mois plus tard ? Était-ce ainsi que cet étrange retour au bercail allait se dérouler ? Dans les non-dits ?

Instinctivement, elle posa la main sur son ventre et sentit une minuscule forme se presser contre sa paume, exactement comme quand elle avait dit oui à Finn devant le maire de Great Gulch. Enfin quelque chose de vrai à quoi se raccrocher.

— Je suis mariée, dit-elle doucement alors que la voiture passait le grand portail de la demeure familiale.

— Oh mon Dieu…, murmura sa mère.

Son père la fixa dans le rétroviseur.

— C'est ce que j'ai cru comprendre en voyant ta bague, dit-il.

Tout en se mordant la lèvre, elle acquiesça. Bien. Leur étrange attitude de déni n'était peut-être pas aussi grave qu'elle l'avait imaginé.

— C'est pour ça que sont faites les annulations, poursuivit-il. Notre avocat aura réglé cela en quelques jours.

Puis il sortit de la voiture et referma la portière, comme s'il pouvait ainsi clore le sujet pour de bon.

Une annulation ? Tout à coup, elle eut l'impression de manquer d'air. Pouvait-elle faire cela à Finn ? Pour commencer, en avait-elle envie ?

— Ma chérie, dit sa mère en lui posant doucement la main sur le genou, laisse un peu de temps à ton père. On parlera de tout cela plus tard. L'important, pour le moment, c'est que tu sois de retour à la maison.

Tout en hochant la tête, Avery fit de son mieux pour retenir ses larmes. Qui n'étaient pas les larmes de soulagement qu'elle avait attendues. C'était autre chose, quelque chose de trop horrible et douloureux pour être nommé.

En sortant de la voiture, elle se dirigea droit vers sa chambre de jeune fille. Dans le couloir, elle passa devant une série de photos d'elle. Dans les bras de son père à la maternité, dans les bras de son père le jour de sa remise de diplôme, dans les bras de son père le jour du bal des débutantes.

Peu importait son âge, ses compétences professionnelles ou même le fait qu'elle soit enceinte, il la verrait toujours comme sur ces photos : une petite fille, à peine plus qu'une extension de lui-même.

Comment avait-elle pu ne jamais le remarquer auparavant ? Certes, elle avait toujours été une fille à papa, suivant les traces de son père et travaillant à ses côtés au sein de l'entreprise familiale. La petite princesse de papa. Mais elle avait toujours pensé que cela relevait de son choix à elle.

À présent, elle n'en était plus si sûre. Avait-elle vraiment été à la tête de sa propre vie, un jour ?

Deux heures plus tard, quand elle descendit pour dîner, elle n'avait toujours pas trouvé de réponses à toutes les questions qui se bousculaient dans sa tête. Elle n'était sûre que d'une chose : la décision de mettre ou non un terme à son mariage n'appartenait qu'à elle.

— Tu te sens mieux, ma chérie ?

Sa mère observait d'un œil curieux la chemise à carreaux qu'elle avait enfilée après s'être lavée.

— Un peu, mais je suis très fatiguée, répondit-elle en s'asseyant à sa place habituelle.

Comme d'ordinaire, son père s'était déjà installé en bout de table.

— Il faut que tu te reposes pour prendre des forces, dit-il. Je vais m'occuper de l'aspect juridique. Je verrai mon avocat demain à la première heure pour mettre les choses en marche.

— Non, papa. Je ne me sens pas prête.

Après avoir jeté un regard à sa femme, il s'éclaircit la gorge et posa soigneusement sa serviette sur ses genoux.

— Très bien. Nous en reparlerons plus tard.

— Absolument, renchérit sa mère avec un sourire radieux. Avery, qu'est-ce que tu dirais de commencer à décorer la chambre voisine de la tienne pour le bébé ?

— Pourquoi pas chez moi ? demanda Avery, surprise par cette question.

Elle n'avait pas protesté quand ils l'avaient conduite directement à la grande villa, mais ils ne pouvaient tout de même pas s'attendre à ce qu'elle y vive définitivement. Elle était une adulte, elle avait sa propre maison, dans le quartier de la Galleria.

— On peut aussi aménager une chambre d'enfant chez toi, si tu veux. Mais tu vas avoir besoin d'aide quand le bébé arrivera. C'est pour ça que l'on a pensé que tu voudrais rester ici quelque temps.

— On est tellement contents que tu aies fini par retrouver le sens commun, ajouta son père. Ton bébé aura tout ce qu'il lui faut et tout ce qu'il désirera. Il ne manquera de rien.

Enfin, ils parlaient de son bébé, se dit Avery. Ils disaient ce qu'il fallait dire, faisaient des projets et se comportaient comme des grands-parents aimants. Elle avait eu une enfance privilégiée, et si sa fille recevait la même éducation, elle serait sans nul doute une petite fille heureuse et épanouie.

Elle ne manquerait de rien.

Très bien. Mais que me manquera-t-il, à moi ?

- 14 -

Finn se gara devant la villa édouardienne située dans l'une des plus prestigieuses rues de Highland Park. L'accès en était barré par un grand portail de fer noir.

S'apprêtait-il vraiment à sonner chez Oscar Ellington en sachant parfaitement qu'il n'était pas le bienvenu ? Oui, c'était exactement ce qu'il allait faire.

Avery l'avait quitté. Et elle ne s'était pas simplement retranchée au bout de la rue, à la pension Strickland. Non, elle était repartie au Texas sans même se donner la peine de l'en informer. C'étaient Melba et Gene qui le lui avaient expliqué quand il était allé à la pension, désespéré. Melba avait même un peu pleuré. Il avait failli le faire, lui aussi. Si Avery était retournée au Texas, cela ne pouvait vouloir dire qu'une chose : elle avait accepté les ridicules conditions posées par son père.

Il n'avait pas seulement perdu sa femme.

Il avait perdu sa fille aussi.

Déterminé, il sortit de la voiture et claqua la portière. Si Avery pensait qu'il allait la laisser quitter son lit pour retourner droit à la maison de son père, elle se trompait totalement. Il lui semblait comprendre les raisons de ce revirement, cependant. Ils avaient enfreint la règle sacrée de l'interdiction du sexe. Leur faux mariage était tout à coup devenu réel, beaucoup trop réel, et elle avait pris peur.

Mais tout allait s'arranger. Il le fallait. Car s'il avait appris quelque chose dans les jours qui avaient suivi son mariage, c'était qu'il ne pouvait vivre sans elle. Leur faux mariage avait toujours été bien réel pour lui.

Tous les vols pour le Texas étant complets, il avait commencé à paniquer. Heureusement, il s'était souvenu de la proposition que leur avait faite son père le soir de leur nuit de noces. Quand il lui avait expliqué pourquoi il avait besoin d'un jet privé, Maximilian n'avait pas hésité. À son arrivée à l'aéroport de Billings, l'avion l'attendait.

Sa première étape en arrivant à Dallas avait été la maison d'Avery, dont le gardien lui avait expliqué qu'elle était absente depuis des semaines. Il n'y avait qu'un seul autre endroit où elle pouvait se trouver : l'imposante villa de briques rouges qui se dressait face à lui.

Serrant les dents, il appuya sur la sonnette en espérant, contre tout espoir, être accueilli par Avery.

Bien sûr, il n'eut pas cette chance. Ce fut une voix d'homme, tonitruante, qui lui répondit :

— Désolé, Crawford. Ce n'est pas le bon moment.

Le ton condescendant d'Oscar Ellington provoqua en lui un accès de rage. Il regarda autour de lui. Comment avait-il pu être si rapidement identifié ?

— Je suis venu du Montana, dit-il en fixant la première caméra qu'il repéra. Vous pourriez au moins avoir la politesse de me recevoir.

— Nous sommes en train de dîner. Comme je vous l'ai dit, ce n'est pas le bon moment.

Sérieusement ? Ce triste individu n'envisageait même pas de lui ouvrir la porte ?

Finn n'aurait pourtant pas dû être surpris. Cet homme avait déshérité sa fille unique, une jeune femme enceinte qui avait toujours été la petite princesse de son papa, jusqu'à ce qu'elle décide de mener sa propre vie. Pourquoi se serait-il montré raisonnable, tout à coup ?

Excédé, il appuya de nouveau sur la sonnette. Une fois, deux fois, trois fois.

— Vous voulez vraiment que j'appelle la police ? gronda Ellington dans l'Interphone.

— Appelez qui vous voulez ! Je suis venu chercher ma femme et je ne repartirai pas sans elle !

Fou de rage, il envoya un violent coup de poing dans le portail. Il en avait assez de perdre son temps avec ce stupide Interphone. Ellington devait sortir pour qu'il puisse discuter de la situation d'homme à homme.

La voix qu'il entendit ensuite dans l'Interphone le calma d'un seul coup. C'était celle d'Avery.

— Finn ? C'est toi ?

En entendant son doux accent texan, il faillit pleurer de soulagement. Moins de douze heures plus tôt, elle était nue dans son lit et, à présent, ils se parlaient à travers un Interphone ?

De nouveau, il regarda la caméra.

— Avery, ma chérie, c'est moi. Je suis venu te chercher pour te ramener à la maison. Quel que soit le problème, on va le régler. Je t'en prie, laisse-moi arranger les choses.

— Vous ne voyez pas que ma fille a déjà pris sa décision ? intervint Oscar Ellington. Elle ne veut plus rien avoir à faire avec vous ! Pour la dernière fois, je vous ordonne de quitter les lieux !

Avery avait pris peur et s'était enfuie, mais avait-elle vraiment dit à son père qu'elle ne voulait plus rien avoir à faire avec lui ? se demanda Finn, soudain inquiet. Il n'avait aucune envie de le croire, mais le désespoir commençait à le tenailler. Il avait besoin de voir Avery. Il avait besoin de la regarder dans les yeux et de lui dire que tout finirait par s'arranger si elle rentrait à la maison.

Si Ellington n'ouvrait pas cette porte, il allait l'arracher à mains nues.

— Papa, arrête !

Elle pleurait encore. Son père était-il fou ? Elle était enceinte. S'il lui faisait du mal… S'il faisait du mal au bébé…

Finn sentit son sang bouillir. Il eut l'impression qu'il allait s'évanouir. Ses poumons refusaient de se remplir. Il manquait d'air.

Et tout à coup, un miracle se produisit : le portail s'ouvrit.

Serait-ce Avery ou son père ?

Aucun des deux. Une femme d'âge mûr aux grands yeux bruns semblables à ceux d'Avery venait d'apparaître sur le seuil de la maison.

— Bonjour, Finn. Je suis Marion, la mère d'Avery.

— Bonsoir, madame, dit-il en enlevant son chapeau. Je suis désolé de… euh… vous déranger, mais…

— Ne vous excusez pas. Je comprends qu'il s'agit d'une situation délicate et je souhaite vous inviter à entrer afin que nous puissions en discuter en adultes raisonnables. Entrez, je vous en prie.

Alors, pour le meilleur ou pour le pire, il se dirigea vers la maison.

Avery n'aurait jamais imaginé voir un jour Finn se tenir au milieu de la maison dans laquelle elle avait grandi. Et pourtant il était là, en chair et en os. À son plus grand regret, cette chair semblait plus attirante encore que dans ses souvenirs. Se pouvait-il que son mari soit devenu plus beau encore en à peine douze heures ?

Non. Cela signifiait que, si elle ressentait ces délicieux frissons dans tout son corps, c'était uniquement parce qu'il lui avait manqué. Il lui avait manqué plus qu'elle ne pouvait l'imaginer, mais cela ne voulait pas dire pour autant qu'elle pouvait rester là, les bras croisés, à regarder les deux hommes de sa vie se disputer à son sujet comme si elle n'était rien de plus qu'un animal de leur ranch.

Séparés par la délicate table basse de sa mère, qui semblait être le seul rempart contre une altercation physique, les deux hommes s'étaient d'abord regardés en chiens de faïence. Puis les reproches avaient fusé, son père maugréant contre Maximilian, et Finn insistant pour qu'elle fasse immédiatement ses bagages pour retourner au Ambling A.

— Vous avez perdu la tête, tous les deux ? s'exclama-t-elle.

Plaquant les mains sur ses oreilles, elle laissa les larmes ruisseler sur son visage. Peut-être aurait-elle mieux fait d'oublier le Montana et le Texas pour partir élever son enfant sur une île déserte ?

— Je voudrais que tout le monde se calme, intervint sa mère d'une voix posée. Ou c'est moi qui appelle la police. *Pour tous les deux.*

Comme si on venait de le gifler, son père eut un mouvement de recul. Avery regarda sa mère, ébahie ; elle ne l'avait jamais entendue parler ainsi.

Croisant les bras, sa mère reprit :

— Maintenant que j'ai votre attention, pourquoi ne pas vous asseoir ? J'ai dit à Finn que nous allions avoir une conversation *entre adultes* et c'est précisément ce que nous allons faire.

Personne ne bougea d'un pouce. Finn et son père, en bons mâles alpha, semblaient attendre de voir qui allait s'exécuter le premier.

— Ça suffit, dit Avery. J'en ai assez de vous deux.

Immédiatement, Finn prit place dans le fauteuil le plus proche.

— Je suis assis, dit-il. Je suis prêt. Nous pouvons parler, monsieur Ellington. D'homme à homme.

— Très bien, marmonna ce dernier en s'installant à son tour. Mais il n'y a pas grand-chose à dire. Avery vous a quitté pour rentrer à la maison. Son comportement parle de lui-même.

— Avec tout le respect que je vous dois, monsieur, je suis le mari d'Avery. Sa maison, c'est la mienne.

Cette conversation ne les mènerait nulle part, songea Avery. Elle ne savait pas si elle devait pleurer ou en prendre un pour taper sur l'autre.

— Assez ! dit sa mère d'une voix autoritaire. Ce n'est pas à vous deux d'en décider. C'est une décision qui revient à Finn *et* Avery.

Une petite étincelle d'espoir s'alluma dans le cœur

d'Avery. Enfin, quelqu'un l'avait dit. Ce que Finn et elle ressentaient ou non l'un pour l'autre ne regardait qu'eux deux. Elle n'aurait jamais dû accepter de l'épouser tant que le conflit entre leurs deux familles n'avait pas été réglé. Mais elle l'avait fait.

Et elle était tombée amoureuse de lui.

Elle l'aimait. Qu'il l'aime ou non en retour n'importait pas. Son cœur appartenait à Finn.

— Vous allez avoir un bébé ensemble, reprit sa mère en les regardant tour à tour. Ce petit être va tisser un lien entre vous pour la vie.

Les vœux qu'Avery avait prononcés au cours de sa cérémonie de mariage se répétèrent dans son esprit, au rythme des battements de son cœur.

Jusqu'à ce que la mort nous sépare.

Sa mère la regarda avec tendresse et, l'espace d'un instant, Avery eut le sentiment qu'elle pouvait lire dans ses pensées.

— Je pense savoir ce que vous ressentez l'un pour l'autre, mais ce n'est pas à moi de décider, dit-elle. C'est à vous deux de régler le problème. *Ensemble.*

Sa mère avait raison, songea Avery. Évidemment qu'elle avait raison. Mais c'était sans compter sur un problème de taille : son père.

— Quant à toi, Oscar, poursuivit sa mère, j'ai assez supporté tes caprices comme ça. Tu n'avais aucun droit de couper les ponts avec Avery comme tu l'as fait. Avery est notre fille, la chair de notre chair, et cette rancœur que tu entretiens à l'égard de Maximilian Crawford a assez duré.

Le visage de son père était devenu écarlate, mais il se garda bien d'intervenir, comprenant qu'il n'aurait pas le dernier mot, cette fois. Il était rare que sa femme le critique.

Tout bien réfléchi, Avery ne se souvenait même pas l'avoir entendue faire une quelconque remarque à son mari. À l'évidence, tout changeait.

— Soit tu rends à Avery son héritage et son emploi, soit je te quitte, Oscar, reprit Marion. Et ne t'imagine pas que ce sont des paroles en l'air. Je suis prête.

Dans l'attente de la réponse, Avery osait à peine respirer.

— Comme tu voudras, dit-il simplement.

Avery n'en crut pas ses oreilles. Son père abdiquait aussi facilement ?

Quand il posa sur elle un regard plein de tendresse, elle sentit son cœur se gonfler de joie.

— Ta mère a raison, ma chérie. Mon amour pour toi est inconditionnel. Si tu veux rester mariée à un Crawford, j'aurai peut-être du mal à l'accepter, mais j'apprendrai à vivre avec.

Il s'interrompit en inspirant longuement avant de se tourner vers Finn.

— Il est évident que vous éprouvez des sentiments forts pour ma fille, mon garçon. De mon côté, je l'aime de tout mon cœur, et je pense que si c'est également votre cas, nous réussirons à trouver un terrain d'entente.

De l'euphorie. Ce fut ce qu'Avery ressentit. Elle allait enfin vivre son amour avec Finn. Et avec l'approbation de ses parents.

Son père venait de prononcer les mots qu'elle voulait entendre depuis qu'elle avait découvert qu'elle était enceinte. Avant même de mettre les pieds à Rust Creek

Falls, elle était restée éveillée des nuits entières, à prier pour qu'une telle chose se produise.

Grâce à sa mère, sa prière avait été exaucée.

Si celle-ci n'était pas intervenue, ils n'en seraient sans doute jamais arrivés là. Mais elle l'avait fait, parce que c'est à ça que servaient les mamans. Elles sacrifiaient tout pour leurs enfants. Avery commençait tout juste à prendre la mesure de la force de cet amour inconditionnel.

Tout en posant la main sur son ventre, elle regarda Finn. Le conflit était terminé. Plus rien ne se dressait entre eux. Enfin, ils pouvaient être ensemble, vraiment ensemble, sans qu'elle souffre d'être mise à l'écart de sa famille.

Mais Finn n'avait pas prononcé un mot en réaction aux propos de son père.

« Je l'aime de tout mon cœur, et je pense que si c'est également votre cas, nous réussirons à trouver un terrain d'entente. »

C'était le moment où il aurait dû parler de ses sentiments. C'était d'ailleurs la seule façon de répondre à ce genre d'affirmation, non ?

« J'aime Avery, moi aussi. »

C'était ce qu'il aurait dû dire. Alors pourquoi ne le faisait-il pas ?

Elle l'implora du regard. Ses sentiments devaient bien se lire sur son visage. Ne les voyait-il pas ? *S'il te plaît, s'il te plaît, dis-le.*

Soudain, il détourna son regard d'elle. La passion et la fureur qui l'avaient poussé à venir en avion depuis le Montana, et quasiment à défoncer le portail de la villa, semblèrent quitter son corps.

Fronçant les sourcils, Finn baissa la tête sur ses mains, jointes sur ses genoux. Ces mains qui connaissaient son corps dans tous ses détails, chaque endroit secret, chaque douce et soyeuse vulnérabilité. Elle ne pouvait plus les regarder sans désirer de tout son être le plaisir exquis que lui offrait le contact de leurs peaux.

Quand il finit par parler, il le fit sur un ton qu'elle ne l'avait jamais entendu emprunter. Calme. Horriblement calme.

— Si cela ne vous dérange pas, j'aimerais avoir une conversation en privé avec Avery.

— Bien sûr, répondit immédiatement sa mère en se levant. Oscar, tu viens ?

— Oui, répondit-il en se levant à son tour.

Avant de quitter la pièce, il déposa sur la joue d'Avery un tendre baiser.

— Je t'aime, ma chérie. Ne l'oublie jamais, d'accord ? Tu as notre soutien. Quoi que tu décides.

— Je sais, répondit-elle en prenant sa main pour la serrer doucement dans la sienne. Merci.

Quand ses parents eurent quitté la pièce, il y eut un grand silence entre Finn et elle.

Elle aurait voulu se jeter dans ses bras mais n'en fit rien. Il lui semblait très distant, tout à coup.

Elle songea à s'excuser de s'être lâchement enfuie, mais il la devança.

— Avery… Ça change tout.

— Quoi donc ?

— Ça, répondit-il en désignant d'un vague geste de la main les objets qui les entouraient.

La pièce dans laquelle ils se trouvaient n'avait pas

changé depuis son enfance. Elle aurait pu la dessiner de mémoire sans oublier le moindre détail.

— Tu es de retour chez toi.

Il n'y avait pas une once d'amertume dans sa voix. Mais était-ce une bonne ou une mauvaise chose ?

— Oui, répondit-elle. C'est positif, non ? Mon père a enfin tourné la page sur ce qui s'est passé entre ton père et lui. Il ne t'empêchera pas de voir le bébé. Il ne m'empêchera pas de te voir.

— Et tu n'es plus déshéritée, ajouta-t-il avec un triste sourire. Tu n'as plus besoin de moi.

Pouvait-il vraiment penser ça ? Que la seule raison pour laquelle ils étaient ensemble était qu'elle n'avait aucun autre endroit où aller ?

Non. Il ne pouvait pas le croire.

Son cœur se mit soudain à battre plus fort dans sa poitrine.

Il n'avait jamais voulu l'épouser. S'il le lui avait proposé, c'était uniquement à cause du bébé, et à présent que plus aucun conflit ne se dressait entre lui et son enfant, il essayait de la quitter en douceur.

— Tu n'as plus besoin de moi pour subvenir à tes besoins et à ceux du bébé, précisa-t-il.

Ces paroles lui firent mal. Très mal. À l'écouter, on aurait dit qu'elle ne s'était jamais intéressée à rien d'autre qu'à la fortune des Crawford.

— Ce n'est pas vrai, dit-elle en secouant la tête.

Arrête de dire ces choses horribles. Dis-moi juste que tu m'aimes.

— Je crois que tu as besoin d'un peu de temps pour déterminer ce que tu veux faire, ma chérie.

La douceur de sa voix lui sembla intolérable. Elle

aurait préféré qu'il hurle au lieu de la regarder ainsi. Comme on regarde quelqu'un à qui on dit adieu.

Finn se leva lentement.

Elle était paralysée. Où était passé l'homme qui donnait des coups de poing dans le portail en hurlant qu'il ne s'en irait pas sans sa femme ? Elle avait besoin de cet homme. Elle aimait cet homme.

— Tu sais où me trouver quand tu te seras décidée, dit-il.

Et, après avoir déposé un chaste baiser sur sa joue, il s'en alla.

- 15 -

Avery regarda Finn quitter la pièce et fixa un long moment la porte qu'il avait refermée doucement mais fermement. Elle avait envie de le rattraper. Elle en avait envie plus que tout au monde, mais elle n'avait plus de force, elle était clouée au sol.

Il était venu du Montana pour elle. Quand elle l'avait vu apparaître sur l'écran de sécurité, elle avait failli pleurer de joie. S'il était venu jusqu'au Texas, c'était qu'il l'aimait, non ?

Elle avait vu suffisamment de comédies romantiques pour savoir que, à un moment ou à un autre, toute bonne histoire d'amour culminait dans un grand geste romantique. Elle avait eu le sien. Finn l'avait suivie en territoire ennemi pour la reconquérir.

Mais quand les choses avaient fini par s'arranger, il était parti. Il n'y avait pas eu de déclaration d'amour, pas de promesse d'avenir commun. Il avait évoqué leur mariage en le présentant comme l'accord qu'elle avait au départ elle-même souhaité.

Un simple accord de raison.

Puis il l'avait laissée seule avec ses pensées. C'était humiliant. Elle n'avait pas besoin de penser et elle n'avait aucune envie de se sentir seule. Elle avait envie de lui, c'était tout. Ne l'avait-il pas compris ? Elle était amoureuse de lui. Elle l'était depuis le départ, et c'était précisément pour ça qu'elle s'était comportée de façon aussi insensée : se jeter à son cou pour prendre la fuite l'instant d'après, accepter de l'épouser alors qu'ils se connaissaient à peine.

Son comportement n'avait rien à voir avec les bouleversements hormonaux de la grossesse. Elle était juste folle amoureuse de lui.

Et il venait de la quitter.

Elle ne s'était jamais sentie aussi seule de sa vie, pas même quand son père lui avait froidement déclaré qu'il la déshéritait. Instinctivement, elle posa une main sur son ventre. Pas totalement seule, non. Elle aurait toujours sa fille.

Et elle pouvait avoir Finn aussi. Il lui avait clairement fait comprendre que la décision n'appartenait qu'à elle.

Sa mère, qui venait d'entrer dans la pièce, l'arracha à ses pensées moroses.

— Avery ? J'ai vu Finn qui partait. Est-ce que tout va bien ?

Incapable de prononcer le moindre mot, Avery éclata en sanglots.

— Oh ! ma chérie, murmura sa mère en la prenant dans ses bras. Ne pleure pas. Tout finira par s'arranger, ne t'inquiète pas.

Cela ne s'arrangerait pas, non. Il n'y avait pas eu de grand geste romantique, juste de discrets adieux, et à présent son corps était secoué de sanglots. Elle avait refoulé ses sentiments si longtemps, depuis cette nuit à Oklahoma City, qu'elle ne pouvait plus continuer. Elle ressentait tout en même temps. Joie et douleur. Espoir et peur. Amour et manque.

Après avoir doucement dégagé ses cheveux de ses yeux, sa mère lui prit le visage entre les mains.

— Tu l'aimes, ma chérie ?

Entre ses larmes, elle fit signe que oui.

Sa mère sourit. Comme si elle l'avait toujours su.

— Alors il me semble que tu as une décision importante à prendre, mon cœur. Ne t'inquiète pas pour ton père. Je m'occupe de lui. Fais ce que tu as à faire.

À ces mots, Avery se mit à trembler de tout son corps. Elle prit une profonde inspiration. Ce qu'elle avait envie de faire et ce qu'elle avait à faire étaient deux choses totalement différentes.

La vaste demeure du Ambling A était aussi silencieuse qu'une tombe quand Finn en passa la porte à 3 heures du matin. Il s'estimait heureux que son père ait remis à sa disposition son jet privé pour son retour dans le Montana. Surtout, il s'estimait heureux que tous les membres de sa famille soient couchés. De cette façon, il n'aurait pas à affronter leur déception quand ils le verraient rentrer sans sa femme.

Avery. C'était la femme de sa vie. Elle l'avait toujours été, depuis le début.

Le bébé était important, naturellement, et il aurait été prêt à donner sa vie pour lui, mais Avery était tout aussi importante. Hélas, il n'avait compris à quel point elle comptait que quand elle était partie. Et à présent…

À présent il était trop tard. Elle était rentrée chez elle, à Dallas, dans les bras aimants de sa famille. Au bout du compte, Oscar Ellington avait fait ce qu'il fallait.

Si quelqu'un comprenait l'importance de la famille,

c'était Finn. Son père avait élevé seul six garçons, après le départ de sa femme. C'était un homme difficile, indéniablement, et Finn pensait pouvoir dire sans se tromper que les torts qui avaient mené au divorce de ses parents étaient partagés. Mais son père avait toujours été présent, pour ses frères et lui. Raison pour laquelle Finn s'était efforcé de tolérer ses interférences dans sa vie privée.

En n'insistant pas pour qu'Avery revienne avec lui à Rust Creek Falls, il voulait la laisser libre de son choix, car ce choix, il ne pouvait pas le faire pour elle. Il n'avait aucune envie de se remettre entre elle et sa famille. S'il restait un espoir qu'ils vivent ensemble, elle devait prendre cette décision elle-même. Malgré tout l'amour qu'il avait pour elle, il n'était pas question qu'il la force à revenir dans sa vie.

Il l'avait déjà forcée à l'épouser…

Voir les effets de l'attitude autoritaire que son père adoptait envers les personnes qu'il aimait avait été pour lui un déclic. Il adorait son père, mais il ne voulait pas devenir comme lui ou comme Oscar Ellington. Il voulait qu'Avery revienne à lui de son plein gré et non parce que quelqu'un le lui avait demandé.

Il voulait qu'elle le choisisse, lui.

Et elle le ferait. Il le fallait. Ils étaient faits l'un pour l'autre. Il en était certain, tout comme il était certain que le soleil se lèverait sur le Montana le lendemain matin, déversant sur le comté de Big Sky d'infinis rayons de lumière et d'espoir.

Et de l'espoir, il en avait besoin, à présent !

Quelque part entre le Texas et le Montana, une profonde lassitude s'était emparée de lui. Il était trop fatigué pour réfléchir, trop fatigué pour espérer et trop fatigué pour rêver.

Il voulait juste qu'Avery revienne dans ses bras et dans son lit. Tant que ce ne serait pas arrivé, il resterait perdu.

Sans même prendre la peine de se déshabiller, il se laissa tomber sur son lit et ferma les yeux. Quand il finit par trouver le sommeil, il rêva de sa fille. Il rêva d'Avery et de la vie qu'ils pourraient avoir ensemble tous les trois. Une vie emplie d'amour, de joie et d'autant d'enfants et de chevreaux qu'elle le souhaiterait.

Mais quand il se réveilla, elle n'était pas là.

Pour une fois dans sa vie, son père ne fit aucun commentaire. Il dut sentir qu'il ne voulait pas parler, car quand il entra dans la cuisine et le trouva devant la fenêtre, occupé à regarder Citrouille batifoler dans l'herbe de son nouveau pré, il se contenta de passer doucement un bras autour de ses épaules. Cette tendresse inédite le bouleversa totalement. La gorge nouée, il hocha la tête avant de sortir nourrir la petite chèvre pour essayer de contenir ses émotions.

Au ranch, il travailla aussi durement que possible. Ses frères et les employés eurent le bon sens de lui laisser de l'espace. Il s'isola donc pour aller réparer quelques clôtures et, au bout de quelques heures, il s'autorisa à envisager la possibilité qu'il se soit trompé, qu'Avery ne rentrerait peut-être pas au ranch. Ni aujourd'hui. Ni jamais.

De nouveau, il sentit sa gorge se nouer et, pour la première fois dans sa vie d'adulte, il eut envie de pleurer.

De retour au ranch, il répara quelques bricoles dans la sellerie, toujours plongé dans ses pensées. Soudain, un bruit l'arracha à ses méditations. Citrouille venait de pousser un bêlement qui avait quelque chose de… joyeux.

Il sentit son cœur s'emballer, et une lueur d'espoir s'alluma en lui.

Il sortit de la sellerie et aperçut, sur le seuil de la porte de l'écurie, la silhouette familière d'Avery encadrée par un parfait coucher de soleil automnal.

— Avery, dit-il en la rejoignant en trois enjambées. Tu es là.

Il lui ouvrit les bras, mais au lieu de s'y blottir, elle lui sourit tristement.

Alors il comprit.

Elle était venue pour lui dire adieu.

Le soulagement qui avait éclairé le visage aux traits tirés de Finn était tel qu'Avery en aurait presque oublié sa résolution.

Il était évident qu'il était heureux de la revoir. Et qu'il pensait qu'elle était venue lui dire qu'elle voulait passer le reste de ses jours avec lui.

Or elle était venue lui dire… qu'elle le quittait.

Elle avait passé tout le trajet depuis Dallas à se convaincre qu'elle faisait le bon choix. Le seul possible. S'éloigner de lui ne serait pas facile, mais cela ne pouvait pas être aussi difficile que de faire sa vie avec un homme qui ne l'aimait pas.

Mieux valait trouver dès à présent une sorte d'accord parental rationnel et platonique plutôt que de finir dans la tourmente, quand Finn se souviendrait qu'il n'avait jamais eu aucune intention de se marier avec qui que ce soit, et moins encore avec elle.

Mais elle ne pouvait pas lui expliquer cela au téléphone. Il méritait qu'elle lui annonce la nouvelle en face.

Ne sachant trop comment commencer, elle observa la petite chèvre qui batifolait dans le pré voisin.

— Que fait Citrouille ici ? demanda-t-elle.

— Tu as dit qu'elle te manquait. Quand je suis allé te chercher à la pension, j'ai demandé à Melba et Gene si je pouvais la prendre au ranch.

Alors, il était allé la chercher à la pension…

— J'imagine que Melba a été ravie de s'en débarrasser, fit-elle remarquer.

— Elle a dit que Citrouille t'appartenait déjà.

« Quand on donne un nom à un animal, c'est qu'on accepte de le garder. »

Elle entendit la voix de Melba dans sa tête aussi nettement que si son amie s'était trouvée à côté d'elle. Le vieux couple allait lui manquer… Ils avaient été tellement gentils avec elle, durant son séjour à la pension.

Comment allait-elle faire ? Elle adorait la vie à Rust Creek Falls. Elle adorait tout, ici…

Mais elle n'était pas venue pour une séquence nostalgie. Elle avait des choses importantes à dire à Finn.

Si elle ne le faisait pas tout de suite, elle ne le ferait jamais.

— Je pense que l'on devrait procéder à une annulation ou, si c'est impossible, à un divorce, dit-elle d'une traite.

Finn ne répondit rien, se contentant de la dévisager comme si elle venait de le gifler. Derrière lui, les montagnes scintillaient de leurs différentes nuances de rouge et d'or. Jamais elle n'aurait imaginé qu'une situation aussi horrible puisse se dérouler dans un cadre d'une telle beauté.

S'étant éclairci la gorge, elle se força à terminer le discours qu'elle avait passé de longues heures à préparer.

— Tout est ma faute. J'aurais dû te parler tout de suite du bébé et je n'aurais jamais dû demander que notre mariage soit un mariage de raison.

Cela lui paraissait tellement absurde, à présent. Comment avait-elle pu penser qu'un mariage de façade serait une bonne idée alors que ses sentiments pour Finn avaient toujours été réels ?

— C'était juste… une erreur.

La pire erreur qu'elle ait jamais commise.

Comme il serrait les dents, elle vit la ligne de sa mâchoire se durcir. Ses yeux bruns, qui d'ordinaire pétillaient de malice et faisaient tout son charme, s'assombrirent au point de devenir noirs.

— Une *erreur* ? C'est vraiment comme ça que tu considères notre mariage, Avery ?

— Je t'en prie, Finn. Tu vois très bien ce que je veux dire.

Elle faisait référence à leur arrangement – ne pas coucher ensemble –, et il le savait parfaitement. Mais ni l'un ni l'autre ne semblait disposé à l'évoquer, sans doute parce qu'il s'agissait d'un pacte impossible à respecter. Elle avait succombé à son charme immédiatement, et malgré toutes les douloureuses émotions qu'elle sentait tournoyer en elle, elle avait toujours envie de lui. Elle brûlait d'envie de sentir le poids de son corps sur le sien, la chaleur soyeuse de sa peau, le goût de passion de ses baisers…

— Je te suis reconnaissante pour tout ce que tu

étais prêt à faire pour moi… et le bébé. Cela dit, je n'aurais jamais dû accepter de m'appuyer sur toi pour l'argent. Tout est réglé à présent et je ne peux pas te demander de respecter un contrat que nous n'aurions de toute façon jamais dû conclure.

Voilà, c'était fait.

Ou presque.

Il méritait de savoir toute la vérité avant qu'elle s'en aille pour de bon.

— Le bébé et moi n'avons pas besoin de sécurité ou d'argent, Finn. Ce qu'il nous faut, c'est de l'amour. Je parle d'amour *véritable*. Je ne me contenterai pas d'une pâle imitation.

— Qu'est-ce que tu racontes, Avery ? Tu as perdu la tête ? Évidemment que je t'aime. Qu'est-ce qui te fait penser le contraire ?

Jamais elle ne l'avait entendu parler d'une voix aussi dure.

Elle s'apprêtait à protester contre le ton qu'il avait emprunté, puis se ravisa. Que venait-il de dire ?

— Qu'est-ce que tu as dit ?

Elle secoua la tête et sentit des larmes lui brouiller la vue.

Il l'aimait ? Il n'était pas sérieux. Pourtant, elle ne l'imaginait pas jouer avec ses émotions. Pas dans un moment tel que celui-ci. Il ne lui avait jamais dit une seule fois qu'il l'aimait. Comment était-elle censée le savoir ?

— Je t'aime, Avery ! Je suis tombé amoureux de toi dès la première nuit que nous avons passée ensemble dans l'Oklahoma !

Il avait crié, éliminant tout risque de malentendu.

Toute la population de Rust Creek Falls devait à présent savoir qu'il était amoureux d'elle !

Elle ne sut comment réagir. C'était trop, plus que son cœur fragile pouvait en supporter après les épreuves par lesquelles il était passé au cours de ces dernières semaines.

Soudain, elle éclata en sanglots.

— Ne pleure pas, mon amour, murmura-t-il en s'approchant pour la prendre dans ses bras. Excuse-moi d'avoir crié. C'est juste que j'étais fou d'inquiétude, j'avais tellement peur que tu ne reviennes pas…

Il déposa un tendre baiser sur ses cheveux tandis qu'elle enfouissait la tête au creux de son épaule. Il sentait le foin et les chevaux, la ferme et la famille… Toutes ces choses de la vie qu'elle en était venue à tant aimer ici.

— Je t'aime, Avery. N'en doute jamais.

Bouleversée, elle ferma les yeux. Elle avait envie d'y croire, mais elle devait en être sûre. Et s'il ne disait cela que pour le bébé ?

— C'est moi que tu aimes ou le bébé ? demanda-t-elle, alors même qu'elle sentait son cœur battre à tout rompre, en parfaite harmonie avec le sien.

S'étant légèrement écarté, il prit son visage entre ses mains pour l'obliger à lui faire face.

— Je vous aime tous les deux, princesse. Je l'ai su au moment même où tu m'as annoncé que tu étais enceinte et pourtant j'ai mal réagi. Il faut dire que notre relation ne peut pas vraiment être qualifiée de traditionnelle.

Il soupira, et un sourire espiègle et familier se dessina sur ses lèvres.

— Ma chérie, j'ai toujours senti au fond de moi qu'il y avait un lien entre nous. Tu l'as senti, toi aussi ?

Sans attendre sa réponse, Finn joignit ses lèvres aux siennes.

Le soleil se couchait dans ce ciel automnal du Montana, et tandis que les chevaux hennissaient dans l'écurie, Avery sentit ses dernières réticences céder.

Elle sentait ce lien dont il parlait. De tout son cœur, de tout son être.

Ce baiser, ce lieu, l'homme qu'elle aimait tant. Il n'était pas seulement le père de son enfant. Il était ses racines. Elle avait enfin trouvé un endroit où se poser.

Épilogue

Quelques heures plus tard, Avery se trouvait étendue dans le lit de Finn, nue et rassasiée. Une fois encore, Finn l'avait prise dans ses bras pour la porter jusqu'à sa chambre, où il lui avait fait l'amour dans le lit même où elle avait réussi à se convaincre qu'il ne l'aimait pas.

Comment avait-elle pu se tromper à ce point ?

Il lui avait expliqué pourquoi il était sorti avec tant de femmes. Il lui avait même avoué qu'il n'avait couché avec personne depuis la nuit qu'ils avaient passée ensemble dans l'Oklahoma. Comment avait-elle pu voir dans ce magnifique moment où il avait embrassé son ventre en murmurant « à moi » quelque chose de si différent, effrayant au point de la faire fuir ?

Elle se demandait si la réponse n'avait pas un rapport avec l'horrible moment où son père lui avait dit qu'il la déshéritait. Sans doute, mais elle n'avait pas encore envie d'y réfléchir. Elle avait fait la paix avec son père et, au bout du compte, sa mère avait pris sa défense d'une manière qu'Avery n'aurait pas pu imaginer. Elle ne regrettait rien. Être coupée de sa famille lui avait appris d'importantes vérités. Elle avait compris qu'elle était capable de s'assumer seule et de prendre ses propres décisions. Elle avait compris quel genre de mère elle voulait être pour son enfant. Et surtout, elle avait compris qu'elle pouvait avoir confiance en Finn. Il était l'homme de sa vie et elle n'avait aucune intention de repartir. Jamais.

Après lui avoir tendrement caressé le ventre, il posa la main sur son cœur et murmura les mots qu'elle préférait :

— À moi.

Son cœur était à lui, maintenant et pour toujours. Passé, présent et éternité.

— J'ai une idée ! lança-t-il avec un sourire malicieux.

— Ah oui ? Est-ce au sujet d'une chèvre ?

Elle avait envie d'en avoir une autre. Un autre bébé, aussi, à présent qu'elle y songeait. Plus on est de fous, plus on rit ! Et ce n'était pas la place qui manquait au Ambling A.

— Non, répondit-il en fronçant les sourcils. À moins que tu veuilles que Citrouille participe à notre mariage. On peut toujours s'arranger. Elle pourrait porter les alliances. Certains confient bien ce rôle à leur chien.

Brusquement, elle se redressa pour mieux observer l'expression de son visage. Était-il sérieux ?

— Tu n'oublierais pas quelque chose, cow-boy ? On est *déjà* mariés.

Avant de répondre, il lui prit la main et passa le pouce sur l'anneau d'or rose qui ornait son doigt. Un jour, elle le transmettrait à sa fille et lui raconterait l'histoire de leur mariage à Great Gulch et du maire qui portait des éperons. Et sans doute sa fille le transmettrait-elle à la sienne, et ainsi de suite, de sorte que des générations et des générations de Crawford se souviendraient du grand homme qui avait gagné son cœur alors que toutes les chances semblaient contre lui.

— Je le sais, ma chérie, mais j'aimerais une autre cérémonie, comme celle dont Wren t'a parlé. Une grande fête à laquelle nos deux familles pourraient assister.

Il se pencha sur elle pour déposer sur ses lèvres un baiser plein de chaleur et de tendresse.

— Qu'est-ce que tu en penses, princesse ?

Elle sourit. Elle n'avait pas besoin d'y réfléchir.

— Parfait !

Comme un conte de fées.

Retrouvez prochainement,
dans votre collection

PASSIONS

Une nouvelle chance pour Layla, de Janice Maynard - N°1013

Après son rendez-vous avec Joshua, Layla est plus troublée que jamais. Son ami d'enfance, devenu un homme très séduisant, réveille en elle des sensations qu'elle croyait éteintes... Ne pouvant les ignorer plus longtemps, elle s'engage dans une liaison passionnée avec lui. Mais quand les sentiments viennent se mêler à leur histoire, Layla prend peur : alors qu'elle est à un tournant de sa vie, saura-t-elle y faire une place pour Joshua ?

L'amour d'un été, de Stacy Connelly

Gemma est dans tous ses états ! Trahie par son fiancé, elle a annulé leur mariage et passe sa lune de miel en solitaire au Maverick Manor. Mais sa rencontre avec le séduisant Hank lui met vite du baume au cœur. Alors qu'elle tombe sous son charme, Gemma tente de se raisonner : sa vie est à New York et aucun avenir n'est possible entre elle, la citadine jusqu'au bout des ongles, et lui, le rancher taciturne...

Ennemis et fiancés, de Jules Bennett - N°1014

Lana est folle de rage... Carson vient de remporter la présidence du Texas Cattleman's Club, le poste qu'elle convoitait ! Pire encore, à la suite d'un quiproquo, les voilà fiancés ! Contraints de résoudre leurs différends et cette folle affaire, tous deux font alors un pacte : ils feront semblant d'être en couple durant un mois, puis ils annonceront leur rupture. Un jeu qui se corse quand Lana se prend à éprouver une attirance incontrôlable pour son ennemi...

Au cœur de la tempête, de Susannah Erwin

Invitée au mariage de son frère, Finley doit faire appel à tout son self-control quand elle y retrouve Will, celui qui l'a quittée quinze ans plus tôt sans une explication. Mais lorsqu'une terrible tempête les réunit tous les deux dans un chalet coupé du monde, pendant plusieurs jours, les tensions laissent place aux explications et l'atmosphère se réchauffe doucement... Au point de leur offrir une seconde chance de bonheur ?

Un imprévisible *bad boy*, de Joss Wood - N°1015

SÉRIE : SCANDALES À PORTLAND 1/4

Kinga est ravie d'organiser le gala qui célébrera le centenaire de Ryder International, l'entreprise familiale. À un détail près : son grand-père lui impose la présence du chanteur Griff O'Hare, réputé être un *bad boy* imprévisible ! D'abord méfiante à son égard, Kinga est surprise d'éprouver pour Griff un désir irrépressible – une sensation plutôt malvenue alors qu'elle doit collaborer avec lui…

Une nuit interdite, de Joss Wood

SÉRIE : SCANDALES À PORTLAND 2/4

Tinsley n'a pas le droit d'être attirée par Cody Gallant, pour la simple et bonne raison qu'il s'agit du frère de son ex-mari ! Mais lorsqu'il lui propose une danse le soir du nouvel an, elle se laisse aller entre ses bras et passe une nuit inoubliable avec lui… Dès le lendemain, Tinsley redescend sur terre et, affolée, se promet de ne jamais plus céder à ce désir interdit…

Attirée par son protecteur, de Shannon McKenna - N°1016

SÉRIE : LIAISONS À SEATTLE 3/3

Harcelée en ligne, Ava Maddox n'a d'autre choix que de solliciter l'aide de Zack Austin, directeur de la sécurité chez Maddox Hill. Ce dernier prend immédiatement les choses en main en assurant lui-même sa protection. Mais cette proximité trouble Ava : si elle essaie d'abord de se convaincre que Zack n'est pas son type d'homme, elle se rapproche inéluctablement de lui, à son corps défendant…

Une douce parenthèse, de Christine Rimmer

Tandis que Cami fuit le mariage organisé par sa famille tyrannique, elle arrive par hasard sur les terres de Garrett Bravo, venu se ressourcer dans son chalet en pleine montagne. En voyant son désespoir, il lui offre l'hospitalité pour quelques jours, à son grand soulagement. Auprès de cet homme au grand cœur, Cami se sent bientôt pousser des ailes – et libre d'aimer…

Une maman pour Lila, de Karen Booth - N°1017

Marcus n'a pas le choix : il va devoir dire à Ashley qu'il ne veut plus la voir. Car, depuis que sa séduisante voisine le presse de dîner avec elle, il ne peut s'empêcher d'être envoûté par son charme. Pire, Lila, sa fille de trois ans, s'est elle aussi attachée à Ashley et semble la considérer comme la maman qu'elle n'a plus... Bouleversé, Marcus s'en fait la promesse : pour le bien de sa petite fille, il fera sortir de leur existence cette femme qui pourrait n'y semer que le chaos...

Le prix de la vérité, de Sarah M. Anderson

Casey Beaumont est enceinte? Zeb ne décolère pas. S'il a passé une nuit avec sa sublime employée – qui n'est autre que la fille de son pire ennemi –, c'était uniquement pour se débarrasser d'elle plus facilement par la suite. Pas pour lui faire un enfant! Pourtant, face aux prunelles noisette de Casey, ses envies de revanche semblent soudain perdre tout intérêt...

Trompeuses fiançailles, de Merline Lovelace - N°1018

SÉRIE : LE JOURNAL INTIME D'UNE HÉRITIÈRE 1/4

Sarah St. Sebastian a toujours protégé sa sœur Gina. Alors, quand Devon Hunter la menace de révéler au monde que sa cadette lui a dérobé une précieuse antiquité, elle accepte sans hésiter le marché odieux qu'il lui propose. En échange de son silence, elle jouera le rôle de sa fiancée pendant six mois. Six longs mois durant lesquels elle devra côtoyer cet homme dangereux, qui a non seulement le pouvoir de déshonorer sa famille, mais surtout celui de faire battre son cœur...

Le bébé de l'ambassadeur, de Merline Lovelace

SÉRIE : LE JOURNAL INTIME D'UNE HÉRITIÈRE 2/4

Depuis toujours, Gina St. Sebastian trace son chemin avec insouciance, comptant sur sa sœur Sarah pour régler les problèmes qu'elle s'attire régulièrement. Mais lorsqu'elle se découvre enceinte, à la suite du week-end enfiévré qu'elle a passé dans les bras de l'ambassadeur Jack Mason, elle sait qu'elle doit prendre ses responsabilités. Aussi n'est-il pas question pour elle d'accepter le mariage de convenance que cherche à lui imposer le père de son enfant...